动物凶猛

王朔

著

北 京 出 版 集 团
北京十月文艺出版社

目录

动物凶猛

　　我羡慕那些来自乡村的孩子，他们的记忆里总有一个回味无穷的故乡，尽管这故乡其实可能是个贫困凋敝毫无诗意的僻壤，但只要他们乐意，便可以尽情地遐想自己丢失殆尽的某些东西仍可靠地寄存在那个一无所知的故乡，从而自我原宥和自我慰藉。

　　我很小便离开出生地，来到这个大城市，从此再也没有离开过，我把这个城市认作故乡。这个城市一切都是在迅速变化着——房屋、街道以及人们的穿着和话题，时至今日，它已完全改观，成为一个崭新、按我们的标准挺时髦的城市。

　　没有遗迹，一切都被剥夺得干干净净。

　　在我三十岁后，我过上了倾心已久的体面生活。我的努力得到了报答。我在人前塑造了一个清楚的形象，这形象连我自己都为之着迷和惊叹，不论人们喜爱还是憎恶都正中我的下怀。如果说开初还多少是个自然的形象，那么在最终确立它的过程中我受到了多种复杂心态的左右。我可以无视憎恶者的发作并更加执拗同时暗自称快，但我无法辜负喜好者的期望和嘉勉，如同水变成啤酒最后又变成醋。

我想我应该老实一点。

她的容颜改变得如此彻底，我看到她时完全无动于衷。那天我去火车站送一位至亲，在软席候车室等候进站时，视线恰与她的目光相遇。她坐在斜对面的一排沙发上，目光随着一个正在地上跑来跑去独自玩的小女孩移动，小女孩跑到我脚前的皮箱边，于是我们相逢。

她手托腮五指并拢几乎遮住了口、鼻，两颊瘦削如同橄榄，一双眼睛周围垂褶累累，那种白色的犹如纸花的褶皱。

纯粹是由于视野内景物单调，那个活动着的小女孩产生了难以抗拒的牵引力，我的目光再次投到她脸上，我发现她刚才注视我的那一眼仍在持续。

那是探究的凝视。

小女孩跑到她身边，娇声娇气地说话，她的回答低得几乎听不清，由于拿腔捏调模仿孩子式的语调而嗓音失真。她把遮住脸的手放下，我移开视线，确认这是个陌生人。

这时，我一直留心注意的候车室门上的电子预告牌打出了我们等候的那次列车的检票通知。

我站起来，拎着箱子陪同那位至亲走出候车室。

在上行的自动扶梯的人群中，我忽然想起她似乎是谁。我不动声色继续前行，把我那位至亲一直送到车上，在月台上深情地看着站在车窗内朝我微笑的栩栩如生的她，直到火车开走。

我在通往站外的地道中边走边对自己的判断产生怀疑。

当我犹豫不决地再次出现在软席候车室的门口时，她和那个小女孩都已不在了，她的位置上坐着一个神色怆然的女军官。

十三天后，我去参加一个中学同学的聚会，当一个个陌生男女走进那个房间，笑容满面地彼此握手，特别是听到其中有一个人叫出我的名字，我有一种脱离现实的感受。我和几个男人聊得很多，我知道他们是我过去的好朋友。有人提起一些往事，很有把握地描绘我当时的神情、举止和爱好，而我对此毫无印象。我对自己能清晰地保留在一些人的记忆中感慨不已。主持聚会的一个同学高声对大家说："让我们重新认识一下吧。"

　　随着一个个名字的道出，蒙尘的岁月开始渐渐露出原有的光泽和生动的轮廓，那些陌生的脸重又变得熟悉和亲切。很多人其实毫无改变，只不过我们被一个个远远地隔离开了，彼此望尘莫及，当我们又聚在一起，旧日的情景便毫无困难地再现了。

　　那个苍老、憔悴的女人当年有一张狐狸一般娇媚的脸，这张脸不会使人坠入情网却颇能挑逗起一个成年男人的非分之想。我只是到后来，多年后才开始欣赏此类相貌的女子。当时她对我毫无吸引力，我长期迷恋那种月亮形的明朗、光洁的少女。

　　我之所以对她印象深刻，因为那时候她总是和米兰在一起。

　　七十年代中期，这个城市还没有那么多的汽车和豪华饭店、商场，也没有那么多的人。除了几条规模不大的商业街，多数大街只有零星几间食品店和百货铺子，不到年节，货架上的商品也很单调，大多是凭票供应的基本生活用品。街上常见的是四轮驱动的军用吉普车和一些老式苏联、波兰轿车。

　　上班上学时间，街上只有一些外地来出差的干部在闲逛，连公共汽车、无轨电车都乘客寥寥。热闹的场面只在特殊的庆祝的日子能看到，游行的群众队伍把大街小巷挤得水泄不通。

城里没什么年轻人，他们都到农村和军队里去了。

那时我十五岁，在一所离家很远的中学读初三，每天从东城到西城穿过整个市区乘公共汽车上学。这是我父母为了使我免受原来的一些坏朋友的影响所采取的极端措施。我原来就读的那所中学过去是所女中，自从开始接受男生入校后便陷入混乱，校纪废弛。为了不受欺侮，男孩子很自然地形成一个个人数不等的团伙。每日放学，各个团伙便在胡同里集体斗殴，使用砖头和钢丝锁，有时也用刀子，直到其中一人被打得头破血流便一哄而散，这场面使得所有正派的学生父母心惊肉跳。

我感激我所处的那个年代，在那个年代学生获得了空前的解放，不必学习那些后来注定要忘掉的无用的知识。我很同情现在的学生，他们即便认识到他们是在浪费青春也无计可施。我至今坚持认为人们之所以强迫年轻人读书并以光明的前途诱惑他们，仅仅是为了不让他们到街头闹事。

那时我只是为了不过分丢脸才上上课。我一点不担心自己的前程，这前程已经决定：中学毕业后我将入伍，在军队中当一名四个兜的排级军官，这就是我的全部梦想。我一点不想最终晋升到一个高级职务上，因为在当时的我看来，那些占据高级职务的老人们是会永生的。

一切都无须争取，我只要等待，十八岁时自然会轮到我。

唯一可称得上是幻想的，便是中苏开战。我热切地盼望卷入一场世界大战，我毫不怀疑人民解放军的铁拳会把苏美两国的战争机器砸得粉碎，而我将会出落为一名举世瞩目的战争英雄。

我仅对世界人民的解放负有不可推卸的责任。

所以父母把我和我的战友们隔离开来，从那充满活力的学校转到一所死气沉沉的学校——这所新学校是当时全市硕果仅存的几所尚能维持教学秩序的学校之一——我会感到多么无聊也就可想而知了。

　　我在新学校中很长时间没找到同志，后来虽然交了几个朋友，但我发现他们处于老师的影响之下。我是惯于群威群胆的，没有盟邦，我也惧于单枪匹马地冒天下之大不韪向老师挑衅。这就如同老鼠被迫和自己的天敌——猫妥协，接受并服从猫的权威，尽管都是些名种猫，老鼠的苦闷不言而喻。

　　我觉得我后来的低级趣味之所以一发不可收拾，和当时的情势所迫大有联系。

　　我那时主要从公共汽车上人们的互相辱骂和争吵中寻找乐趣，很多精致的下流都是那时期领悟的。

　　当人被迫陷入和自己的志趣相冲突的庸碌无为的生活中，作为一种姿态或是一种象征，必然会借助于一种恶习，因为与之相比恹恹生病更显得消极。

　　我迷恋上了钥匙，从家里、街上和别的同学那里收集到了一大批各式各样的钥匙，并用坚韧的钢丝钳成了所谓的"万能钥匙"。先是合法地把自己家的各种锁一一打开，为那些钥匙锁在家里的朋友们扶危济困，后来就开始未经邀请地去开别人家锁着的门。

　　我喜欢用一把平平常常的钥匙经过潜心揣摩、不断测试终于打开那种机关复杂的锁。锁舌跳开"嗒"的一声，那一瞬间带给我无限欢欣，这感觉喜爱钓鱼的人很熟悉，参加过第二次世界大战攻克柏林战役的苏军老战士也很熟悉。

钥匙难道不是锁的天敌吗？

从这一活动中我获得了有力的证据，足以推翻一条近似真理的民谚：一把钥匙开一把锁。实际上，有些钥匙可以开不少的锁，如果加上耐心和灵巧甚至可以开无穷的锁——比如"万能钥匙"。

我发誓我仅仅是开锁并不是做贼。在我溜撬的短暂生涯中，我没拿过价值十元钱以上的物品，即便拿也纯粹出于喜爱并非贪婪。那时候人们都没有钱，那些现在被认为是必不可少的家用电器当时闻所未闻。

我常去光顾的学校前的那片楼区大都居住着国家机关的一般干部，家里多是公家发的木制家具，连沙发都难得一见。我印象里最阔气的一家，大概是个司长，家里有一台老式的苏联产的黑白电视机，那种木壳子的。我的确想了一下将其搬走，随即便产生了一个念头：这是犯罪啊！

我可以作证，当时除了有一些政治品质可疑的干部，贪官污吏凤毛麟角。

那些楼房从外表看都是一模一样的，五层，灰砖砌就；内部陈设也大同小异，木床、三屉桌和大衣柜、书架，新式一点的是米色油漆，老派的便是深褐色的。

上班时间，那些楼房常常整幢空无一人，我便在那些无人的住宅内游荡，在主人的床上躺躺，吃两口厨房里剩下的食物，看着房间里的陈设，想象着在这里生活的都是些什么样儿的人，满足呢还是失意。

有几次我甚至躺在陌生人家的床上睡着了，直到中午下班，楼道里响起人语和脚步声才匆匆离去。

我有把握不会被人擒住，那时人们在上班时间从不溜号，而且因为几乎不丢失什么东西，也没引起人们的警惕。

我走前有时还替过于邋遢的人家打扫一下房间，把未来得及叠的被子叠好。

我的文学想象力就是在那时得到培养的。

在这片楼区的旁边还有一片属于少数民族的回民聚居的平房，我从不去那儿。

我的故事总是在夏天开始的。夏天在我看来是个危险的季节，炎热的天气使人群比其他季节裸露得多，因此很难掩饰欲望。

那天下午，老师在课堂上讲巴黎公社的伟大意义以及梯也尔的为人。全班同学都昏昏欲睡，强撑着瞪大眼睛听老师讲课。至今我回想学生时代，最不堪回首的就是夏天下午的第一堂课，你只想睡觉他偏要喋喋不休。那些年夏天两点到三点传授的知识我一个字也没听进去，可能因此错过了人生最关键的点化，以致如今精神空虚。

为了不使自己当众睡着，我在第二堂课离开了教室。

我溜出了校门，顶着烈日穿过楼群间的空地，钻进了一幢幽暗阴凉的楼内。

楼内很静，每层紧闭的房门里钟表走动的"嘀嗒"声清晰可闻。

我开了几家门走进去，发觉这些人家我光顾过，便觉索然无味。

我打开了这幢楼顶层的一家房门，走了进去。这家主人的勤谨和清洁使我很有好感。简朴的家具陈设井井有条，水泥地板擦得一尘不染光滑如镜，所有的玻璃器皿熠熠闪烁；墙壁不像大多数人家那样乌黑、灰泥剥落，而是刷了一层淡绿的油漆，这在当时是很奢侈的。墙上没有挂伟大领袖的画像，而是用镜框镶挂了一幅黑白色调的杭州丝绣风景，上面是月光下浩渺的波光粼粼的湖水，一叶小舟，舟上有一个模糊的古代服饰的人影，一侧绣有一句古诗：玉田三万顷，着我扁舟一叶。

我很小便很赞赏人们在窘境下的从容不迫和怡然自得。

这是一套两居室的单元，我先进去的那间摆着一张大床，摆着几只樟木箱，床头还有一幅梳着五十年代发式的年轻男女的合影，显然这是男女主人的卧室。

另一间屋子虚掩着门，我推门进去，发现是少女的闺房。单人床上铺着一条金鱼戏水图案的粉色床单，床下有一双红色的塑料拖鞋，墙上斜挂着一把戴布套的琵琶，靠窗有一张桌子和一个竹书架，书架上插着一些陈旧发黄的书，这时我看到了她。

我不记得当时房内是否确有一种使人痴迷的馥郁香气，印象里是有的，她在一幅银框的有机玻璃相架内笑吟吟地望着我，香气从她那个方向的某个角落里逸放出来。她十分鲜艳，以致使我明知道那画面上没有花仍有睹视花丛的感觉。我有清楚的印象她穿的是泳装，虽然此事她后来一再否认，说她穿的只不过是条普通的花布连衣裙，而且在我得到那张照片后也证实了这一点，但我还是无法抹杀我的第一印象。为什么我会对她的肩膀、大腿及其皮肤的润泽有如此切肤的感受？难道不是只有在夏日的海滩上的阳光下才会造成如此夺目、对比鲜明、高清晰度的强烈效果？

现在想来，她当时的姿态不是很自然，颇带几分卖弄和搔首弄姿，就像那些电影小明星在画报上常干的那样。

但当时我就把这种浅薄和庸俗视为美！为最拙劣的搔首弄姿

倾倒，醉心，着迷，丧魂失魄！除了伟大领袖毛主席和他最亲密的战友们，那是我有生以来第一次见到的具有逼真效果的彩色照片。

即便有理智的框定和事实的印证，在想象中我仍情不自禁地把那张标准尺寸的彩色照片放大到大幅广告画的程度，以突出当我第一眼看到她时受到的震撼和冲击。

黄昏，我才从那幢楼里怏怏不乐地出来，与下班下学回来的大人小孩擦肩而过，我们班的一位也住在这幢楼里的女同学看到我从楼里出来，停住脚若有所思地望着我。

那个黄昏，我已然丧失了对外部世界的正常反应，视野有多大，她的形象便有多大；想象力有多丰富，她的神情就有多少种暗示。

在我们这个地处温带、其居民的饮食结构又是以食草为主的城市，本民族的女孩子发育都很晚。与我同龄的女孩大都身材单薄、面带菜色，除了头发的长短不同和衣式的细微区别，她们并不具有特点。从民国男人们剪了辫子后她们便继承这一惹人嘲笑的发式，这也是几年后当一些男人重新留起长发而女孩们纷纷解开辫子引得社会舆论大哗的原因之一——道学家们认为她们失去了唯一的女性特征。

这情势使我既纯洁又脆弱。

当然我的感情并非一直寂寞沉睡到那一天，犹如一个人被从梦中猛地唤醒。几乎是从幼儿园男女儿童的耳鬓厮磨开始，我便不间断地更换钟情对象。需要指出的是，我并未受到任何成人和淫秽书刊的影响，当时成年人中道貌岸然的君子比历朝历代都多，而书刊，谁都了然，其时只有"两报一刊"，最怀有偏见的人也找不出淫秽。后来，当我真的阅读那本著名的手抄本《曼娜回忆录》，也是出于人们谈虎色变所激发的不可遏制的好奇心和自然的需要。它是年轻人迷途知返的必由之路，并非将我拽入深渊的罪恶之手。老实说，这本小册子的糟糕描写曾在很长时间引起我对两性关系的厌恶。它的主要效果在我看来就是亵渎了人类健康的需要，颇似宗教经典中为了劝诫世人，使信民畏惧对炼狱烈火煞有介事的描述。

那年国际共运在全球、首先在东南亚取得了令人瞩目的胜利。我国一直大规模援助的越共攻克了西贡，接着势如破竹地横扫了印度支那。红色高棉和巴特寮的西哈努克亲王和苏发努冯亲王分别在各自的国家掌了权。美国遭到了丢脸的失败。

但这些光荣的胜利已经不能使我兴奋了，我面临着个人的迫在眉睫、需要解脱的困扰。

我日复一日守候在那栋普通的楼房前，殷切期待着画中人出现。

我不止一次看到她的父母。他们常在傍晚时分骑着自行车从不同方向回来，有时车后架上还夹着一捆青菜或用网兜装着几个西红柿挂在车把上。

她的父亲很瘦小，总是穿着一身半旧的中山装，跟谁都客客气气地打招呼，有时还站在楼门口扶着自行车把和几个人聊上一会儿才上楼。他戴着副眼镜，因而看人的目光总有些茫然，后来当我看到名噪一时的陈景润的照片时，立刻在他们两身上找到了共同点。

她的母亲则可算个迟暮美人，身材几乎和她父亲等高。那个时候人们普遍缺乏保养，妇女到了她那个年龄大都形容枯槁，但她仍保持着皮肤的白皙和头发的乌黑。一双眼睛也时而泛出光彩。她的面容很柔和，但态度冷漠，我从没见过她和一个邻居说话，每次下了自行车便径自上了楼，连她丈夫也不瞧一眼。

她的五官其实酷肖其父，但那时我认为她更多地继承了母亲的遗传基因。

我一次也没等到过她。有几次我一直等到夜里，家家户户都亮了灯，可她的那个窗户总是黑的。有时忽然开了灯，但出现在窗口的身影不是她父亲便是她母亲。

我壮着胆子在白天又几次摸进过她家，屋里总是出现一些细微的变化：譬如桌上出现了一本看了一半的书，换了一种牌子的雪花膏，枕畔遗落了几只发卡和几根长发，镜子上的薄灰被仔细地擦拭过。

我不知道她什么时候进来，又何时离去，她像一个幽灵来去无形，只在我的感觉和嗅觉里留下一些痕迹和芳香证实她的存在。

我延长了守候的时间，天还没亮便穿过全城赶到这里，万籁俱寂才乘末班车离去，仍旧一无所获。

这不寻常的活动规律引起了我父母的警惕，他们认为我一定又和坏朋友混到了一起，因为我无法解释如此披星戴月的理由。我受到了他们粗暴的对待，从此必须严格按照他们给我规定的时间表离去归来。

忘了是个什么日子，好像不是庆祝而是声讨、示威，我随着全校由鼓号队作先导的游行队伍在城里游行了一天，手挥纸旗跟着老师喊了一路口号。

那天全城各机关厂矿和学校都出动了，街上到处红旗招展、鼓号震天。在每一处街口都能看到数支队伍从不同方向浩浩荡荡走来，此伏彼起地振臂高呼口号。有的工人游行队伍还威风凛凛地敲着由三轮平板车拉着的大鼓。

这种游行示威通常是很累人的，要走很远的路到市中心广场，绕广场一周后再走回来，到了学校门口再解散。

那天天安门城楼上没有什么领导人出来检阅我们，大红灯笼和汉白玉栏杆间空空荡荡。

我们绕场一周雄壮地喊了些口号，和其他游行队伍共同制造了一些声势，便沿着大街往回走。

回去的路上大家都疲惫不堪，太阳又很晒，领头呼口号的全校最结实的体育老师也声嘶力竭变得安静了。大家一边懒洋洋地走，一边前后左右地聊天，看见路边卖冰棍的老太太，便围上去买冰棍，然后再去追赶队伍，在行列中东张西望吃冰棍蹒跚而行。

下午的街头都是垂头丧气、偃旗息鼓往回走的工人和学生的队伍，烈日下密集的人群默默不作声一望无尽。

他们十几个人都穿着军上衣、懒汉鞋，或伏或蹲坐在自行车后座上，聚在十字路口的交通警察指挥台前，人人手上夹着、嘴里叼着一支烟，一边吞云吐雾一边眉飞色舞地说话，很惹人注目颇有些豪踞街头顾盼自雄的倔傲劲儿。

当和他们同龄的学生队伍经过时，他们扫去的目光充满冷漠和轻蔑，令那些规矩的同龄人很有些自惭和惴惴不安，老师们则装作视而不见。

他们是我的朋友，过去的同学，我父母禁止我再和他们接触的一伙。

高洋先看到了我，笑着喊我的名字，其他人也纷纷掉过头来看我，笑嘻嘻地指着我喊："没劲没劲。"

我自动脱离学校的队伍，大大方方走过去，心中充满有这么一群朋友的骄傲。班里的很多同学看着我，受到老师的催促，走远了。

许逊递给我一支"恒大"烟，我便也站在街头吸了起来，神气活现地乜斜着眼瞅着仍络绎不绝从我们身边经过的游行队伍，立刻体会到一种高人一等和不入俗流的优越感。

他们在谈女人，这是个新话题。过去我们混在一起时，只有打架才是我们感兴趣的。那时谁要和某个女孩子有点瓜葛，不但立刻威信扫地，而且肯定会遭到众人一致的羞辱甚至是一顿毫不留情的暴打，我们认为那是有失身份和玷污英雄气概的。我仅仅一两个月没和他们在一起，他们谈起女人时那种恬不知耻的深谙此道真像一个个都是猎艳老手。从他们的谈话中，我得知他们最近这段时间又认识了很多人，其中不乏在我们那个圈子里大名鼎鼎的人，不但结识了一些重要的男朋友，还和一些姑娘建立了直接的联系。

我感到了一种脱离组织的孤单和落伍于潮流的悲哀。

那天晚上，我第一次听到米兰的名字，但我以为那是另一个人，并未引起更多的关注。

他们用自行车把我驮回了家，坚硬凸出的车后座把我硌得十分敏感。

在食堂吃晚饭时，我看到他们凑在一桌低声交谈，脸上浮起那么相像的诡秘微笑，使人感到他们在共同酝酿什么期待什么。我实在难以忍受被再次排除在朋友们乐事之外，但父亲的在场使我不得不做出对一切无动于衷的样子。

他们的父亲大都在外地的野战军或地方军区工作，因而他们像孤儿一样快活、无拘无束。我在很长时间内都认为，父亲恰逢其时的死亡，可以使我们保持对他的敬意并以最真挚的感情怀念他，又不致在摆脱他的影响时受到道德理念和犯罪感的困扰，犹如食物的变质可以使我们心安理得地倒掉它，不必勉强硬撑着吃下去以免担上个浪费的罪名。

在晚饭快结束的时候，食堂里的人走得差不多了，就在我出神儿的时候，我的朋友们不知为什么，一下离桌围着一个系白围裙的战士打起来。食堂里的其他战士没有表现出集体主义精神和对荣誉的珍惜，怯懦地手拿饭勺子站在一边看他们的战友遭围殴。这个战士是个很强壮的青年人，但一虎难斗群狼，大概又有入党提干诸问题萦绕于心，并没放手还击，只是抵挡，很快鼻子便被打破了，流出浓稠的血。仍在食堂进餐的管理科干部试图劝阻，但未被理睬，自己也被搡到一边。后来，在食堂工作多年我们从小便吃他做的饭的胖子任师傅出来大吼一声，才骂走了那些惹是生非的男孩们，他们往外走时脚步十分急促，似乎唯恐避之不及。

我慢慢咽下碗里最后的几粒米，站起来往外走，食堂里的大人们都在愤愤不平地谴责这几个肆无忌惮的坏孩子，他们看到我时也怒形于色，院里的大人都知道我们是一伙的。

那时，我父亲已先走一步，否则，他会认为这些谴责同样是针对他的，那样的话，我当真就要为朋友们的行为承担后果了。

我穿过二进大殿门，走到每到春天便有桃花、梨花和海棠开放的花园的游廊上，迎面看见一个长着狐狸脸的女孩从月亮门旁的那挂果实累累的葡萄架下闪出来，沿着游廊向我走来。她的打扮一看就是那种爱招摇的不正经女孩，其实服装没什么特别的，连一件时髦的女式军衣都不趁，只是那两把长及肩头的"刷子"具有与众不同的含义。

我敏锐地意识到她是来找谁的，当时天色尚亮，花园有不少散步的大人和扎成一堆聊天的规矩的本院姑娘，大家都明白她是来找谁的。

我目不斜视地和她擦肩而过，头也不回地拐入我家住的那排原来是下人住的平房。可能是腼腆的天性，或是从小就善于习惯于在执有坚定道德观的大人面前作伪，我一向能很好地掩饰自己的兴趣所在，愈是众目睽睽愈是若无其事。时至今日，这已经成了一种顽固的本能，常常使人误认为我很冷漠或城府颇深。

回到家里，室内已经暗下来，我躺在床上看一本已经翻得破的《青春之歌》。这本书在当时被私下认为适合年轻人阅读，书中讲述的一个资产阶级少女成为革命者的故事，在人们的疯狂尚未达到歇斯底里的程度之前，曾被认为是一种真实和必然。类似的书还有《钢铁是怎样炼成的》《牛虻》。我不讳言，书中革命者的无畏和勇气曾使我激动不已心驰神往，虽然保尔·柯察金和亚瑟没有亲手打死成排成连的敌人使我觉得他们还不够传奇，但我最初的革命浪漫主义和对危险、动荡生涯的向往，确是因他们而激发。

而其中最使我着迷和醉心的是这些革命者和资产阶级妇女的恋爱片段。当保尔最终失去冬妮娅的时候我为他深深地遗憾，而冬妮娅和她的资产阶级丈夫再次出现时，我有一种撕心裂肺的痛楚，那时我就试图在革命和爱情之间寻找两全之策。

当我第二遍看《青春之歌》《苦菜花》这些小说时，那些书中涉及性爱的张页犹如扑克牌中的王牌，都被翻得格外旧。

父亲进来视察时，我已经睡了。当他放心地回房后，我便重新穿上衣服，打开窗户，跳到了外面潮湿柔软的土地上。

天已经完全黑了，那时的天空还未受到严重的污染，比现在透明度好，月光更有穿透力，星星也比如今繁密、璀璨。

我沿着一扇扇窗前的杨树林走。银光闪闪的杨树叶在我头顶倾泻小雨般地沙沙响，透出蒙蒙灯光的窗内人语呢喃，脚下长满青苔的土地踩上去滑溜溜的，我的脚步悄无声息。前面大殿的屋脊上，一只黑猫蹑手蹑脚地走过。

我穿过一个个跨院、夹道、小广场和花园，路过八角香楼时，从装着铁栅栏亮着灯的地下室窗户看到我们院最漂亮的女孩子和卫生所的女兵在打乒乓球。

我来到后院墙杂草丛生的废弃游泳池边，远远看到黑黝黝的假山上，中间的那个亭子里有几颗晃动的忽明忽暗的烟头。

果然，他们都在这里，那个狐狸脸的女孩坐在高洋身边笑吟吟地从容应付他们厚着脸皮开的玩笑，她手里也拿着一根烟。

他们为我和那个女孩做了介绍，她的名字叫于北蓓，外交部的。关于这一点，在当时是至关重要的，我们是不和没身份的人打交道的。我记得当时我们曾认识了一个既英俊又潇洒的小伙子，他号称是"北炮"的，后来被人揭发，他父母其实是北京灯泡厂的，从此他就消失了。

于北蓓比我们中的哪一个都大，当时十八岁，应该算大姑娘了，可智力水平并不比一个十五六岁的男孩子更高。

她比我们要有些阅历，称呼起我们来一口一个"小孩"，提到不在场的人，也总说"那小孩那小孩"的。

　　她对我说话很随便，态度很亲热，一见我就和我开玩笑，说我长得很乖像个女孩儿。这使我又喜欢又窘，一向伶牙俐齿的我当时却喃喃地不知说什么好，脸也一定红了。除了哥们儿，从来还没一个人这么亲昵地对待我，更别说是个姑娘了，她那种满不在乎、随随便便的态度一下就把我迷住了。

　　因为只有她一个女的，所有人都和她开玩笑，但当时没一个人敢说过于猥亵的话。

　　大家问她愿意跟我们中谁，她觉得我们中哪个更漂亮。当时奶油小生还不是贬义词，很受少女青睐，而我们这些人都属于漂亮、健康的男孩子，后来我再也没交过这么一致漂亮的男朋友。

　　她胡乱指，甚至还指了我。虽然是戏言，可我心里还是美滋滋的，宽容地把她列入可以配得上我的那一档。她向一边挤挤，挪出一个空位，招手叫我坐到她身边，这在她并非有意引诱和挑逗，仅仅是为了使玩笑更具有一种逼真的效果，令气氛更加活跃。

　　我坐了过去，充满自豪。她用一只手搂住我的脖子，令我立刻透不过气来，这时我发现她原来就是和高洋勾肩搭背坐在一起。

　　我们搂抱着坐在黑暗中说话、抽烟。大家聊起近日在全城各处发生的斗殴，谁被叉了，谁被剁了，谁不仗义，而谁又在斗殴中威风八面，奋勇无敌。这些话题是我们永远感兴趣的，那些称霸一方的豪强好汉则是我们私下敬慕和畏服的，如同人们现在崇拜那些流行歌星。我们全体最大的梦想就是有朝一日剁了声名最显赫的强人取而代之。

　　说完好汉说侠女，谁最近又转入谁的手中"带"着，哪次有名的斗殴其实是哪个女的引起和召集的，后来又开始聊起本市哪个大院的女孩漂亮多情，哪条街上时常会出现一个绝佳少女而且目前不属于任何人。

这时，高晋提到了米兰的名字，她显然是于北蓓的女友，他们见过她。高晋请求于北蓓下次把她带来"认识一下"。

于北蓓笑着说你要看上她，自己去"拍"呀，你不是号称全市没有你"拍"不上的？

高晋表示他是真喜欢米兰，务必请于北蓓帮个忙。

于北蓓说米兰挺正经的，她和她说过好几次她都不肯来。

她搭在我肩上的手夹着烟，不时歪头凑手吸上一口，这时她就把我搂紧了，脸几乎挨上我的脸，我甚至能感到她眨动的睫毛在我面颊上引起的柳絮扑面般的茸茸感觉。

夜色中浮动着假山上栽种的丁香树、香椿树和其他草木的馥郁芳香，于北蓓天真无邪的举动使我对那一夜的真实细节只留下模糊的记忆，却有一个刻骨铭心的温馨印象。

后来，夜深了天也凉了，山下院内重重叠叠的窗户都熄了灯。有几个人困了，烟也抽光了，陆续散去回家睡觉。

我也该走了，心中担忧这么晚了于北蓓怎么回家，街上的公共汽车和电车都停驶了，可她没有一点想走的意思，坦然地坐在那里，眼睛在黑暗里闪闪发亮。每当我和她对视，她便微微一笑，十分深情、专注的神态。

当夜，我和汪若海结伴下山回家时，他便告诉我，于北蓓已在高洋家"刷"了两夜了。

我在朝阳门上了101路公共汽车，仅坐一站，便在人民文学出版社的灰楼对面下了车，外交部的国旗在我身后的白色耐火砖院墙内飘扬。

我到现今的"西德顺"饭庄当时只是一个叫"红日小吃店"的回民早点铺买了一个炸糕，边吃边沿着北小街往北走。

在烧酒胡同口的公共厕所里我吃完了炸糕，估计这条路上已经没有了去上班的院里大人，便出来穿过南弓匠营胡同继续往北。我过去的那所中学就坐落在这条胡同里，学校已经开始上课，胡同里只有一些迟到或旷课的学生在游逛。

在"三义公"杂货店门口，我看到院里干部上班乘坐的褐绿色大轿车驶出院门，在前方一个胡同口拐向南门仓胡同消失了。

我放心大胆地往院里走，一个我过去的同学站在路边他家院门口跟我打招呼，我问他怎么没去上课，他笑笑说不爱去。

院里空空荡荡的没什么人，只有几个公务班的战士从一辆卡车上卸麻袋装的大米，一些没有职业的家属坐着小板凳晒着太阳开党小组会，一个有三十年党龄在家乡当过妇救会长的妇女给大家念报纸。我从她们身边走过时，她们看我的目光很不友好。

每个院落、每条走廊都洒满阳光，至今我对那座北洋时期修建的中西合璧的要人府邸在夏日的阳光照射下座座殿门、重重楼阁、根根朱柱以及院落间种类繁多的大簇花木所形成的热烈绚烂、明亮考究的效果仍感到目眩神迷和惊心悸魂。

其实那府邸在当时便已很颓败破旧了，朱漆剥落，檐生荒草，很多果木已经枯死或不再结果，金鱼池被暖气管道覆盖，殿门上的彩色镂刻玻璃大都打碎，一些有特点的建筑经过修补和翻盖已然面目全非。

我怀着忐忑不安和充满渴求的心情急急向高洋家走去，一门心思想着于北蓓，一方面渴望了解真相，一方面又生恐唐突不是使他们而是使自己陷入难堪。

她睡在高洋、高晋哥儿俩家使我昨天一夜为她忧心如焚。

他家的偏院内十分静谧，向阳的围廊里晾着邻居家刚洗的床单和衣服，空气中有浓重的潮腥气。

我敲了两下门，屋里没人答应，一片死寂。我正欲再敲，忽然失去了勇气，心惊肉跳地退了出来。

我垂头站在偏院外大院落的堪称小广场的天井中，阳光如同扬起的粉尘纷纷落下，心中茫然，进退失据。

对面二层楼走廊的小木栏杆后，有一个白发苍苍的衰老妇女推着一辆坐着个婴儿的童车掉头看我，在阳光中面容模糊。

我走开了。路过汪若海家窗前，喊了他两声，听不见回声，便去礼堂楼上的方方家。他正在睡觉，开了门又躺回床上。

我点着一根烟，坐在一边抽，刚吸了一口就呛得咳嗽起来，喝了口桌上杯里的剩水，认真地一口一口抽起来。

方方也点了一根烟，躺在被窝里抽，把烟雾吐向天花板。他问我为什么没去上学？我说早烦了。我问他汪若海他们今天怎么想起去上学了。他说他们一会儿就回来。

没等多久，许逊、汪若海等人一个个背着书包回来了，撂下书包就抢烟抽，互相打闹着，嘴里不干不净骂着脏话。

我也和他们一起互相辱骂，用最下流最肮脏的词句，没有隐含的寓意，就为了痛快。

然后我们就一起出去奔高晋、高洋家。许逊、方方一到便用力砸门，使脚踢门，汪若海还跳上窗台扒着窗棂往里看，笑嚷："看见你们了，别急慌慌穿衣服。"

于是我也忙不迭地往窗户上爬，上去才发现窗户上严严实实遮着窗帘。

高晋笑着把门打开，放我们进去，嘴里说："这帮土匪。"

进了房间大家便往里屋闯，高洋、于北蓓穿戴整齐地坐在藤沙发上含笑望着我们，就像一夜没睡一直坐在那儿等着我们的到来。

"想看什么呀？"于北蓓说，"没见过是吗？"

高晋跟进来问我："你早上是不是来敲过一次门？"

"没有。"我当即否认。

"你们三个人昨晚怎么睡的？"方方问他们，"屋里就两张床。"

"上半夜睡这张床，下半夜睡那张床。"于北蓓从容应付，然后咯咯笑起来。

她的这副腔调立刻使我如释重负，那明显的玩笑口吻和毫无半点羞惭的态度，使我觉得她什么都不会当真且问心无愧，过于荒谬的供认往往使人相信这一切都是虚构的。

我变得快活起来。

中午吃饭的时候，由于怕被我爸爸看见，我不能去食堂，于北蓓也不便在食堂公然露面。于是我和她单独留在屋里，等他们吃完饭再给我们打回来一份。

我和她已经很熟了，可只剩我们俩在阴森森的大房间里时，我还是像一下被人关了开关，没词儿了，只是沉默地抽烟。

"你在家是个好孩子吧？"她把脸凑上来盯着我问，一口烟喷到我脸上。

"根本不是。"我挥手赶散烟，又向她脸上吐了口烟，"我是我们家挨打次数最多的。"

她在烟雾中睁着眼睛笑，鼓足腮帮子用一个手指敲腮帮子侧，吐出一连串的小烟圈，"真看不出你像坏孩子。"

她一张嘴说话，烟就全吐了出来，她又吸足了一口，全神贯注地制造烟圈。

我真想用两指使劲一捏她圆鼓鼓的腮帮子，来个一气尽吹的效果，想得心里直痒痒，就是不敢真伸手去干。

"其实我坏着呢，只不过看着老实。"我对她解释，"学校老师也都刚见我挺喜欢，后来没一个不讨厌我的。"

"你会吐大烟圈吗？"她忽然过来，扒着我肩膀，一嘴烟气地问。

"不会。"我说，吐了一个，果然不成形。

"我会。"她说，在我耳边接连吐了几口烟，但无一成功。

"前两天我还吐出一个特大的呢。"她说，很有耐心地坚持吐。她嫌这儿靠近窗户有风，坐到墙角的藤沙发上面朝墙吐。

我问她上学呢还是已经工作了。她回头告诉我她早就工作了，初中毕业便去郊区一个果园农场当农工，每个月挣十六块钱工资。

"我现在是学徒，出师后就能挣三十多块钱了。"她补充说。

"那你够富裕的。"我表示对她已经挣工资的羡慕。

接着我问她老在外边"飘"，她爸爸不生气吗？每天和男的混在一起。

"他都气死了，可又没办法。"于北蓓笑着说，"好几次都说不认我这女儿。"

"打过你吗？"

"怎么不打？捆起来打。"于北蓓做了个手脚被束缚的样子。

我抓紧时间教育她，"其实你没必要每天不回家，在男的这儿住。我们都挺坏的，万一哪天真出了事多不好……"

"他想打我，可打不着，一打我就跑。"于北蓓听清了我的话，好笑地望着我，"会出什么事？我早出事了，还等到你们这儿再出事？"

她不屑地瞟了我一眼，把烟蒂扔到地板上用脚碾灭，抬头又白了我一眼。

我惭愧地低下头。

她忽然怒容满面。

吃饭的时候，她对我很冷淡，不停地和别人说笑，玩笑开得比昨天晚上更加露骨，使得一屋人兴奋异常，开心的哄笑声几乎掀翻屋顶。

她上气不接下气地笑，一边用筷子把菜盘里的肥肉挑拣出来，扔进我盘里，我把那些肥肉又一片片夹到桌上，很快便堆起了白花花、油汪汪的一坨。

下午，我们没烟了，大家掏兜凑够了一包烟钱差我去买，那些钱只够买一包"光荣"或是"海河"的。于北蓓拿过自己的军用挎包，摸出一张红色的五元钱让我买两包好的。

在院门口，我碰见了许逊的妈妈，这使我很懊恼。这女人在院里正直得出了名。对待我们这些孩子就像美国南方的好基督徒对待黑人，经常把我们叫住，当众训斥一顿。虽然她儿子和我们一样坏，可这并不妨碍她的正直。我敢断定，她十有八九会把上学时间在院里看见我这件事告诉我父亲，从中不难得出我逃学的结论。

这个娘儿们大概一辈子没吃过亏。

我买烟回来，他们正在屋里鬼鬼祟祟地商议什么，一见我推门进来，于北蓓忽然大叫一声，笑着向我扑过来，没等我闹清怎么回事，她已经一把搂住了我，在我右脸蛋上结结实实亲了一口。

大家呼啦围上来，看着我的右脸笑说："不行，没有印儿。"

这时我才发现于北蓓手里拿着一管口红，她本来准备涂得厚厚的，给我脸上盖个清楚的章，正涂了一半，我便回来了，破坏了他们的计划，这是高晋的主意。

实际上，这一戳记已经毫厘不爽地深刻地印在我脸上。

在其后的一周内，她的双唇相当真实地留在我的脸颊上，我感觉我的右脸被她那一吻感染了，肿得很高，沉甸甸的颇具分量。

这是猝不及防的有力一击。那天下午我一直晕乎乎的，思维混乱，语无伦次。但就在那种情形下，我仍小心翼翼地保持着分寸，不使别人看出我心情的激动，如同一个醉酒的人更坚定地提醒自己保持理智。我以一种超乎众人之上的无耻劲头谈论这一吻，似乎每天都有一个姑娘吻我，而我对此早就习以为常。

他们仍旧嘲笑我，说我看于北蓓的眼睛都直了，说我爱上她了。于北蓓也走上前盯着我的眼睛问是吗？

我用力推开了她，她揉着胸说我把她搡疼了。在别人的怂恿下，她再次上前要亲我一口，我拧着她的胳膊把她别转过身去，抓住她另一只挥舞挣扎的手，将她两臂反剪在身后，迫使其弯腰低头，快乐地尖声大笑，直到她疼得龇牙咧嘴都快急了才松开她。

她怒不可遏地冲上来要抽我，在别人的劝阻下才没有真动手，揉着疼痛的胳膊恨骂不休，别人也都说我开玩笑太没轻重。

后来她又转怒为喜，去亲许逊和汪若海，我坐在一边抽着烟看着他们调笑，心中充满耻辱和羞愤。

那天晚上，我对父亲的盘诘表现得相当无礼，他一开口我便坦率地承认了今天没去上课。这似乎使他失望，他大概期待我对此进行一番花言巧语的狡辩，他便可以痛快淋漓地揭露我，从而增强震慑效用。

在发生了如此严重的事件之后，我他妈才不关心逃学会有什么后果呢！

"我已经承认了，你打我一顿得了。"我不耐烦地对他说。

我对那次皮肉之苦毫无印象，只记得夜里醒来，很久不能入睡，满怀对那一吻的甜蜜回忆和对于北蓓的深深眷恋。

第二天，我还是老老实实到学校去了。这是我的一个习性：当受到压力时我本能地选择妥协和顺从，宁肯采取阳奉阴违的手段也不挺身站出来说不！因为我从没被人说服过，所以也懒得去寻求别人的理解。人都是顽固不化和自以为是的，相安无事的唯一办法就是欺骗。

如果说过去我对上学只是厌倦，现在则完全是厌恶了。老师充满信心灌输给我们的知识是那么肤浅和空洞，好像在我们的一生中真有多重要的作用似的。我觉得这个课堂完全不适合我，连坐在这儿听讲的姿态都显得那么幼稚。

我在课堂里无聊地坐了一上午，认为已经给了老师和家长足够的面子，中午一放学，我便偷偷背着书包溜走了。路过那栋灰楼时，我只稍稍想了一下那个令我神魂颠倒的照片中的姑娘。

我在王府井南口找到了他们。他们在"中国照相馆"门前的树荫下的护路栏杆上坐成一排，一边吃雪糕一边盯着过路的姑娘。

　　那时王府井南口的路边天天麇集着一伙伙穿军衣的年轻人，成群结伙地追逐少女，或是干脆无所事事地待着，互相结交，一些严重的集体斗殴事件也时常发生在那里。

　　到那儿去的年轻人，不论男女，清一色地穿着军装。那时军装的时髦和富有身份感是如今任何一种名牌的时装所不可比拟的。也只有军装在人民普遍穿着蓝色咔叽布或棉布制服的年代显出了面料和颜色的多样化。国家曾为首批授予军衔的将校军官制作了褐黄、米黄、雪白和湖绿的咔叽布、柞蚕丝以及马裤呢、黄呢子的夏冬军服，还有上等牛皮缝制的又瘦又尖的高勒皮靴。

　　这些都是值得炫耀的。使我惊奇的是这些带垫肩的威风凛凛的军装穿在那些少年身上是那么合体，想来当时军官们的身材都很矮小。

　　这些穿着陆海空三军五花八门的旧军官制服的男女少年们在十多年前黯淡的街头十分醒目，个个自我感觉良好，彼此怀有敬意，睥睨众生，就像现在电影圈为自己人隆重颁奖时明星们华服盛妆聚集在一起一样。

　　于北蓓和他们在一起，同时在一起的还有另一伙人，她和两伙人都很熟识，那伙人也带着两个女的，大家混杂在一起说话。

　　她看到我很友好地笑，全然没有昨日不快的阴影。我也对她笑，我们像老朋友一样聊天。

　　一个很水灵的单身小姑娘从我们面前经过，大家像看驶过的"红旗"车一样盯着她看。高洋和那伙人中最漂亮的一个男孩，追上去一左一右夹着她嬉皮笑脸地和她搭讪。

小姑娘只是低头加快脚步走，一声不吭。他们跟她走到新华书店大楼门前便扫兴地回来了。

片刻，小姑娘又从原路回来了，犹犹豫豫似乎有点不再敢经过这里。我们大家看着她笑，高晋对于北蓓说："你去跟她搭话。"

于北蓓跳下栏杆就向姑娘走去，在不远处截住她和她说什么，笑着回头看我们。

小姑娘脸红了，看了我们一眼又胆怯地缩回目光。我想她一定会过马路从街对面走掉，可她始终站着不动。过了一会儿，她羞答答地跟着于北蓓向我们走了过来。

"发给你吧，你们俩聊聊。"于北蓓笑着对我说，把我从栏杆上推下来。

我实在很喜欢小姑娘的娇羞动人的神态，看年龄她比我还小，正是我在学校常常倾慕的校宣传队跳舞的那种女孩儿。我问她是哪儿的，她说是少年宫合唱团的，又问她的名字，来王府井买什么东西。她羞得满脸泛红，眼神一个劲躲闪，却始终面带笑容。在她面前，我觉得自己很老练，可再往下就没词儿了，不知该说什么，只是看着她傻笑。

她倒很快镇定下来，不再害羞。另一伙中的一个胖乎乎的男孩口齿伶俐地跟她攀谈起来，一两句话就说得她开心地笑起来。

我们一点没注意街上情况的变化，等发现刚才还三五成群遍布街头的穿军装的男女少年忽然都不见了时，一个民警已经带着七八个工人民兵把我们围住了。

我们被带到"儿童电影院"，那儿是民兵小分队的据点。他们简单搜查了我们的身上，然后让我们解下鞋带和裤腰带，由两个民兵把我们解往"东风市场派出所"。

我们提着裤子趿着鞋，像一队俘虏被押着穿过熙熙攘攘的王府井大街，很多成年人驻步好奇地看我们。于北蓓虽然也提着裤子趿着鞋模样狼狈不堪，但神态像我们一样坚强，不屈不挠。那个小姑娘则一路哭哭啼啼，万分委屈，辫子不知何时都散开了。我真觉得她给我们这一行人丢份儿，很想回头呵斥她。

在派出所的四合院里，我们被关进了三间通厦的北房里，一个个被命令在地下蹲着面朝墙，不许说话。

屋里已经绕墙一遭蹲满了少男少女，刚才街上神气十足的那一伙伙人大部分都到齐了。

民兵们还在不断往屋里解人，墙边已经蹲不下了，新到的便在地当间一排排蹲下。再后来的就胡乱找个地方蹲下，面朝四面八方的都有。有的人蹲累了便悄悄交替挪动双脚，把双手放到膝上撑住头。

我们低着头互相瞅着悄悄笑。

有人放了一个屁，屋里响起一片低低的笑声。不少人抬起脑袋东张西望，受到看管民警的呵斥，像割倒的麦子纷纷低下去。

就在这时，米兰和另一个姑娘被带了进来。我听到门口的一个女民警恶声恶气地骂："臭德行，还涂口红呢!"

我回头，正看到米兰在我身后蹲下，女民警显然骂的是她，我看到她红着脸在笑，而她的嘴唇确实红艳欲滴。

她比照片上要高大，后来当我们都站起来时证实了我这个感觉：丰满，更加红润，发育得像个白种女人，这使她看上去比我看的照片里的她自己要大得多。

后来，我再三端详她后，为她找到了一个恰当的比喻：她给人的感受犹如西餐中奶油、番茄汁掺在一起做成的那道浓汤的滋味。

说实在的，她可能不比照片上的那个形象更具纯粹意义上的美感更令人陶醉和遐想。有一瞬间我也怀疑她们仅是相像。但我看她的第二眼，这个活生生的或者不妨说是热腾腾的艳丽形象便彻底笼罩了我，犹如阳光使万物呈现色彩。

她的眼珠像两颗轻盈的葡萄在眼波中浮起，这使她随便看人一眼都是一种颇感兴趣的凝视和有所倾心的关注。

她在微笑，是朝蹲在另一边偷偷向她递眼色的于北蓓。

我哭了，一进民警办公室，看见那个民警在摆弄一副锃亮的手铐就给吓哭了。虽然我进去前再三叮嘱自己，哪怕他们吊打我，尽可以招供，但决不能哭！可一进门，人家正眼都没瞧我一下呢，我自己却先挺不住了，看来以后真是不能打听太多党和国家的机密，否则被谁抓了去跑不了要当叛徒。

我一哭，使那个警察很反感，轻蔑地看着我，"就你这尿样儿还打算在我们王府井一带称王称霸呢？告诉你，什么镇灯市口，戳南池子，公安局全镇！说，哪儿的？叫什么名字？来王府井想干吗？"

我说我是哪儿的叫什么名字来王府井想买字典。

"去去，擤擤鼻涕走吧，以后少来王府井玩。"警察草草问了一遍，让我认走自己的皮带和鞋带，又叫带下一个。

我连忙擦干眼泪，穿好鞋带，扎紧裤子，灰溜溜地贴着墙根窜出派出所。

我没有等其他同伙，先坐车回家了。路上我非常生自己的气，觉得这事要传出去自己可没法做人了。

那天晚上，我没有出门，像个女孩子天黑就上床睡觉了，对父母十分驯服。既然我已经在一种势力面前低了头，我宁愿就此尊重所有势力的权威，对一个已然丧失了气节的人来说，更坏更为人所不齿的就是势利眼。

我多么渴望能遇见一个一起被捕的朋友，那样我便可以从他看我的眼神中观察到我是否暴露。如果没有，我发誓我要像那些仅有自首行为并未出卖同志或决心以后不再出卖的好人们一样，面不改色心不跳地成为最坚定、最不妥协的一分子。

第二天晚上，我刚躺下，就听到窗外有人轻轻敲玻璃，我撩起窗帘，看到许逊和于北蓓站在纱窗外的月光下朝我笑。

于北蓓凑近小声对我说："怎么这么早就睡了？昨天你怎么没来？"

我又难过又欢喜，飞快地穿上制服短裤打开窗户跳了出去。

落地时，于北蓓轻轻抓住我的手，扶我站直。

"你爸又管你了？"许逊问我。

"都是你妈告的状。"我不假思索地把两件不相干的事联系在一起使之成为冠冕堂皇的借口。

于北蓓在黑暗中紧紧攥着我的手，我也无意松开，很快两只手便变得汗津津、滑腻腻。她边和与我们并排走的许逊说话，边用小指尖在我的掌心轻轻划。

我在路上迅速为自己想出了一个很巧妙的解释，不但可以掩饰甚至还能突出我的机智：我在派出所装哭，以骗取警察的掉以轻心，从而很顺利地脱了身。

那种大灰砖的老房子隔音很好，加上所有窗户都糊了黑纸并拉上从礼堂偷剪来的帷幕窗帘，高晋家从外面看上去就像屋里没人。

进去才发现坐了一屋人，灯光雪亮刺眼，人头攒动人语嘈杂。

夏天如此遮蔽门窗，室内闷热可想而知。男孩们大都只穿件小背心，肥大的军裤绾到大腿根，热得满脸通红，拼命扇着扇子，同时嘴里不停地抽烟。浓郁弥漫的烟雾使人忍不住流泪。

他们个个表情严肃，阴郁地低声议论着什么，有人在摆弄钢丝锁，抡得呼呼生风。

我也立刻严肃起来，意识到一定发生了什么严重的事情。

这时，高晋、高洋陪着汪若海从里屋走出来，汪若海一脸伤痕和红肿。

高晋脸色阴沉地对我说："汪若海刚才在院门口让'六条'的几个小晃截了，拍了几砖头，差点给'花'了。"

我二话没说，气势汹汹地转身在屋里找家伙。所有的改锥、锤子或菜刀包括水果刀都被人握在手里装进书包。

院里的一些上小学的半大孩子都被动员来了，他们为大孩子的信任有幸参加这次光荣的出击激动得微微战栗。

"走吧。"高晋下令。我看到他把一柄日本三八枪刺刀揣进斜挎在胸前的军用挎包内。这是当时最专业的战斗装束，像带领一帮手拿锄头和镰刀的泥腿子去打土豪的农会领袖手中挥舞的系红绸子的驳壳枪令人羡慕。

大家呼啦啦往外走。

"女的别去了。"在门口高晋对于北蓓说。

我们骑上自行车，没车的就在前梁和后架上带着，一路摇着转铃在夜幕下浩浩荡荡出了院门。

门口一些乘凉的家属和战士瞪大眼睛看我们。

"怎么走?"率队骑在前面的高洋大声问汪若海。

被方方用"二八"锰钢车带在大梁上的汪若海一指右前方，"走仓南胡同。"

在北京军区总医院院墙外我们看到两垛红砖堆，赤手空拳的孩子们便纷纷下车，搬下砖头在柏油马路上摔为两半，一手各拿一块半截砖头跑步上车继续前行。

24路公共汽车站旁边的一处居民院落正在修缮房屋，院门口堆了一堆沙子和一堆白石灰，几个赤膊少年正在沙堆上练摔跤。

"就是这几个。"汪若海喊。

我们立即在路灯柱下停车下来。那几个少年眼尖，发现我们撒腿就跑，沿着大街狂奔，见胡同就往里钻。

我们一窝蜂地在后面紧追，一边破口大骂，一边把砖头雨点般地掷向前边拼命逃窜的野孩子们赤裸的后背。

一辆24路公共汽车在街中心猛地刹住，司机、售票员和乘客纷纷从车窗探出头观望。

一些在路灯下乘凉下棋的居民百姓也紧张地从竹椅和小板凳上站起来。

我们愈发精神抖擞，气焰嚣张。

拿过全市中学百米跑季军的高洋在吉兆胡同口一把抓住了一个正要往院门里钻的孩子。

我们随后紧紧围住了他。

那孩子在路灯下气喘吁吁地转过脸，由于恐惧脸色苍白，和他那头乌黑蓬乱的头发对比强烈。他声嘶力竭地叫嚷："没我事，我刚从家里出来。"

然后他一眼看见我，目光在我脸上停留了几秒。他曾是我们班和我相当要好的一个同学，他爸爸是六条副食店的经理。

高洋得意地掐着他脖子，使他的头向后仰，声音也变得呜咽喑哑。

"有他没有？"他喘着粗气问汪若海。

汪若海还没说话，方方一声不吭地从人群中挤上来，用手里的砖朝这孩子的颅顶使劲一拍，大家同时把手里的砖头一起砸下去，并抢起钢丝锁没头没脑地一通乱抽。

高洋松开手，那孩子贴着墙根瘫倒在地。我不声不响地用手中的砖头在他身上一通乱砸，直到大家都散开跑走，仍没歇手，最后把那块已经粘上血腥的砖头垂直拍在他的后脑勺上，才跑开。

他们已经骑上自行车，乱箭般嗖嗖地消遁于昏暗的街头。

只记得我在街上没命地跑，路边一些面相凶恶的赤膊大汉瞪着我；路灯昏黄的光晕下，一地赭红的完全粉碎的砖头屑；那个同学软绵绵地脸朝下俯卧在黑黢黢的墙根，形若一段短短的焦炭。

似乎还有他在一群人的紧紧追赶下近乎痉挛抽搐的奔跑姿态和格外惨白的脸庞以及黑洞般绝望的两只睚眦欲裂的眼睛，实际上我当时根本不可能从另一个方向迎面看到他的表情。

我们兴高采烈地回到院里，下车伊始便开始竞相夸耀。我的英勇无畏有目共睹，大家纷纷过来拍着我的肩膀称赞我："别人都撤了你还在那儿打，手够黑的。"

我骄傲地挺着胸脯微笑着，一边吹嘘着一边偷眼去瞧笑眯眯望着我的于北蓓。

大家找出半盒皱巴巴的烟分了抽。按照我们吹嘘的战绩，那个挨打的孩子必死无疑。

后来，我们拿了手电筒，从澡堂的窗户跳进去洗凉水澡。

澡堂的水泥地很滑，有人一进去就光脚摔了个大马趴。我们打着手电光柱晃来晃去找着一个个淋浴喷头。

凉水从莲蓬头喷泻而出，冰冷的水打在我们汗淋淋的温热身体上，激得大家快活地大叫，这叫喊在空旷的间间浴室内引起阵阵嗡嗡的回声。

晶莹的水珠在天窗透下的月光中泛着凛凛青辉的坚硬的水泥地上飞溅，犹如无数透明薄脆的玻璃杯接二连三地打碎，一地残片熠熠闪烁。

大家边洗边用手电相照下体，拿发育充分的取笑。

"直了直了！"大家忽然一起指了个半大的孩子。

在倥偬倏亮的手电光中，我看到一个骇人的勃起。

犹如肚子被撞了一肘，我感到一阵恶心，就像人脑袋上突然长出一枝梅花鹿的角权令我无法忍受，简直是活见鬼！

"你怎么这么流氓！"方方抬手了那孩子一个嘴巴。

那孩子被打哭了，捂着下体委屈地申辩，"我是尿憋的。"

"滚蛋！"高洋一脚丫踢在那孩子的屁股上。

我已经迟到了，所以也不着急，慢慢沿着自行车道的洋槐树荫溜达，想等第一堂课上完了再进校门。

她从木樨地地铁站口出来，向我斜插过来，在前面的路口拐进楼区，那时木樨地大街两旁还没有盖高大建筑，所以她一直处于我的视野之中。

她走路的姿态很勾人，各个关节的扭摆十分富有韵律，走动生风起伏飘飞的裙裾似在有意撩拨，给人以多情的暗示。她的确天生具有一种娇娆的气质，那时还没有"性感"这个词。

我像一粒铁屑被紧紧吸引在她富有磁力的身影之后。

从那天晚上的夜袭之后，我对自己变得很有信心。我觉得自己已经是个取得资格承认的小"玩闹"，可以像一个真正的"顽主"一样行事，而真正的"顽主"是不惮于单枪匹马的。

我克服胆怯的诀窍就是：闭眼。

我快步走近她，在她身后朝她叫："喂，喂……"

她没有停步，只是微微侧脸回眸迅速乜斜了一眼。

"你等等，我有话对你说。"我嗓音稚嫩地对她说，抢到她前面拦住她。

她绕开我继续往前走，同时好奇地打量我。

"你等等，别走哇，听我说！"我手忙脚乱，书包一下一下拍打着胯部，再次拦在她前面。

她犹豫地站住了，困惑地望着我，然后她笑了。

她这一笑坏了，我一下脸红了，肚子里背好的词儿也全忘了，明知是俗套儿，也只好硬着头皮背诵似的说：

"我仿佛在哪儿见过你。"

"得了，小毛孩儿，你才多大就干这个？"她忍着笑继续朝前走，走出几步还含笑回头看我。

我也笑了，她的笑容鼓励了我，我觉得自己脸皮忽然厚了，追上她，对她说：

"你不就是前边那楼的吗?"

"你是那中学的学生吧?"她皱皱眉头加快脚步。

"我还在东风市场派出所见过你。"我大声对她说。

她像脚底踩着了一个钉子立时站住了,转身看我,似乎有些不知所措。

"怎么记性那么不好呢?"

她像我刚才一样唰地红了脸。我凑上去鬼鬼祟祟地对她说:

"咱们到那边树荫底下去说呀?这路上有人看咱们。"

她飞快地瞟了眼过路的老太太,冷冷地对我说:

"有什么话你就在这儿说吧。"

"能和你认识一下吗?"我诚恳地说。

"我觉得没必要。"

"交个朋友吧。"这句话我说得十分老到、纯熟。

她"扑哧"笑了,大概这句话她听人说过千百遍,今天从这么一个比她矮半头的小孩嘴里一本正经地说出来使她觉得好玩。

"一看你就是一个坏孩子。"

"认识一下有什么坏处?你可以当我姐姐嘛。"

"你到别处认姐姐去吧。"她转身欲走。

"你不跟我认识,我打你!"我恫吓她。

她嘲弄地看我一眼,"你打得过我吗?"说完撇下我往前走去。

我沮丧地望着她的背影,想骂她几句,可离学校门口太近,路上又人来人往的,怕惹起一场是非,也未必能占到便宜。

就这么眼睁睁地放她走了?我知道如果这次放了她,下回再碰见我也不会有勇气跟她搭讪了。

这时,我见她的脚步慢下来,在十几米开外停住,回过身来招手叫我：

"你过来，小孩。"

我眉开眼笑，近乎蹦蹦跳跳地飞跑过去。

"你多大了？"她问我。

"十六。"我多说了一岁。

"你骗我吧？"她也笑，"你哪有十六岁？是周岁吗？"

"你多大了？"我问她。

"反正比你大多了，十九。"她若有所思地望着我，"你真想认我当姐姐？"

"真的。我一见你……怎么说呢，就觉得你像我姐姐。"

她抿嘴笑："你有姐姐吗？"

"没有，只有一哥哥。"

"你要认我当你姐姐，那你听我话。"

"保证听话。"

"不许乱来，以后不许再到街上追女孩子了。"

"我这真是头一次。"这我倒是说的实话。

"谁信哪！"她一撇嘴，"看你就像小油子——你叫什么名字？"

我告诉了她我的名字，她也告诉了我她叫米兰，我没有把她和于北蓓提到的那个名字联系在一起。

我问她平时是不是老不在家住。

"你怎么知道的？"

我在那个年龄是很乐意扮演无所不知、无所不能的角色。我对她说我不但知道她家住几单元几号，也知道她父母长得什么样，骑的什么牌子的自行车。

"看来你还真是对我的事知道不少。"

米兰告诉我,她上班的地方离城里很远,所以不常回家。这一阵她生病了,才每天在家。我问她生的什么病,她不肯说,让我少打听。又说其实也不是什么大不了的病,只是不爱上班,所以开了假条在家待着。她主动对我解释那天被抓进派出所,纯属莫名其妙。她刚从郊区进城回家,想顺便到王府井买斤毛线,遇见一个同学打了个招呼,就被一起抓走了。

"你是涂口红了吗?"我问她。

"我从不涂口红。"她努着嘴唇给我看,"天生就这么红。"

我本来是不想去上课了,可说了会儿话,米兰就撵我走,让我必须放学才能去找她玩。我想和她约好下次见面的时间和地点,依我的意思,最好在北海公园或中山公园门口。

米兰笑着说:"你算了吧,去那种地方干吗?你不是认识我家吗?想找我就到我家敲门好啦,我基本上天天在家。"

我郑重其事地对她说:"我不喜欢和别人家的大人打交道。"

"我爸爸妈妈人特好,从不盘问我的客人。"

她用两手搭在我的双肩上,把我转了个身,向校门口方向轻轻一推:

"走吧,别恋恋不舍了。"

我走到校门口,回头张望。她站在她家楼门前,远远地朝我微笑,那是我一生中得到的为数不多的动人微笑之一。

每次我都是怀着激动喜悦的心情,三步并作两步连蹿带跳地爬到顶层去敲她家门。可不是敲了半天屋里没人,就是她父亲或者母亲在里面应声问:"谁呀?"吓得我刺溜一下顺着楼梯踮着脚尖逃走。

那些楼梯的台阶布满污秽和痰渍，每一个拐角都堆着破竹筐和纸板箱，有时还坐着俩玩烟盒或冰棍棍的小孩，我从这一切之间慌慌张张穿过去时充满屈辱感。

这就像一只勤俭的豹子把自己的猎获物挂在树上贮藏起来，可它再次回来猎物却不翼而飞。我对米兰满腔怒火！我认为这是她对我有意的欺骗和蔑视！

在我少年时代，我的感情并不像标有刻度的止咳糖浆瓶子那样易于掌握流量，常常对微不足道的小事反应过分，要么无动于衷，要么摧肝裂胆，其缝隙间不容发。这也类同于猛兽，只有关在笼子里是安全的可供观赏，一旦放出，顷刻便对一切生命产生威胁。

那天的课程非常重要，老师正在布置期末考试的复习范围。我之所以不大上课，每次又都能顺利通过考试，全赖这几堂课的专心听讲和之后的按图索骥。那天我正在课本上画着需要背诵的课文，忽然按捺不住，数学课本封面上的两个圆和一条直线使我像化学老师手中的试管剧烈晃荡。那是一次对人的生理功能受精神作用的屏蔽和操纵的切身感受。我一下失聪了，眼睁睁看着讲台上的老师，也能听到窗外的鸟鸣车响就是听不到他禽合的嘴里讲的是什么。

我必须立刻见到米兰！哪怕是为了考个好成绩。

我脑子里只有这个念头。这念头甚至变成了一种迫切的生理需要，就像人被尿憋急了或是因晕车产生的难以遏制的呕吐感。

同学和老师都注意到了我的脸色苍白，所以对我匆匆走出教室并无诧异，老师甚至还问我要不要找个同学陪着到校医室，被我拒绝了，我一句话都说不出来。

我在向米兰家走去时，心里充满对她的厌恶。我本能地对自己处于这种受人支配的状态产生抗拒。与其说我是急于和她相会，弗如说我是力图摆脱她，就像我们总是要和垂死的亲人最后见上一面。

她在家，这我没敲门就感觉到了。没有任何迹象，香味、音乐以及轻轻的脚步声，帮助了我的预感，可我就是准确地料到了。实际上也不是什么惊人的直觉，只不过是对自己的强烈期望信以为真了，而事实又碰巧和这期望吻合。

我刚敲了两下门，屋里就响起窸窸窣窣只有年轻姑娘才会那么轻盈的脚步声，接着她贴在门后声音很近地问："谁呀?"

她打开门，抱着门扇看着我，过了片刻才认出我，笑着说："是你。"

然后她放我进去。她正在洗头，头发湿淋淋的，从厨房到门口滴了一路水。

这时，我听到另一间屋传出她母亲的声音，"谁来了?"

"你妈妈在家?"我立刻变得紧张不安。

"她生病没去上班——找我的。"她高声对那屋说，又对我道，"你先到我房间去，我把头洗完。"

说完她就回了厨房，厨房立刻响起水龙头放水的哗哗声。

我进了她那间洒满阳光的房间，从镜子里发觉自己笑嘻嘻的，那些难堪的症状都消失了，自我痊愈了，连最小的瘢痕和疥癣都没有，就像从来都没有发作过。

我到厨房靠着门框看她洗头。从另一个角角可以看到敞着门的另一个房间内，她母亲盖着一条大毛巾被躺在铺着凉席的床上。

她的头发很长、很多，当她打香皂搓洗时要离开水池，弯腰站在地当间两手攥着垂下来的头发一缕缕揉搓。我只看得见一头黑瀑布。

"你怎么没去上课？"她边洗边问我。

"老师病了，上午改自习了，我就溜出来了。"我信口说，压根没意识到是撒了个谎。

"你来找过我吗？"

"没有。"这倒是有意掩饰的，"我们最近课程挺紧的，快期末考试了，所以也没时间找你。"

"我还想呢，怎么见了一面人就没影了，是不是又在别处认了姐姐给绊住了。"

她搓完头发，把整头长发往上一掀，一手揪着，露出涨得粉红的脸，直起腰笑着说："最近没有又认识什么人？"

"听你说的，好像我除了在大街上游逛就不干别的了。"

我主动拿过煤气灶上的水壶说："我帮你冲吧。"

"行啊，兑上点凉水。"她伏到水池前低头等着。

我拎着满满一壶水朝她兜头浇下去，"烫吗？"

"可以。"她指示着方向，"朝这儿浇。"

由于她身材高大，尽管弯着腰，我也要费力用双手把水壶提得很高才够得着，好在随着水的倾出，水壶愈来愈轻。

她像拧床单似的双手握着使劲拧那股又粗又重的头发，然后把头发转出螺纹，朝天辫似的竖起，在额前迅速地盘绕几圈结成一个颇似古代少女头的发髻，整个动作一气呵成，腰肢手臂扭画出灵巧动人的曲线和弧形，令我入迷。

这个累累垂在额前的发髻使她整个形象焕然一新，呈现出一种迥异于所有现代少女的独特魅力，犹如宋瓷和玻璃器皿的不同效果。

"看傻了?"她用湿手在我眼睛上抹了一下。

"你干吗平常不这么梳头呢? 多好看。"她用拖把擦弄湿的地擦到我脚下，我往后退了一步。

"那成什么了? 你在街上看见有人这么梳头吗? 有第一个我就当第二个。"

她擦了一遍地，歪身挂着拖把站在日光投射明晃晃的湿地上朝我笑。

回到她的房间，她把盘成发髻的头发解开披散着以便尽快晾干。她赤脚穿着拖鞋对着镜子往脸上、手上和小臂上涂香脂，整个房间弥漫着馥郁的香气和潮湿的头发味儿。午后的阳光已经有些燠热，她有几分胖，很怕热，便拉上了暗绿色的窗帘。屋内立刻有了一种隐蔽和诡秘的气氛，像戴着墨镜走在街上，既感到几分从容又不由生出几分邪恶。

我为自己把这一单纯的举动引申为含有暗示的诱惑感到羞愧。

她脱鞋上床，靠着床头伸直双腿坐着，使劲扇着手里的纸折扇，尽管这样，仍热得身上出汗，不时用手拽拽贴在身上的领口、袖边。

"这天怎么这么热呀，才几月份。"她嘟嘟囔囔地抱怨。

"你会游泳吗?"

"不会。我怕水，总也学不会。你会吗?"

"哪天表演给你看。"

"那太好了，哪天我落水你就可以救我了。"

我们有一搭没一搭地说着话。我一边看着桌上相片框里的照片，一边拿坐在床上的她比较。我总觉得她和照片有出入，虽然还说不上是判若两人，但总感到有什么东西给斩断了，又有什么东西给强烈突出了。这是一种难以言表的不对位，从五官局部发现的一致更增加那种捉摸不定的感受。这也许是此刻与彼时表情和姿态的不同，或是人眼和相纸还原色彩的差异，以及单一焦点和不停扫描两种不同的处理材料方式造成的，再不就是我前后看到的不是一张照片。

"你还有一张照片呢?"我问，"穿泳装的。"

"没有，我没穿泳装照过。"接着她怀疑，"你什么时候看见过我穿泳装的照片?"

"有，你肯定有一张，也是彩色的，原来摆在你桌上。"

"胡说。"她笑了，以为我和她开玩笑，"以后你给我照吧。"

我请求看她的影集。她不肯，说她没影集。

我坐到她床上继续央求，我没敢离她太近，谨慎地保持和她身体的距离，唯恐这一姿态咄咄逼人，招致她的反感。

"你真要命，有什么好看的，看人还不够?"她下床从抽屉里拿出一本裹着缎面的影集扔给我，自己在桌前坐下，端详着镜子里的自己扇扇子。

我一页页翻看影集，里面的照片全是黑白的，大都是她和家人亲友在风景名胜的留影，衣着平常，神态安详，很多是在强烈的阳光下皱着眉头的，没有一张是刻意修饰和忸怩作态的。

我取下一张她在自家楼前的单人照片，说："这张送我吧。"

她回头看了一眼，简短地说："不行，你要我照片干吗?"

我把那张照片揣进上衣兜里，她过来夺，"真的不行，这张我就一张。”

我躲闪着她，像武术家一样拨挡着她向我胸前伸过来的手，“给我张照片怎么啦?”

“不干，还我。”她有些气急败坏，劈胸抓住我衬衣领子，把那张照片从我胸兜里嗖地抽出。

她的力气可真大，她那一推使我一屁股坐回到床上。

“不高兴了?”她笑着问我。

其实我并没生气，只是有些懵然。

“别不高兴，真的。”她胡噜了一下我的头，“你拿女孩照片不好。”

于是我笑，真想为了再让她扭扯我再去抢那张照片。

“送你一支圆珠笔吧。”她在抽屉里翻了翻，找出一杆当时很稀罕的按键式双色圆珠笔递给我。

我满心欢喜地接过来，脸上仍作出很委屈的样子。

她妈妈病恹恹地扶着腰进来，站在门口略有些诧异地望着我。

我一下从床沿站起来，脸唰地红了。

“你欺负人家小孩儿了?”妈妈问她。

“没有，我们闹着玩呢。”她笑着说。

我知道自己这样任其发展下去很危险，每当从她家鬼混出来，我便陷入深深的忧虑，决心以加倍的努力补上荒废的功课。但回到家里就算对着课本坐到深夜，也是以满脑子对她的胡思乱想度过的。她的一颦一笑成了我最孜孜不倦求解的方程式。这种夜以继日的想入非非搞得我身心交瘁，常常睡了一夜起来仍没精打采。由于无力驾驭，最后我必然放纵地对待自己，而且立刻体会到任性的巨大快乐。

我宿命地对待那场即将到来的考试。

我几乎天天都到米兰家和她相会。我把她总是挂在脸上的微笑视作深得她欢心的信号，因而格外喋喋不休、眉飞色舞。我们谈苏俄文学，谈流行的外国民歌二百首。为了显示我的不凡，我还经常吹嘘自己和我的那伙狐朋狗友干的荒唐事。我把别人干的很多事都安在自己头上，经过夸大和渲染娓娓道出，以博得她解颐一笑。我唯一感到遗憾的是，我已经是那么个和我年龄不相称的胆大妄为的强盗，她竟从不以惊愕来为我喝彩。要知道这些事在十年后也曾令所有的正派人震悚。

那段时间，是我一生中纵情大笑次数最多的时候，我这张脸上的一些皱纹就是那时候笑出来的。

有时候，我们也会相对无话，她很少谈自己，而我又像一个没经验的年轻教师，一堂课的内容十分钟便一股脑打机枪似的说光了。

她便凝视我，用那种锥子般锐利和幽潭般深邃的目光直盯着我的双眼看进去。常常看得我话到了嘴边又溶解了，傻笑着不知所措。我也试图用同样的目光回敬她，那时我们的对视便成了一种意志的较量，十有八九是我被看毛了，垂下眼睛。直到如今，我颇擅风情也具备了相当的控制能力，但仍不能习惯受到凝视。过于专注的凝视常使我对自己产生怀疑，那里面总包含着过于复杂的情感。即便是毫无用心的极为清澈的一眼，也会使受注视者不安乃至自省，这就破坏了默契。我认为这属于一种冒犯。

她很满意自己眼睛的威力，这在她似乎是一种对自己魅力的磨砺，同时也不妨说她用自己的视线贬低了我。

我就那么可怜巴巴地坐着，不敢说话也不敢正眼瞧她，期待着她以温馨的一笑解脱我的窘境。有时她会这样，更多的时候她的目光会转为沉思，沉溺在个人的遐想中久久出神。这时我就会感到受了遗弃，感到自己的多余。如果我当时多少成熟一些，我会知趣地走开，可是我是如此珍视和她相处的每分每秒，根本就没想过主动离去。

为了使我有更充分的理由出入她家，我甚至抛弃对成年人的偏见，去讨好她的父母。我认真地作出一副乖巧的嘴脸，表现一些天真的羞涩的腼腆。我尽力显得自己比实际年龄还要小，以博取怜爱和慈颜。

至今我也不知道我做得是否成功，那对夫妇始终对我很客气但决不亲近，也许当时他们就看穿了我，一个少年的矫情总是很难做得尽善尽美。

夏天的中午使人慵倦欲睡。有时她同我说着说着就没声了，躺在床上睡着了，手里的扇子盖在脸上或掉在床下。我就坐在桌前听着窗外的蝉鸣随便翻她书架上的书看，尽力不去看她因为睡眠无意裸露出的身体。

那时，我真的把自己想成是她弟弟，和她同居一室，我向往那种纯洁、亲密无间的天然关系，我幻想种种嬉戏、撒娇和彼此依恋、关怀的场面。

我对这个家庭的迷恋到了无以复加的地步。

从我和米兰认识了之后，我几乎腾不出空和哥们儿一起玩了。我们那次打架带来了一些后果。那个挨打的孩子头上缝了三十多针，他爸爸和派出所的民警很熟，分局来人把汪若海和高晋抓走了，拘留十五天，还传讯了参加那次伤人事件的所有孩子。我因为在别的学校上学，白天不在，得以幸免。

院里知道了这件事后，所有参加这件事的小孩家长在干部大会上被点了名，受到训斥。几乎所有孩子回家都挨了打。许逊和方方跑到外面刷夜去了。有天傍晚，我坐电车回家，看见他们俩在故宫护城河边闲逛。

那些日子的晚上，我们都受到家里的严格管束，不大容易出门了。

于北蓓也在事发的当晚流窜到别处去了。

不久，我们开始期末考试，我凭着悟性和胡诌八扯的本事勉强应付过了语文和政治、历史的考试，而数、理、化三门则只好作弊，抄邻桌同学的卷子。最后也都及格了，有几门还得了高分，这不禁使我对自己的聪明扬扬自得。

考完最后一门课，我就跑到米兰家找她。她家来了个老太太，大概是她姥姥，一口难懂的南方话，说米兰不在，去买菜了。

我背着书包在菜市场里转了一圈，发现她正拎了一网兜鸡蛋和两条带鱼，站在蔬菜柜台前挑茄子和西红柿。

"你还买菜，小家妇似的。"我见了她后笑着对她说。

"小家妇就小家妇呗，不买菜吃什么呢？"她把西红柿放到秤盘上，售货员又故意拿了几个坏的搁上去，翻着白眼说："这儿卖的西红柿不许挑。"

她也没在意，照样付了钱。

我们走出菜市场，她请我在冷饮柜前喝冰镇汽水。

"我们后天就放暑假了。"

"还是当学生幸福，每年还有两个假。"她吮着汽水瞅着我说。

"不上学了，我就不一定能天天来了。"

"你打算上哪儿玩去？"

我对她没有流露丝毫对我不能天天来的遗憾感到失望。

"哪儿也不去，游泳，打篮球。"我喝完了一瓶汽水，玩着吸管。

她的瓶子里还剩了多一半黄澄澄的汽水。

"我的假条也快满了，又该去上班了。"她似乎有些忧郁。

"你到我们那儿去玩吧。"我兴致勃勃地邀请她，又对她吹了通我们院的好玩和我的朋友们的有趣。

"我才不想认识你们那些小坏孩儿呢。"她笑着说。

"你来吧。"我求她，"你不想认识他们就说是找我的。真的我们院就跟公园似的，哎，可以照相。"我眼睛一亮。

她笑了，"再说吧。"还了汽水瓶子，拿了押金往家走。

我跟她到灼热的太阳地，"别再说呀，到时候都不好联系了——说准喽！"

"好吧，你说哪天吧。"她含笑应允。

前面走过来两个我们班同学，我连忙从她身边躲开，假装和她不认识。

回到院里，还不到中午两点。院里鸦雀无声，各家各户都在午睡。

我看到卫宁穿着拖鞋从他家门内出来，穿过殿门沿着游廊急急往后院奔。

我叫他。他脚步不停地对我说："高晋和汪若海回来了。"

我连忙跟上他，一同来到高晋家，所有哥们儿都在，正怀着浓厚兴趣听高晋吹他在看守所的表现："我们那号里关的净是打架的，就一个倒粮票的一个杆儿犯，叫我们挤对惨了……"

高晋在看守所里剃了个秃子，这时也就长出一层青茬儿，虎头虎脑的引人发噱，表情、架势则完全是个大英雄。

他坐在三屉桌上，两腿晃荡着，把烟灰掸得到处都是。

"汪若海我算是知道他了，忒雏儿，一进去就全抵了。要不是他我根本折不了。"

"真该抽丫的，为他的事儿……"高洋愤愤地说。

"算了，一个院的。"高晋宽容地说，"以后不跟他过事完了。"

"你进去挨打了吗？"卫宁问。

"敢！"高晋一瞪眼，"警察对我都特客气。我一进去就跟他们说：'你们要打我，我就头撞墙死给你们看。'把他们全吓住了。"

高晋一支烟抽完，大家纷纷把自己的烟掏出来给他抽。

我也顺势想从许逊的烟盒里抽一支，遭到他的训斥："你老蹭烟，从没见你买过。"

我觉得他们刷了两天两夜后，一个个都变得有点蛮横了。

"有什么呀，回头我还你一盒。"我不甘示弱，坚持从许逊手里拿根烟点上。心里直打鼓，生怕他和我翻脸。

"你最近都干吗了？怎么老没见？"高洋问我。

"找不着你们，自个儿玩来着。"我做出一副独行侠的样子，"明儿我给你们约了个'圈子'，刚在西单商场拍的。"

其实我把米兰称为"圈子"，并无这一蔑称本身所包含的污辱意思，仅仅是当作女性第三人称的代称。当时没有什么更多更中听的女性称谓，我要不叫她"女同志"，就只好干巴巴地称为"那女的"。

大家的注意力和兴趣点果然转移到我身上，我也一跃成为在这段时期内有所作为的好汉。

我要不想被人当作只知听话按大人的吩咐行事的好孩子，就必须显示出标志着成熟的成年男子的能力：在格斗中表现勇猛和对异性有不可抗拒的感召力。必要的话，只得弄虚作假。

我在院门口等米兰时，虚荣心得到了极大的满足。朋友们毫不怀疑我是用通常的方式结识并控制了这个"圈子"。

我焦急地等待院里下午上班的班车尽快开走，我可不想让我父亲看到我居然和女人有了勾搭。

班车准时开走了。我变得有恃无恐，神气活现地站在大门口伸着脖子张望。我甚至希望过路的院里同龄女孩子留下来观看我和一个那么高大美丽的女人的约会。

约定的时间过了二十分钟，她才在胡同另一端我完全没有料到的方向出现。当时我已经在胡思乱想，把种种意外、天灾人祸都考虑到了，陪我在门口等的卫宁也嘲笑我被"涮"了。这时我看到她，一个箭步蹿到大门中央，高举起右臂像欧美港口城市常见的什么女神矗立在那里。

她过了一会儿才发现我，笔直地向我这边走来。我放下手臂心情复杂地望着她：我本来期待着她有一个光辉夺目的再现，起码也应该浓妆艳抹，花枝招展，给我的朋友们一个不亚于我初瞻其风采的同样倾倒才够味儿。可她完全没有体察我的苦心，随随便便在我看来穿得乱七八糟就来了，而且既没打伞也没戴墨镜，一路暴晒脸红得像个煮熟的螃蟹姿色大打折扣——叫我怎么拿得出手？

真不喜欢她这么普通，效果全没了。

她走近我，脸上露出笑容，"抱歉，我是准时到的，可迷了路，你们这儿的胡同真够难找的。"

我挑剔地看着她，一点没显出热情，冷淡地给她介绍卫宁。

"你好。"她低头和身材矮小的卫宁握手。

我们俩带着她往院里走，她一路看着园林建筑赞叹，"你们这儿真是挺好看的。"

路上遇见的大人小孩都对我们侧目而视。她浑然不觉，"这院子挺深，住的人还真不少。"

卫宁悄悄对我说："可以，够飘的。"

"她今天没好好穿。你没见过平时她的样儿，那才飘呢——否则我哪会拍她！"

我们带她到假山，他们全在上面的亭子里抽烟，我发誓他们是看到我们上山后才摆出那么副随意的姿态。

高晋一见米兰就说："我见过你。"

别人则都是一副倨傲的样子，他们用拼命抽烟和粗野的举止来掩饰自己心中的激动不宁。米兰无论身高还是块头都大我们这帮包括最粗壮的方方一号，坐在我们之间有点像长颈鹿和一群梅花鹿混在一起。

"你是不是和于北蓓一个农场的？"高晋问。

"是。"米兰点头，她似乎有点不愿意提起工作的单位。

"于北蓓跟我们特熟。"高晋说。

"是吗，她认识人挺多的。"米兰微笑着掉脸看假山四周的风景，"这假山够大的，那边还有两个亭子。"

院里冰棍房的冰棍制出来了，卖冰棍的老太太推着冰棍车从山下经过。我下山买了半纸盒小豆冰棍，上来分给大家吃。

许逊、方方打打闹闹，看到那边亭子里有几个小孩在打弹弓仗，便去一人抢了一把弹弓枪，在假山石、树之间互相射着玩，把小孩追得满山跑。

我也到另一个亭子抢了一个小孩的弹弓枪，把他兜里的全部纸弹都搜了出来，领着一帮小孩和许逊、方方展开对攻。

我希望米兰受到朋友们的欣赏，如果他们能产生引诱她的念头我更满意。我也希望米兰能对我的朋友感兴趣，希望他们多交谈，增进了解。我有充分的理由相信我的地位牢不可破，所以我乐得大方一些，潇洒一些，让别人觉得我这人满不在乎。

看到米兰和留在亭子里的高家哥俩从容、饶有兴趣地聊起来我感到欣慰。

一个我麾下的小孩按照战斗的原则伏击了方方，用纸弹击中了他的脸，把他打疼了。方方急了，追上小孩左右开弓扇了两个大耳刮子，小孩被打哭了，弹弓仗也只得中止。

我们几个到另一个亭子里吸烟、喘息。他们看着坐在中间亭子里和高晋、高洋聊天的米兰，轻浮、刻薄地议论："一看就是圈子，屁股都给操圆了。"

我认为他们的评论极不公正，私心觉得连我的感情都给玷污了，可在哥们儿面前是不能为一个女人辩护的，也跟着笑。

"你觉得她好看吗?"许逊问我。

"就那么回事吧。"我仰着脸说。

“这种女的天安门那儿一帮一帮的。”

“咳，我就是觉得她有钱，每次我们去冰室都是她请我。”

“你动了她吗？”

“你想我会闲着吗？”

“哎，赶明儿我发你一个。”许逊拍着我肩膀说，“比这可棒多了，特水。”

米兰在远处笑起来，头向后仰，满面春风，高晋、高洋则一脸坏笑。

隔一会儿，笑声才传过来，他们又在亲热地交谈。

米兰比手画脚说着什么，眼睛四处张望，向我们这边看了一眼，又继续对高晋他们讲。

我忽然感到一阵不安。“咱们过去吧？”我对大家提议。

“过去干吗？多没劲，还不如在这儿坐着。”方方又和许逊打闹起来。他们互相较着膂力，站起来撕掳着到亭子中间，最后方方把许逊胳膊拧到身后，笑着问：“服不服？”

许逊一臂别在身后转着圈地跳着大声喊：“服了服了。”

方方刚松开手，他又反扑上去锁住方方的喉咙，一边喊我：“快上来帮一把。”我把烟叼在嘴里，上前按住方方拼命往后捣的一条胳膊，把他的手腕反拧过来，一边用脚使劲踢他的叉开撑在地上的一只脚。

那只脚终于被我踢松，方方失去平衡，坐了个屁股蹲儿。

我和许逊松开他，撒腿就跑，直奔中间亭子，方方在后面追。

我们笑着跑进中间亭子，方方也追到了。我先告饶：“服了服了，别闹了。”

“弹个锛儿。”

我伸出脑袋让他在额头上狠狠弹了一下，擦着汗在米兰身边笑着坐下看他去追许逊。

他在另一个亭子的石阶前追上许逊，拧得他"哎哟哟"乱叫地押回来。

"跟大家说服了——大声点!"

"服了!"许逊一跳老高。

米兰笑看我们闹，听到高晋说什么，头往前一凑竖起耳朵："你说什么?"

"哪天你弹段琵琶给我们听听。"

"行啊。"她坐直说，"哪天我把琵琶背来。"

"你要会拉小提琴就好了，我爸爸他们军文工团就缺小提琴。"

"会弹琵琶不能拉小提琴吗?"卫宁问。

"两回事。"米兰说，"一个是弹拨乐器，一个是弦乐，使弓子。"

"你可别去他爸他们军的文工团。"许逊说，"一去先得叫他爸糟蹋了。"

米兰光笑，高洋就抓住许逊胳膊，问方方："是不是还得治他?"

许逊跳开逃到一边，"胳膊都拧脱环了。"又对我说："你说他爸是不是比他们花?"

"没错，花得厉害。"我笑说。

高洋追打许逊，反被许逊一路各种勾拳、摆拳打过来，"来呀，来呀。"

高洋也以各种拳击动作招架，两人花拳绣腿来来往往比画了几个回合，笑着收势凑在一起点烟抽。

高洋手里甩着烟坐回来说："真花的其实是方方他爸，你爸是不是为作风问题降过级?"

"你算了吧,我爸哪有那本事。"方方说。

"反正我知道你爸俩老婆,你在老家还有一个大哥。"

"那卫宁他爸还娶过仨呢,其中一个还是地主的闺女。"

"爸都死了,还说他干吗?"

"死了也得批判那思想啊。"大家笑说。

"你想当兵啊?"我问身边笑吟吟倾听的米兰。

"嗯。"她淡淡地说。

"干吗不考'战友'呢?"

"我还考总政呢。"

我讨了个没趣儿,讪讪地不吭声了。

"哎,你会弹琵琶,那也一定会弹吉他吧?"许逊冲米兰说。

"那倒行,拨几个和弦伴唱没问题。"

"那我家有把吉他,我拿来给你我们弹首《山楂树》吧。"

"得得,你闹不闹啊?"我说许逊。

"晚上吧。"高晋盯着米兰说,"晚上你别走了,咱们到假山来唱歌。"

"你不能晚上不回家吧?"我问米兰。

"那倒无所谓,我今天出来倒是和家里说了回农场。问题是我晚上不走住哪儿啊?"

"这你放心,我们这儿可有的是地方住。"许逊笑着说,"你愿住谁家都行。"

"那我挑一家吧。"米兰笑。

"就挑我吧。"许逊拍着胸脯,"我那儿凉快。"

大家便笑,米兰也随着笑,给了许逊近乎一个媚眼。

"哎。"她扭头对我说,"你家能洗脸吗?我觉得我脸上特脏,风吹了一下午。"

"你怎么随随便便就说要在我们这儿住?"路上我埋怨她。

"怎么啦?不好吗?"

"当然不好了。"我提高嗓门说。进了家门给她打洗脸水,暖瓶里已没多少热水,我往盆里倒的时候不留神把水碱也倒了进去,"你知道我们这儿都是什么人?"

"我看你们院小孩一个个都挺老实的。"她撩着上面那层干净的水洗脸,攥着香皂骨碌碌滑转,涂了一手香皂沫儿,仔细地搓洗十指,"听你说还以为他们多坏呢。"

"你以为呢,噢,坏非得写在脑门上?"

她不作声,开始洗脸。

"你是不是常在不认识的男的那儿住?"我把我的毛巾递给她时,忍不住讽刺了她一句。

她怔了一下,接过毛巾锐利地看了我一眼,然后擦脸,"你生气了?"

"没有。"我气呼呼地说,"就是觉得……"

我想说她轻浮、贱,又觉得这么说太重了,弄不好会把她得罪了,转而问:

"高晋都跟你聊什么了?"

"没聊什么,就说我想当兵他可以帮我。"

"我怎么不知道你想当兵?你从没跟我说过。怎么头一次见他倒跟他说了?熟得够快的。"

"瞎聊呗,就说起来了。要不干吗?干坐着?这可是你叫我来的，我来了你又不理我，自己和小孩去打弹弓仗，还说呢。"

她这么一说，倒说得我怪舒服的，不禁笑起来，"当着他们的面，我哪好意思跟你多说话呀。"

"那有什么？咱俩也没别的什么关系。"她在窗台上的擦脸油盒子里挑，"哪个是你妈使的？"

我指了一种牌子的雪花膏，她打开盖子嗅了嗅，挖了一指头涂在鼻尖、额头、双颊上。

"其实我也觉得挺没意思。既然人家说能帮我，我就利用一下他呗。我真是挺想当兵的，从小就想，可惜我们家是地方的，没路子。"

她把星星点点的雪花膏揉开，回头问我："你说他会帮我吗？"

"会吧。"我说，"只要他爸爸点头，进他们军的文工团应该没问题，回头我再帮你问问——你琵琶弹得怎么样？"

"问题是我琵琶弹得一般。"她笑着转过身来冲我说。

这时，我听到门一响，我爸爸进来了，手提公文包出现在米兰身后。

当时我就脑袋嗡了一下，周身的血像染缸里扔进一块石头密密麻麻溅到脸上。他怎么没到下班时间提前回来了？

米兰诧异地看了我一眼，回过身去看见我爸爸。她也有几分局促，但基本坦然，微笑地向我爸爸问好："您好，叔叔。"

我结结巴巴地解释，"这是，这是我们老师。"

米兰奇怪地看了我一眼，没说什么。

我爸爸打量了米兰一眼，用那种洞悉一切的沉稳目光看了看我，对米兰说：

"你跟我来一下。"

米兰不解地看了我一眼，我无能为力，她低头跟我爸爸到他的房间去了。

我听到我爸爸房间传出来的隐隐约约的谈话声。父亲的声音很浑厚，一字一板，听上去很有条理和信心；米兰的声音则是低喃、不连贯的，有时蹦出几个清楚的词。

我又羞又急，渐渐萌生出一种难以遏制的愤怒，真想抄起个什么沉重结实的东西扔进去，以惊人的"哐啷"一响和满地粉碎的结果来表达我的感想。当然，同我鼎沸欲喷的情绪恰成鲜明对照的就是我身体的一动不动。

片刻，他们从房间里出来了，两个人都很严肃。

"我走了，叔叔。"米兰彬彬有礼地对父亲说。

父亲点点头，转身回了房间。

我急忙上前小声问开门欲走的米兰："他跟你说什么了？"

"教育了我一顿。"米兰小声说了一句，匆匆沿着走廊走了。

我回身看到父亲拿了一沓文件从他房内出来，指着我说："你不要出去，晚上回来我找你谈。"

说罢，他出门走了，又去上班。

我连忙回屋打开窗户叫正走到花园游廊通往后院的瓶形门口的米兰，"哎，哎。"

她回头看见了我，下了游廊踩着长满青苔的土地走过来，站在我窗外探头往屋里瞧：

"你爸爸走了？"

"走了，你进来吗？"

"我可不敢再去你家了。"她吐吐舌头笑说，"你爸真厉害。"

"他跟你厉害了吗？"

"那倒没有，态度还挺和蔼。问我跟你是什么关系，怎么认识的，问我的父母是谁，家住在哪里。"

"我爸爸真讨厌！"我咬牙切齿地说，"你都告诉他了？"

"这有什么好瞒的？"她笑笑又说，"他也是关心你，怕你学坏。"

"你怎么不说是我老师呢？"我埋怨她。

"那哪骗得过去？也不像，再说也没必要骗人。"

"唉。"我在屋里叹气顿脚，"我算是又被他逮住了。"

隔壁邻居的窗户一响，支出一扇玻璃。米兰扭头就走，一指邻家窗户，"有人监听。"

"你去……"我张嘴无声，用手指假山方向。

她点点头，绕过柏树丛消失了。

我也点头，不住地点头，接着在自己家里回过身来。

晚上，吃过饭后，我和父亲做了一次长谈，我主要是聆听，不时被要求解释一下动机而已。本来以为父亲会非难我，孰料他竟意外的态度诚恳，并无疾言厉色，基本属于娓娓动听和循循善诱。他告诫我不要过早交女朋友，年轻的时候应该把精力都用到学习上去。要树立远大理想，要有自己的人生目标，当然这目标不是别的什么，而是当时唯一的：做革命事业的可靠接班人。他表示他和其他很多我不认识的人都对我抱有殷切的期望。似乎他们认定我将来会成为一个了不起的人，而这点在当时我自己一点把握也没有。

我一点也不感动，不是施教者不真诚抑或是这道理没有说服力，而是无法再感动了。类似的话我从不同渠道听过不下一千遍，我起码有一百次到两百次被感动过。这就像一个只会从空箱子往外掏鸭子的魔术师，你不能回回都对他表示惊奇。另外我也不认为过分的吹捧和寄予厚望对一个少年有什么好处，这有强迫一个体弱的人挑重担子的嫌疑，最好的结果也不过是造就一大批野心家和自大狂。

我耐心地等他把那些华丽的辞藻全部用尽，假惺惺地掉了几滴泪，然后带着"好好想一想"的任务上床睡觉去了。

我在床上想了半天怎么在平原地带统率大军与苏军的机械化兵团交战，怎么打坦克，怎么打飞机，怎么掌握战机投入预备队进行战略反攻。当然我的思路怎么也脱不开毛泽东同志的人民战争思想，虽然我当时就怀疑地道战和地雷战能否在现代条件下仍和打鬼子时一样行之有效。

想完激烈的战役，我又设想了一番凯旋而归万众欢腾的场面。除了苏联将军式的一胸脯勋章，我还热切地幻想自己能挂点彩，吊着一只膀子之类的，但决不穿的确良的国防绿，最损也得是一身马裤呢！

之后，我就翻窗户跳出去了。

我走到假山脚下，听到山上亭子里传来轻轻的男声合唱，其间伴有隐隐的吉他弹奏。他们唱的是那个年代很流行的俄国民歌《三套车》，歌词朴素，曲调忧伤。在月朗星疏、四周的山林飒飒作响的深夜，听来使人陡然动情，不禁叹息，无端有遗珠失璧之慨。我至今有所不解：中苏两国的民族经历是那么相似，为什么两国的民歌所传达的精神实质那么不同？我们的民歌总是欢快的，要么就是软绵绵的伤感，偶有悲凉也是乘兴而抒，大概我们的人民个个都是天生的乐观主义者所以如此吧。

我上了亭子，他们又在唱苏联卫国战争时期的歌曲《小路》。他们看到我并没有停下来，管自陶醉地唱，摇头晃脑，面带笑容，每个人的眸子都在夜色中闪闪发光，似乎歌唱使他们的眼睛变成了磷质晶体。

高晋拉我在他身边坐下，示意我加入进去和大家一起唱。米兰坐在我对面，摇晃着身体弹着吉他，也在愉快地唱，用眼睛鼓励我。

他们一支歌接一支歌地唱下去，唱遍了我们熟悉的每一首歌。他们嗓音很粗糙，唱得参差不齐，但那份忘情自有一种动人的感染气氛。

我虽然没开口唱，但心中洋溢着激情，萦回着那一首首歌曲的旋律，如同放声歌唱一样痛快。

我注意到米兰和高晋在歌唱时不断相互注视，但我没有一点嫉妒和不快，同声歌唱使我们每个人眼中都充满深情。

不记得那天夜里说什么了，只留下唱了一夜歌的喜悦印象。从第二天到中午才起床这一事实推断，我们起码唱到凌晨。米兰终究睡在了谁家记不清了，似乎没有导致丝毫的淫秽怀疑和色情想象，从第二天我们之间没有投下任何不信任的阴影可以证实这点。实际上第二天我们再见时她已不在场，也许她根本没住在这儿，赶早班车走了。我恍惚记得我们还在高晋家坐着聊天，喝很苦很浓的茶，米兰困倦不堪地偎坐在藤沙发上，用蒙眬却不掩明亮的眼睛瞅我或在场的别人。可这个记忆是不可靠的，场面是真实的，而时间也许不准确，因为她后来屡次到过我们院，我们在高晋家或是方方家有时是在卫宁家都进行过彻夜长聊。

我在游廊上问过高晋，也许是站在那儿看小孩踢足球，"你真

61

打算让米兰到你爸他们军文工团去？”

"我准备帮她这个忙。"他以前所未有的一本正经态度回答我，"我觉得她挺合适的。"

接下来的这段日子，我对事情发生的先后顺序记忆有些混乱，诱发行为的契机也不甚了然，但场面无疑是真实的，虽然十之八九是不完整的。

这场面的地点多数在我们院的各个角落，部分是在大街上，其中仅我记得的有：东单，东四北大街，西四丁字路口，位于北海和中南海两湖之间的文津街。

她在我们院有石头拱券和饰有花纹矛尖的铸铁大门旁的传达室窗口打电话，旁边站有高晋、卫宁等人，我的位置应该是骑车路过。

她眉飞色舞地对着话筒大声说着什么，咯咯地笑。她的一只手拽着黑色的线绳，倾听对方讲话时无意识地在上面来回抚摸。

她在葡萄架的绿荫下，踮起脚尖够一串累累垂下的紫莹莹的葡萄，摘下尖部的一颗放在两唇间吮咂，鬼鬼祟祟地四下张望。

我处于月亮门连接游廊一端，正要往我家的那排平房拐。

我们在高高拱起的屋脊顶上，脚踩着泄水横沟，坐在鱼鳞瓦筒上，戴着墨镜坐成一排。

前方是院内大小院落互相衔接、布局工整的重重房脊；右前方有一轮明亮、镶着茸茸毛边的夕阳。

下面广场有两个妇女在吵架，旁边围了一圈稀稀落落的人，有战士和小女孩。

她们的恶毒咒骂断断续续、高一声低一声地传上来。

米兰在嗑瓜子，墨镜遮住了她的一半脸，她显得悠闲、无动于衷。

她背靠着北海桥头新竖起的白栅栏，两手平伸抓住力所能及处的两根栏杆，左脚蹬踩着石台，神态专注地和高晋说话。

高晋离她很近，很有些把她逼着贴到铁栅栏上的劲头。

她头扭向一边，神态茫然，再转过头来却粲然笑了。

白塔极为耀眼、硕大无朋地矗立在她身后一湖碧水另一岸的葱郁的琼岛山上。

还有一些场面含义过于不清，影像模糊，唯有感受突出，我不能肯定确曾发生，也许是出自我的想象的暗怀的愿望。

我和她在雨天的街头行走，撑着一把透光的天蓝塑料伞，伞的周围边沿滴答着如泣如诉的雨水，我的鞋、裤腿都被淋透了，她的小腿和赤裸的脚丫也都湿漉漉的，在阴霾的光线下苍白、光洁如塑料。

我的个子比通常要矮，矮得像个侏儒，紧紧傍着她的腰间走。她的一只手垂搭在我肩头，五指纤细似钩。

我总想抬头看她的脸，可看到的只是透射着日光形成一片淡蓝晕芒的伞穹和银亮的放射开来的不锈钢伞骨，一个浑圆多肉、粉红娇嫩、不停颤动的下巴在整个视野内处于不可逾越的中心位置。

雨天的冰凉至今粘留在我裸露的皮肤上。

剩下的就是一些关乎我个人的记忆：我打开一间空荡无人的房门，蹑手蹑脚在屋里走，拿走压在凉水瓶下的几张小面额钞票。从和钞票压在一起的纸条上写的字看，这钱是母亲留给孩子订奶的。

我大概还偷过一只上海"宝石花"半钢手表，用三十块钱卖给了一个人，到底是谁我忘了。

我那时非常需要钱，我后来再没那么穷过：一文不名，又没有任何收入来源。

我用那些钱请米兰和我的朋友们吃冰激凌。我们不能老让米兰掏腰包，虽然她很乐意，并没有现在一些披金戴银的时髦女孩的小家子气。我在最潦倒的时期确实吃过一段软饭，吃得还挺顺嘴，差点毁了我。但你起码可以知道，我曾付出了多么真挚的努力用那么一种惊险的方式来使自己更有点男子气。

我们那时常吃的只是一种画着冰山的蓝盒冰激凌，现在这种牌子的价廉物美的冰激凌已在市场绝迹。我们都很爱吃西单商场楼上冰室出售的一种碟盛的奶油冰激凌，一球冰激凌浇上厚厚一坨甜奶油，后来我在上海吃到"攒奶油"和那味道很相近。虽然这种奶油冰激凌一直只卖五角钱一份，可对我们来说也不是天天可以享用的。如果能到位于东风市场的"和平西餐厅"去吃上一份拌有水果的冰激凌"三德"和"雪人"，那就是莫大的奢侈了，相当于现在到大饭店吃上一餐日本菜喝上一瓶英国酒洗上一遭芬兰浴。

这个两层楼的西餐馆不久便被一把火烧掉了，几年之后才在金鱼胡同的一排平房里重新开业，后来又拆掉了，在旧址上盖起了"王府饭店"。

我承认，冰激凌可能没窝头重要，但对有的人来说，宁肯不吃窝头饿着肚子也要吃冰激凌。那个时候资产阶级还在国门之外觊觎我们呢。

我对米兰那些日子的印象如此丰富，那么密实，环环相接，丝丝入扣，甚至重叠交织，分隔不开，想来那段时间我们是经常见面的。

　　为什么我还会有难以排遣的寂寞心情和压抑不住的强烈怀念？

　　为什么我会如此激动？如此敏感？如此脆弱？平日司空见惯一向无动于衷的风景、世相，乃至树叶的簌响，鸟类的呢喃，一朵云的形状，一枝花的姿态，一个音符，甚或万籁俱寂都会使我深受感动，动辄热泪盈眶。

　　难道万物突然有灵了吗？

　　我爸爸和部里的其他一些参谋到山东半岛看地形去了。那时军方除了担心集结在中蒙边境的苏军机械化兵团直捣北京，似乎对来自海上的登陆威胁也很重视。中日淞沪会战时日军杭州湾的登陆和朝鲜战争美军在仁川的登陆都给制定国土防御计划的军事人员留下了深刻印象。另外还有一个重要的心理因素，就是每一个了解近代史的中国人心灵上被我国百年来有海无防的惨痛经历投下的永久阴影。毛主席在新中国成立初期就说过一句著名的话："为了反对帝国主义的侵略，我们一定要建立强大的海军。"几年后我在驻青岛的海军舰队服役时，曾看到山东半岛沿海制高点遍布雷达、火炮、高炮和导弹发射基地。当时用某要人的一句话说就是，"海军三十年来基本上没有形成战斗力。"

　　现在好多了！

　　我爸爸的出差使我获得了短暂的自由和解放。

　　那天是"八一"建军节，食堂会餐，每家都发了餐券。我们一帮孩子也喜洋洋地去会餐，自动集中在几张餐桌周围。桌上备有啤酒和红葡萄酒，菜则是北方军队传统的红烧肘子、四喜丸子、炖黄花鱼什么的。我们和战士、家属一起大吃大喝，不停地干杯。那时我的酒量很小，喝了几口葡萄酒就晕乎乎的，其他人也都脸红脖子粗地吵闹不休。

吃完出来天已经黑了，我记得于北蓓来了，板着脸和高晋说什么事，似乎是为汪若海。她可能是为汪若海抱不平或是汪若海托她说项。汪若海的怯懦行为被揭露后，我们一直不理他。我们从小就崇尚烈士，能容忍一个叛徒生活在我们中间吗？尽管他是向无产阶级专政屈膝，我们唾弃的也仅仅是这种不坚贞的行径，就像新朝尽管也对前朝的降臣委以重任仍毫不留情地把他们统统列入《贰臣传》。

汪若海自然对这种空前的孤立痛苦万分，他被迫和那些更小的孩子一起玩。好几次我们成群结队呼啸出入时，我都看到他领着一帮打弹弓仗的小孩站在一边，远远地用羡慕的眼光看我们。

于北蓓很激动，也许是惺惺惜惺惺，她比我们大两岁，大概更能理解情势所迫和身不由己这两个词。我不知道她是怎么说服高晋的，她说话吐字飞快，我听到了些只言片语，"你们真是……""太没经过事了……"之类的。

后来，汪若海就来了，怯生生地赔着笑，见面就给每个人发烟。看到一个曾经那么要好的朋友变成这样，我们都有些难为情，想对他亲热点，又不知从何做起，于是都客客气气的。

于北蓓更多地表示出对汪若海的青睐，跟他坐在一起，为他点烟，主动找些高兴的话引他说，甚至公然和他亲热，摸一把拧一下的，有一阵还把胳膊搭在他肩上，搂着他依偎着坐在一起抽烟。

现在看来，这一举止是一个勇敢的姿态。在我的回忆中她的这一形象最鲜明、最不可磨灭。

我发现高晋不在已是下半夜，实际上是当他回来进门，我才想起他走了很长时间。他脸色苍白，形容憔悴，然而一点醉态没有。当时我们的酒都醒了，又饿了，正盘算着去食堂偷点会餐剩下的肉食。汪若海主动请战，最后决定由他和方方摸进去，我和许逊在外接应。高晋没有像平常那样策划指挥一番，而是到里屋闷头躺下，高洋进去和他说话，他对高洋也很不耐烦，粗声粗气地把他轰开了。

几天后我才知道，他那天晚上骑车去了米兰家。他那天也醉了，穿过全城用了几乎一小时骑到了米兰家楼下。我不知道他是怎么找到米兰住的那幢楼的。有一个未经证实的说法是：他从路边第一幢楼开始，一幢楼一幢楼地喊过去。

他在黑漆漆的楼群间放肆地大声呼喊着米兰的名字，响亮、嘶哑的吆喝声在万籁俱寂的深夜里听来十分瘆人，由于久没回应显得凄厉、绝望和近乎病态的执拗。那天夜里很多居民都在睡梦中被这惊心动魄的呼叫惊醒，躺在黑暗的床上心烦意乱。我的一些住在那片楼区的同学在一个月后还对我心有余悸地述说他们在暑假期间一个黑夜的遭遇和感受：他们再次入睡后大都陷入可怖的噩梦之中。

接下来大概就是米兰听到了对她的呼叫，她房间的灯迅速在楼顶层亮了，在黑压压的楼群中这扇蓦然出现的明亮窗户无疑给茫然寻找的高晋提供了一个清晰、准确的方位和坐标。他在那扇窗户下像叫春的野猫一声比一声高地朝上叫着。尽管我知道那姿态非人类所能，但我的想象还是顽固地告诉我：他是两臂撑着上身蹲踞在那里叫唤的。

这叫声像它乍起时那样蓦地消逝了。这意味着米兰披着上衣下楼来了，同她一起下来的还有她的父亲，那位儒雅可敬的先生显然是不请自来。

可以想见，在这种情形下，高晋和米兰不可能再说什么。据高洋可疑的描述，那位父亲并没有严厉地责备高晋，虽然他的行为已构成冒犯和无耻。他请高晋上了楼，还给这个沮丧的少年一支烟让他镇定，而高晋也就抽了，香烟的牌子据称是过滤嘴"中华"。我不知高晋是否表示了歉意，反正他很快从醉态中清醒过来，变得安静了，神态有些萎靡不振，肯定会感到难受，我后来看到的脸色苍白和疲惫不堪那时便已经像肝炎病人的黄疸呈现出来。

然后他便掐了烟，一声不吭地走了。

米兰的表现和反应众说纷纭。有人说她自始至终毫无反应，直到事情结束。有人说她开初流露了对高晋的不满和生气，三人上楼进房间后，她便退出了现场，直到高晋走一直待在自己房间没出来。还有一种说法，说她很愤怒，但这愤怒是针对她父亲的。她父亲彬彬有礼的介入被她视为一种不近情理的干涉。她一直冲她父亲叫嚷，试图把高晋带回自己房间照料。我相信并非由于她父亲的阻挡而是出自高晋本人的意愿，他还是走了。

虽然这三种说法不分主次，都有同样有力的证人和很难杜撰的栩栩如生的细节，我还是一下就相信了最后一种说法。没有什么不为人知的证据，而是我觉得当她父亲坐在高晋对面时，她披着一件外衣气呼呼地站在一旁这情景更为合理。

两位当事人从来没有对我透露过有关此事的一个字，就像此事从没发生过或仅仅是个无足轻重的传闻和谣言。当然这件事的真相现在确实变得对任何人都不重要了，他们如果活着也许早把此事忘了。

至今我对高晋和米兰那段昙花一现的关系所达到的真实程度，仍无从猜测。就我所知，米兰最终也没到高晋父亲的部队当文艺兵，两个月后当我们和米兰断绝了来往，他们也没再私下保持联系。年底高晋和高洋就当兵走了。那时他已经有了一个真正的女朋友，是个驻京部队的女兵。再之后，当我们纷纷走向了社会，在人生旅途上各行其道，殊途不同归，即便再次路遇至多也就是一个微笑，一个招手——就像我们之间现在那样。

如果我是米兰，一定要有所择求的话，恐怕我也会选择高晋。他当时确实在我们那群孩子中出类拔萃，个子最高，像混血儿一样漂亮，而且具有不同寻常的阅历，这阅历熏陶出他集明朗、残忍、天真于一身的迷人气质。如果生逢其时，他本来可以像德帕迪厄那样成为令妇女既崇拜又恐惧的电影明星。现在他只不过是千千万万个成功的小商人之一。

当时，确有种种迹象表明他们俩的互相吸引和彼此迅速接近。米兰来到我们院不再先找我，而是直接到高晋家去。有时我甚至都不知道她的到来，偶然串门到高晋家，才发现她来了好半天了，两人正聊得开心。我几乎完全被撂在一边，即使在场也是个龙套的角色，只有坐在一边听的份儿，插嘴便显得挺不知趣，往往把他们谈兴正浓的聊天突然打断，两个人一起友好地微笑着然而神态怔怔地望着我。

他们都挺照顾我。我在场时高晋就不特别多和米兰交谈，巧妙地尽量使话题跟我沾边，以使我加入谈话。有时还主动向我预告，"明天米兰来，你也一起来吧。"

米兰也有意对我另眼相看，坐在高晋家和他聊天时看到我进来，立刻表露出极度的欣慰，这表态常常成为伴随着手舞足蹈的兴高采烈，还要高洋或者高晋本人证明："特想你，听说你一会儿来特高兴。"

她对我一贯持友爱、亲热的态度，连笑容都是那么始终如一的甜蜜。对高晋则往往不客气，公开嘲笑他过火的豪迈与奔放。为他某一句不慎的言行，认真吵过几次架，生过几次气。有时还指使他跑腿，为她买些她临时想起来要用要吃的东西。

当我和高晋发生争执时，她便坚决地站在我这一边，逼着高晋对我让步。

对这一切，高晋虽然也不满也抱怨甚至不予理睬或消极不执行，但从没真动过火。他的脾气变得柔顺了，连汪若海有时挤对他，他也微笑听着不吭声。

那天，我们去新侨饭店吃饭，米兰和我们在一起。吃完离桌刚要走时，靠门口窗边坐着一桌大汉中的一个招手叫米兰过去。那是一个著名的属于"老泡儿"一级的"顽主"和他那同样著名的一伙。此人在北京以好勇斗狠声闻九城，事迹近乎传奇，很多名噪一时的强徒都栽在他手里。从"文化大革命"一开始就崭露头角，"玩"了近十年，长胜不衰，令我们这些小坏蛋十分敬畏。

我没想到米兰居然和他认识，而看样子还很熟。她过去站着和那人说话。那人坐着，岿然不动，面无表情，仅嘴皮嚅动，似乎在问米兰什么。米兰回答时板着脸，眼神凛然。他们说了几句，米兰便傲然离去。那人脸色灰暗，低头不语。

我们正要走，他忽然又抬头伸出中指指高晋，"你，过来。"

当时我们便一起站住，个个心里紧张起来。

米兰已走到门口，又转回来，冲那人喊："你要干吗？"

那人没理米兰，再次叫高晋："你过来。"

"你别理他。"米兰对高晋说。

"去，滚一边去，臭圈子！"那桌中的另一人粗鲁地骂。

我至今难忘米兰遇辱不羞的坦然面容，那是我们很多男人都很难做到的。

高晋也很镇定，唯一可以看出他心中不平静的就是他双目炯炯。他向那桌人走去。犹如被一根线扯着，我们几个也跟了过去。西部片中坐在小酒馆里默默饮酒的带枪牛仔眼中一下认出了那种目光。

当时每一秒都可能骤然爆发一场血腥的斗殴，一个眼神就会引发不顾一切的大打出手。那时我们已经习惯于出门携带菜刀和军刺了。装着凶器的军用挎包就吊在我们脖子上，带子缩得很短，位置正在胸前，瞬间便可以抽出砍杀。方方已经把手伸进挎包内了。

旁边几桌吃饭的男女纷纷转过头来紧张地盯着我们，餐厅里一下安静下来。

高晋大概还认识那桌中的一个人，他和那人点头打了个招呼。

"你叫高晋？"那人冷冷地扫了高晋一眼，声音平淡地问。

"是。"高晋不卑不亢。

"米兰你现在带着呢？"

高晋没回答，只是盯着那人。

这时，邻桌过来一个既和我们认识也和那伙人熟识的小个儿，满脸堆笑对高晋和那人说："怎么，你们还不认识吗？我给你们介绍一下……"

"这没你事。"那人不客气地说，挥挥手，像轰一只苍蝇。

小个儿没再多说一句话，回到自己坐的那桌，喝着啤酒愤愤地看着这边。

"没事，就是问问。"那人把嘴上燃着的烟拿下来，一手去端酒杯说。

"没事我们就走了。"

"噢，再见啊。"那人抬起夹着烟的手致意，他和同桌人继续刚才聊的话题。

他始终没看我们其他人一眼。

餐厅里又恢复了热闹、嘈杂的气氛。

我们脸红扑扑地走出餐厅转门，米兰正站在台阶上出神，转身神情冷漠地看了我们一眼。

十几年后，也就是我写完这部小说后不久，我在一次朋友请客的宴席上又见到这人。他如今已是一家什么都干的大国营公司的副总裁，人胖了三圈，西服笔挺，还戴了近视眼镜。整个吃饭的过程中数他话多嘻嘻哈哈，俨然活宝，跟服务小姐也开玩笑。

他对我提起的这段往昔小插曲完全记不得了，说这种事经得太多了。我又问他米兰，他避而不答，顾左右而言他：

"多有名，传得越厉害的人我都不惮，再狂我也敢铲他。就怕那十六七的生瓜蛋子！"

"你丫够肥的。"我打量着身穿泳衣的米兰说。

"是不是腰特显粗?"她刚从女更衣室出来,除了脚丫沾了消毒液湿淋淋的,周身皮肤都很干燥,站在幽暗的游泳馆内仍白得晃眼,像头刮得干干净净的大白猪。游泳池边已经有些人在跳水,身体溅入池水在高大的馆内发出响亮、空旷的回音。

"何止是腰,您瞧您那肚子,您那膀子。"我伸手在她肩背处狠心地捏起厚厚一把,"再瞧您这背——够出口的了。"

她躲开我,笑着说:"肉是多了点——你说我穿这游泳衣好看吗?是不是太暴露了?"

她拽拽游泳衣的肩带,低头看看自己,两脚并拢笔直站着笑吟吟地望着我等待评价。她穿了件那时罕见的红色尼龙游泳衣,曲线毕露,应该说很动人,可我说:

"傻子似的。"

"你就不会说句好话?"她笑着白我一眼,撇下我,迎向正"哗哗"蹚着凹池中的消毒水从男更衣室出来的高晋。

他们俩说说笑笑向游泳池边走去。从后面看,他们俩高矮相当,一个宽肩窄臀,一个体态丰腴,像广告中的情侣一样般配。

许逊、方方等人也蹚着水陆续从更衣室里出来。许逊问我:

"你怎么不下水游?"

"你瞧米兰。"我用恶毒的目光盯着娉娉婷婷地往前走、在一池碧水的游泳池白瓷砖边沿站住的米兰。不知是游泳衣就那么设计的还是她体形的关系,她像刚经过翻腾动作的体操运动员紧紧夹着的那块三角布,两侧各垂下沉甸甸的婴儿脸蛋般的一坨。

高晋已经坐下,手撑着池边两腿伸进水里划动,仰头和米兰说话。

"体形真难看，跟生过孩子似的。"

大家笑，纷纷往游泳池走去。

我不依不饶兀自恨恨地说："一脱了衣服就现了。"

高晋"哗啦"入水，摆动两臂在清澈透明的水中像条鱼似的摇头摆尾轻快地向对岸游去。他在什刹海少年体校游泳班训练过，游泳姿态无懈可击，在整个游泳馆里正在游的人中也是出众的。

我从另一侧扶梯慢慢下到水中。那时我刚学会游泳，只会一种姿势：蛙泳。而且极不标准，不会入水换气，只能像鹅那样仰着脖子游。我想起自己对米兰的吹嘘，只好尽可能在游时避开她的视线。

游泳池里来回横渡的人很多，我常常要踩着水等面前的人游过去再继续笨拙地前进。

米兰坐在池边两手支撑耸着双肩专注地看池中来回游动的人。高晋踩着水抹着脸上的水挥手叫她下来，她笑着摇头拒绝。高晋游到池边拽着她一只手把她拉进水中，溅起一片水花儿。我在远处缓缓游动着都听到一声清脆的尖叫。

当我吃力地溯水游转回来的时候，看到米兰在水中搂着高晋的脖子，笑叫着讨饶，高晋带着她向水深处游去，两手划着水，身子一耸一耸的。

他解开环绕着他脖子的米兰的胳膊，米兰沉入水中。我手扒着马赛克池槽，泡在一群小女孩中间喘息着向对岸望去。

米兰浑身湿淋淋的，撅着屁股往岸上爬，浸了水的游泳衣格外鲜艳。高晋在下面托了她一把，她才在池边转身坐定，湿漉漉的头发贴在头上，大口喘着气笑。

她在放声笑，嘴巴像个大瓦数的扬声器。

他们都聚在那一带池中玩，打水仗，互相灌来灌去，站在岸边倒栽葱式地跳水。

高洋和方方到池的顶端跳水台上燕式入水，比赛自由泳，激起一路水花。米兰等人真诚地为他们鼓掌喝彩。

我为他们没注意到我的缺席深感痛心。

我离岸向他们游去，当接近池边时改为仰泳，这种仰式蛙泳我掌握得还算好，不致太露怯。

我游到池边翻身立起时，坐在池边的一排人正笑着一起扭头看许逊和方方在水中的打闹，他们击起的水花溅到我脸上。

"我游了差不多十圈。"我对汪若海说。

"是嘛。"他眼睛不离纠缠在一起的许逊、方方笑说。

"你游得挺好的，我看见了。"米兰弯腰对我说。

我没理她，贴着池边游到中间的扶梯上岸，光着脚"啪嗒啪嗒"地向他们身后走过去。

高晋附着米兰耳朵说什么，米兰边听边点头。一束许逊击起的水柱射到坐在池边的人身上，她向高晋肩头躲了一下。

我走到她身后，一脚把她踹进水里，站在那儿哈哈大笑。

她猝不及防，张开着手跌入池中，笔直地灭顶消失在水下，长长的头发水草般地在水面漂浮四散。

她闭着眼，大张着嘴吐着水从水下钻出来，头发迅速熨帖光滑地顺颈披下，一手抹着脸上的水，一手抓住高晋伸出的手。

高晋一倾身把她拉上岸。

她喘过气来便站在岸上大笑，对我说："你真坏。"

我厌恶地看了眼她那副水淋淋、皱巴巴的嘴脸，带着一脸冷笑走到一边坐在汪若海身边。

正在微笑的高晋奇怪地看了我一眼。

我感到现在要如实描述我当时的真情实感十分困难，因为我现在和那时是那么不同的两个人。记忆中的事实很清楚，毋庸置疑，但如今支配我行为的价值观使我对这记忆产生深刻的抵触。强烈感到这记忆中的行为不合理、荒谬，因而似乎并不真实。我习惯于从逻辑上贬斥与我所奉准则不同的人，藐视一切非我族类者的蹊跷存在，总认为他们是不健全、堕入乖戾的人。如此这般，当我面对我自己原先那个貌合神离的形象运笔时，我感到一种强制性的扭曲，需要付出极大的令人不快的毅力才能保持住真实，就像骑着一匹劣马踩着铁道线上的枕木行走。

我对米兰说话的措辞愈来愈尖刻，常常搞得她很难堪。她在我眼里再也没有当初那种光彩照人的风姿。我发现了她脸上的斑点、皱纹、痣疣和一些浓重的汗毛。她的颊侧有一个甘草片大小的凹坑，唇角有一道小疤痕；她的额头很窄凹凸不平地鼓出像一个猩猩的额头，这窄额头与她肥厚的下巴恰成对比，使她看上去脸像猫一样短。她的鼻子正面看很直，很挺拔，但从侧面看则被过于饱满的脸颊遮住多半，加上前翘的下巴和突出的额头整个是个月牙脸。另外她的腰身过粗，若不是胸部高耸如同怀了三个月孩子的肚子便要和胸部一样高了。与她沉重的上身比，她的两腿像赛马一样细，却又没那么长而矫健。这使她徐步而行时给人一种不胜负担之感，像发胖的中年妇女一样臃肿、迟缓。再有就是她的笑，微笑时尚属可人，一旦放声大笑，那嗓音就有一种尖厉、沙哑和说不出的矫揉造作，浪声浪气，像那种抽烟嗜酒的卖笑妇人的抖骚，令人浑身起鸡皮疙瘩。她的眼睛也很不老实，虽然从外观上无可非议，但里面活跃跳动无一不是娇媚，甚至对桌椅板凳也不放过。一言以蔽之：纯粹一副贱相！

我知道我可能有点感情用事，我也曾试图客观地看待她，但我愈仔细端详她，这些缺陷和瑕疵便愈触目惊心。

我甚至能闻到她腌臜的嘴中呼出的热烘烘的口臭和身上汗酸味儿。有一阵，我还怀疑她有狐臭，这个怀疑由于太凭空无据我不久也放弃了。但我有确凿的证据认定她有脚气，她夏天赤脚穿凉鞋，脚趾间和足后跟布满鳞状蜕皮。

叫人恶心。

我再也不能容忍这个丑陋、下流的女人，她也越来越不能容忍我。

我除了背后对她进行诋毁和中伤，当面也越来越频繁地对她进行人身攻击。我嘲笑她的趣味，她的打扮，她的偏爱清淡菜肴的饮食口味也成了我取笑她的借口。

"你怎么吃这么多？跟头猪似的！"她吃得多时我这么说。

"你怎么吃这么少？装什么秀气！"她吃得少时我如此道。

我们一见面就吵，唇枪舌剑，极尽揶揄挖苦之能事。先还甭管说什么脸上都挂着笑，后来越吵两人越发急，脸也变了色，吵完半天还悻悻不已彼此用轻蔑的眼光看对方。

我比以往更加强烈地想念她。每天一睁眼的第一个念头就是立刻见到她，每次刚分手就又马上想转身找她接着吵，恶毒地辱骂她、诅咒她已成了我每天最快乐的事。当我入睡时，这些溅着毒汁的话语仍一同进入我的梦境。我脑子里简直装不进任何其他的东西，只有塞得满满的猥亵形容和凶狠詈骂，更多的闻所未闻和骇人听闻的淫词秽语还在源源不断络绎不绝地昼夜涌入我的脑海。我从来没像那个时候那么充满灵感，思如泉涌。我觉得自己忽然开了窍或曰通了灵，呆板、枯燥、互不相关的方块字在我眼里一个个都生动了起来，活泼了起来，可以产生极丰富、无穷无尽的变化，紧紧围绕着我，依附着我，任我随心所欲，活学活用装配成致人死命的利器，矛头对人准确掷出，枪枪中的。那时我要写小说，恐怕早出名了。

有时我夜里忽然想起一个新巧的骂人话，便一骨碌爬起来，直奔高晋家，找着米兰便对她使用。

我笑眯眯地问她："你中学毕业干吗非得去农场不考技校呢？"

她警惕地看着我，知道我居心叵测，可又一时不知圈套设在何处，便反问我："我干吗要考技校？上了技校也不过是进工厂。"

"不，你上了技校不就可以接着进技（妓）院了吗？"

我邀请她和我一起做个游戏。她怕上当起初不肯。我就对她说这个游戏是测试一个姑娘是不是处女，她不敢做就是心虚。

于是她同意做这个游戏。我告诉她这个游戏是我问她一些问题，由她回答，不是处女的姑娘在回答中会把话说露。规则是我指缝间夹着一个硬币，每次必须先把硬币抽出来再回答问题。

然后我把一个五分硬币夹在食指和中指间问她第一个问题："你今年多大了？"

她抽出硬币告诉了我。

接着我问她第二个问题："你和第一个男朋友认识的时候你有多大？"

她也告诉了我，神态开始轻松。

这时我把硬币夹紧问她第三个问题："你和第一个男人睡觉时他都说了些什么？"

她抽硬币，因我用力夹紧，她无论如何拔不出来，便道："你夹那么紧，我哪拔得出来。"

旁听的人哄然大笑。

那天，我刚捉弄完她，把她气哭了，出了高晋家扬扬得意地在游廊上走。她从后面追上来，眼睛红红的，连鼻尖也是红的，一把揪住我，质问我：

"你干吗没事老挤对我？你什么意思？"

"放手，别碰我。"我整整被她弄歪的领口，对她道，"没什么意思，好玩，开玩笑。"

"有你这么开玩笑的吗，你那是开玩笑吗？"

"怎么不是开玩笑？你也忒不经逗了吧？开玩笑也急，没劲，真没劲。"

"你的玩笑都是伤人的。"

"我伤你哪儿？胳膊还是腿？伤人？你还有地方怕伤？你早成铁打的了，我这几句话连给你挠痒痒都算不上。"

"我哪点、什么时候、怎么招了你？惹得你对我这样？"

"没有，你没招我，都挺好。"我把脸扭向一边。

"可你对我就不像以前那么好。"

"我对你一向这样！"我冲着她脸气冲冲地说，"以前也一样！"

"不对，以前你不是这样。"她摇头，一双眼睛死死盯着我，"你是不是有点讨厌我？"

"讨厌怎么样？不讨厌又怎么样？"我傲慢地看着她。

"不讨厌我就还来，讨厌我就走。"

"那你走吧，别再来了。"我冷冷地盯着她说，每个字都说得很清楚。

她低头沉默了一会儿，抬眼看着我，小声道："能问句为什么吗？"

"不为什么，就是看见你就烦，就讨厌！"

她用锥子一样的目光盯着我，我既不畏缩也不动摇，坚定地屹立在她面前，不知不觉踮起了脚尖。

她叹了口气，收回目光转身走了。

"你不是不来了吗？怎么又来了？"我一进"莫斯科餐厅"就看到米兰在座，矜持谨慎地微笑着，不由怒上心头，大声朝她道。

那天是我和高晋过生日，大家一起凑钱热闹热闹。我们不同年，但同月同日，都是罗马尼亚前共产党政权的"祖国解放日"那天。

"我叫她来的。"高洋对我说。

"不行，让她走。"我指着米兰对她道，"你丫给我离开这儿——滚！"

大家都劝，"干吗呀，何必呢？"

"你他妈滚不滚？再不滚我扇你！"我说着就要过去，被许逊拦住。

"我还是走吧。"米兰对高晋小声说，拿起搁在桌上的墨镜就要站起来。

高晋按住她，"别走，就坐这儿。"然后看着我温和地说，"让她不走行不行？"

从我和米兰作对以来，无论我怎么挤对米兰，高晋从没说过一句帮米兰腔的话。就是闹急了，也是高洋、卫宁等人解劝，他不置一词。今天是他头一回为米兰说话：

"看在我的面子上……"

"我谁的面子也不看，今天谁护着她，我就跟谁急——她非滚不可！"

我在印象里觉得我那天应该有几分醉态，而实际上，我们刚到餐厅，根本没开始吃呢。我还很少在未醉的状态下那么狂暴、粗野，今后大概喝醉后也不会这样了吧。

后面的事情全发生在一刹那：我把一个瓷烟缸向他们俩掷过去，米兰抬臂一挡，烟缸砸在她手臂上，她哎哟一声，手臂像断了似的垂下来，她捏着痛处离座蹲到一边。我把一个盛满红葡萄酒的瓶子倒攥在手里，整瓶红酒冲盖而出，洇湿了雪白的桌布，顺着我的胳膊肘流了一身，衬衣裤子全染红了。

许逊紧紧抱着我，高洋抱着高晋，方方劈腕夺下我手里的酒瓶子，其他人全插在我和高晋之间两边解劝。

我白着脸咬牙切齿地只说一句话："我非叉了你！我非叉了你！"

高晋昂着头双目怒睁，可以看到他肩以下的身体在高洋的环抱下奋力挣扎。他一动不动向前伸着头颅很像人民英雄纪念碑浮雕上的一个起义士兵。

有一秒钟，我们两张脸近得几乎可以互相咬着对方了。

…………

现在我的头脑像皎洁的月亮一样清醒，我发现我又在虚构了。开篇时我曾发誓要老实地述说这个故事，还其以真相。我一直以为我是遵循记忆点滴如实地描述，甚至舍弃了一些不可靠的印象，不管它们对情节的连贯和事件的转折有多么大的作用。

可我还是步入了编织和合理推导的惯性运行。我有意无意地忽略了一些细节，同时又夸大、粉饰了另一些情由。我像一个有洁癖的女人情不自禁地把一切擦得锃亮，当我依赖小说这种形式想说点真话时，我便犯了一个根本性的错误：我想说真话的愿望有多强烈，我所受到文字干扰便有多大。我悲哀地发现，从技术上我就无法还原真实。我所使用的每一个词语含义都超过我想表述的具体感受，即便是最准确的一个形容词，在为我所用时也保留了它对其他事物的含义，就像一个帽子，就算是按照你头的尺寸订制的，也总在你头上留下微小的缝隙。这些缝隙累积起来，便产生了一个巨大的空间，把我和事实本身远远隔开，自成一家天地。我从来没见过像文字这么喜爱自我表现和撒谎成性的东西！

再有一个背叛我的就是我的记忆。它像一个佞臣或女奴一样善于曲意奉承。当我试图追求第一个戏剧效果时，它就把憨厚纯朴的事实打入黑牢，向我贡献了一个美丽妖娆的替身。现在我想起来了，我和米兰第一次认识就是伪造的，我根本就没在马路上遇见过她。实际上，起初的情况是：那天我满怀羞愧地从派出所出来后回了家，而高晋出来后并没有立即离开。他在拘留室里也看到了米兰，也知道米兰认识于北蓓，便在大水车胡同口邀于北蓓一起等米兰出来，当下就彼此认识了，那天晚上米兰就去了我们院。我后来的印象中米兰站在我们院门口的传达室打电话，正是第二天上午我所目睹的情景。

这个事实的出现，彻底动摇了我的全部故事情节的真实性。也就是说高晋根本不是通过我才见到了他梦寐以求的意中人，而是相反。我与米兰也并没有先于他人的仅只我们二者之间的那段缠绵，这一切纯粹出乎我的想象。唯有一点还没弄清的是：究竟是写作时的即兴想象还是书画界常遇到的那种"古人仿古"？

那个中午，我和卫宁正是受高晋委派，在院门口等米兰的。那才是我们第一次认识。这也说明了我为什么后来和许逊、方方到另一个亭子去打弹弓仗而没加入谈话，当时我和米兰根本不熟。

我和米兰从来就没熟过！

她总是和高晋在一起，也只有高晋在场我才有机会和她坐在一起聊上几句。她对我当然很友好，我是高晋的小哥们儿嘛。还有于北蓓，我在故事的中间把她遗忘了，而她始终是存在于事实过程之中的。在高晋弃她转而钟情米兰后，她便逐一和我们其他人相好，最后我也沾了一手。那次游廊上的翻脸，实际上是我看到她在我之后又与汪若海在一起，冲她而发的。斯时米兰正在高晋家睡午觉，我还未离开时她便在大家的聊天声中躺在一旁睡着了。

那天在"老莫"过生日吃西餐时，没有发生任何不快。我们喝得很好，聊得很愉快。我和高晋两个寿星轮流和米兰碰杯。如果说米兰对我格外垂青，那大概是唯一的一次，她用那种锥子似的目光频频凝视我。我吃了很多炸猪排、奶油烤杂拌儿和黄油果酱面包，席间妙语连珠，雅谑横生，后来出了餐厅门便吐在栅栏旁的草地上。栅栏那边的动物园象房内，班达拉奈克夫人送的小象"米杜拉"正在几头高大的非洲公象身后摇着尾巴吃草呢……

高晋醉得比我厉害，又吐不出，憋在心里十分难受。下了电车往院里走的那段胡同道是我搀扶的他。他东倒西歪一路语无伦次地说米兰，说他们的关系。那时我才知道他们并不像我以为的那样已经睡了觉。他可怜巴巴地说他好几次已经把米兰脱了，可就是不知道接下来该干什么。他问我，我也没法为他当参谋，我对此也所知甚少，认为那已经很黄色了，不生小孩就是万幸了。再往下想，我不寒而栗。米兰是我在那栋楼里见到的那张照片上的姑娘吗？现在我已失去任何足资证明她们是同一人的证据。她给我的印象的确不同于那张照片。可那照片是真实的吗？难道在这点上我能相信我的记忆吗？为什么我写出的感觉和现在贴在我家门后的那张"三洋"挂历上的少女那么相似？

我何曾有一个字是老实的？

也许那个夏天什么事也没发生。我看到了一个少女，产生了一些惊心动魄的想象。我在这里死去活来，她在那厢一无所知。后来她循着自己轨迹消失了，我为自己增添了一段不堪回首的经历。

怎么办？

这个以真诚的愿望开始述说的故事，经过我巨大、坚忍不拔的努力已变成满纸谎言。我不再敢肯定哪些是真的、确曾发生过的，哪些又是假的、经过偷梁换柱或干脆是凭空捏造的。

要么就此放弃，权当白干，不给你们看了，要么……我可以给你们描述一下我现在的样子（我保证这是真实的，因为我对面墙上就有一面镜子——请相信我）：我坐在北京西郊金钩河畔一栋借来的房子里，外面是阴天，刚下过一场小雨，所以我在大白天也开着灯。楼上正有一些工人在包封阳台，焊枪的火花像熔岩一样从阳台上纷纷落下，他们手中的工具震动着我头顶的楼板。现在是中午十二点，收音机里播着"霞飞"金曲。我一天没吃饭，晚上六点前也没任何希望可以吃上。为写这部小说，我已经在这儿如此熬了两个星期了——你忍心叫我放弃吗？

除非我就此脱离文学这个骗人的行当，否则我还要骗下去，诚实这么一次有何价值？这也等于自毁前程。砸了这个饭碗你叫我怎么过活？我有老婆孩子，还有八十高龄老父。我把我一生最富有开拓精神和创造力的青春年华都献给文学了，重新做人也晚了。我还能有几年？

我现在非常理解那些坚持谎言的人的处境。做个诚实的人真难啊！

好了就这么决定了，忘掉真实吧。我将尽我所能把谎撒圆，撒得好看，要是再有点启迪和教育意义就更好了。

我唯一能为你们做到的诚实就是通知你们：我又要撒谎了。

不需要什么勘误表了吧？

我神情惨然，紧紧攥着搁在裤兜里的刮刀把，我的大腿隔着裤子都能感到刀尖的锋利。

当时是在花园里，正午强烈的阳光像一连串重磅炸弹持续不断地当空爆炸发生灼目的炽光。我记得周围的梨树、桃树和海棠繁花似锦，绮丽绚烂，而常识告诉我，在那个季节，这些花都已谢尽。可是我喜欢那种在鲜艳的花丛中流血死去、辗转挣扎的美丽效果。既然我们已经在大的方面不真实了，这些小的细节也就不必追究了。

我浑身发冷，即便在烤人的阳光下仍禁不住地哆嗦。我那样子一点不像雄赳赳的斗士，倒像是战战兢兢地去挨宰。我早就从狂怒中冷静了下来，心里一阵阵后悔。我干吗非说"叉了他"，说"花了他"同样解恨而且到底安全些。我对朋友们充满怨恨：如果他们多劝会儿，我也就找个台阶自己下来了。可他们见我决心实在很大，便采取了袖手旁观的态度。真不仗义！

我满心不情愿地向站在对面的高晋走去。他比我要镇定些，可同样脸色苍白，紧张地盯着我向他走近，我第一次觉得他的眼睛大得骇人。

我打量着他的身体，犹豫着不知这一刀扎在哪儿。在我最狂乱的时候，我也没真想杀死他。"叉了他"的意思就是在他身上用刀扎出一点血，出血就完了。除非他不给我扎，搏斗，这样只怕下刀的深浅和部位就没法掌握了。

他为什么不转过身把他的屁股给我？

"快点快点，一会儿就有大人来了。"方方在一旁催促。

让他先动手！我忽然冒出了这么个骑士式的念头，由此找到了不出刀和鼓舞勇气的借口。

我站住了。

"你叉我吧，我不会动手的。"高晋鼓励我。他把手从兜里拿出来，垂在腿两旁。

我便哭了，眼泪一下夺眶而出。

他也哭了，朝我叫道："你叉我呀，叉呀！"

我抬手狠狠抹眼泪，可眼泪总也抹不完，倔强地站在那儿一动不动。

他也狠狠抹眼泪，哭得很凶。

"算了，你们俩和了吧。"大家围上来相劝。

高洋泪汪汪地抱着我肩头连声说："和了吧和了吧。都是哥们儿，何必呢？"

我和高晋泪眼相对，然后各自伸出手握在一起，大家一拥而上，像女排队员拿了世界冠军后头抵头、互相搭着肩头围成一圈一样喜极而泣。

我从这种亲热的、使人透不过气来的集体拥抱中抬头朝外吐了口痰，又埋头回去抽泣。当时我想：一定要和高晋和在这儿哭的所有人永远做哥们儿！

我和高晋边哭边互诉衷肠，争着抢着表白自己其实多重感情，多讲义气，对朋友之间闹得动了刀子多么痛心。说完哭，哭完说，边哭边说，泣不成声，哭得一塌糊涂，脸都哭脏了。

最后，哭累了，收泪揩脸，肩并着肩往阴凉地方走。

一个小孩从花园跑过，看到我们一群人个个眼睛红红的、悲怆地肩并肩走，好奇地停下，张大嘴怔怔地呆望。

"看什么看！"我怒吼一声，朝小孩踢了一脚，他连滚带爬地跑了。

我很满意这件事的解决方式，既没有流血又保持双方的体面还增进了友谊，我对高晋还有点感激涕零呢。

只有于北蓓曾经调侃过我，"真雏儿，又人都不敢。"

"你懂鸟，我们是哥们儿！"我轻蔑地斥道。

我和高晋又成了好朋友自不待说，对米兰我也没再继续无礼，见面挺客气，只是但凡我们正聊天时她来了，我便稍待片刻就走，以此表现我的自尊。

大家理解我的心情，也不勉强我。

我开始和于北蓓混在一起。我们常到卫宁家去玩，他也对于北蓓感兴趣。他父亲三年前就死了，母亲是个中学校长，平时很忙，放假也要组织教师学习，有时忙得晚上连家都不回。卫宁的哥哥姐姐都当兵去了，家里只剩他一人，我们便在他家折腾。渐渐地，我、卫宁、汪若海和于北蓓脱离了以高家为中心的那伙人，另成了一个小圈子。

我和于北蓓熟到互相可以动手动脚，但从没来过真格的。我很想，于北蓓老是撩拨我，可总下不了决心果敢地扑上去。常常是什么下流话都说了，最后还是道貌岸然地走了。

连其貌不扬、胆小怯懦的卫宁都把她动了，跑来动员我下手，我再也不能用觉得她"盘儿不靓""没兴趣"来搪塞了。

那天晚上，我们半夜一点去东四的"青海餐厅"吃包子。回来走了一身汗，又去澡堂翻窗户进去洗凉水澡。于北蓓非要进去和我们一起洗，当然她不在乎我们也没理由害羞，于是便一起跳了进去。

大家说好了不开手电，黑灯瞎火地在更衣室的隔断两边脱衣服。

我们脱得快，先钻进了浴室，打开淋浴洗起来。一会儿，她也进来了，在外间浴室水声"噼啪"坠地地冲起来。

卫宁隔着墙和她开玩笑，"我们过去了？"

她在那边回答："过来吧。"

"我们真的过去了？"

"你们就真的过来吧。"

"汪若海，你别偷看呀。"卫宁故意大声叫。

于北蓓也大声说："要看过来看，看得清楚。"

后来，我们洗完了，鱼贯而出穿过外间浴室去更衣房。她站在黑洞洞的浴室里边的一个正喷着水的龙头下喊：

"谁过来，我就喊抓流氓。"

我们笑着头也不回地走出浴室。我在行进间偷偷觑了一眼，只看到一个苍白的影子，但这已经足以使我心惊肉跳了。

　　从澡堂出来，卫宁和汪若海走在前面，我和于北蓓走在后面，我对浑身散发着清凉气息的她小声说：

　　"晚上我去找你。"

　　她捏了捏我的手，容光焕发地看我一眼。

　　那天夜里，我一直坐在卫宁家和他们聊天，于北蓓已经进里屋先睡了。熬到四点多，天都快蒙蒙亮了，我才把汪若海熬回家，卫宁也躺在沙发上昏昏欲睡，困得睁不开眼睛。我对他说我也不回家敲门了，就在他这儿忍到天亮。

　　我关了外屋灯，躺在一张竹躺椅上假寐，直到确信卫宁已经睡着了，才悄悄起身，摸进里屋。

　　里屋光线昏暗，于北蓓躺在床上的身影很模糊。她也睡着了，微微发出鼾声。

　　我站在床前看着她一动不动的平静睡相，伸手捅捅她。她翻了个身，睁开眼看了我一眼，"谁呀你是？"

　　"小点声。"我俯身上前把脸凑近她。

　　她认出了我，闭上眼往里翻身给我让出个地方，"你怎么才来？聊什么呢那么半天？一直听到外屋叽叽呱呱地笑。"

　　我上床，扳她的身体，她闭着眼睛翻过身，对我嘟哝，"我困死了，你先让我睡会儿。"

　　"再睡天就亮了。"我贴着她耳朵小声说。

　　"那你随便吧，我真是困得睁不开眼。"

　　她闭着眼睛睡了。

我稍稍懊恼了片刻，又振作起来，上去亲亲她的嘴，她微微一笑。

我动手深入，总不得要领。

"真笨。"她说了一句，伸手到背后解开搭扣，又继续睡去。

我捣鼓半天，终于把她捣鼓得睡不成了，睁眼翻身对我说："你真烦人。"

我要做进一步努力，她正色道："这可不行，你才多大就想干这个。"

她傍着我小声教育我："我要让你呢，你一时痛快，可将来就会恨我一辈子，就该说当初是我腐蚀了你。你还小，还不懂得感情。你将来要结婚，要对得起你将来的妻子——你就摸摸我吧。"她抓起我按在心口的一只手掌。

那真是我上过的最生动的一堂思想政治工作课。

后来我睡着了，醒来天已大亮，于北蓓悄无声息地靠墙睡着，毛巾被裹在身上。

我下床悄悄溜走，卫宁还没醒，在外屋的沙发上打着呼噜。

我觉得我亏了！每当看到米兰和高晋、高洋他们说说笑笑从假山、游廊和花园走过去盯我一眼或淡淡笑笑，我这吃亏的感觉就格外强烈。

我干吗把和她的关系搞得那么纯洁？我完全有机会在她身上打下我的烙印，可我都干了什么？连手都没拉一下。从和于北蓓共度那一夜起，我便用看待畜生的眼光看待女人。

那时我读了手抄本《曼娜回忆录》，我对人类所有的美好感情充满了蔑视和憎恨。我特别对肉感、美丽的米兰起了勃勃杀机。

在我看来她的妖娆充满了邪恶。她是一个可怕的诱惑，一朵盛开的罪恶之花，她的存在就是对道德、秩序的挑衅，是对所有情操高尚的正派公民的一个威胁！

那天我一直跟踪着她。她在高晋家闲坐，我就站在楼上的栏杆柱旁监视着院落的出口。他们一行去"六条"的小饭铺吃饭，我就隐身在饭铺隔壁的副食店里。她和他们在里面吃了很长时间饭，出来又站在街边自行车铺门口说了会儿话，然后看到一辆24路公共汽车驶来，她便和他们告别，上了公共汽车走了。

等高晋他们进了胡同，我便从副食店出来，骑上搁在居委会门口的自行车沿着北小街奋力骑去。

在演乐胡同口我追上了那辆公共汽车，然后一直隐在骑车的人群中尾随。

过了"禄米仓"站，我看到她在公共汽车的后排座上坐下。

她和很多人一起在北京站口下了车，然后上了长安街，上了一辆1路公共汽车。

我跟着这辆1路车经过东单、王府井、天安门和西单，看到北京饭店新楼前扒在铁栅栏上看自动门开合的外地人，广场上飘扬的国旗和照相的人群，那时姚锦云还没有驾车冲撞人群，广场上没有设置任何围栏和隔离墩。

我经过电报大楼时，大楼上的自鸣钟正敲十二响；"庆丰包子铺"门前有很多人在排队买包子，"长安戏院"刚散了一场电影，人群拥挤着占了半条马路，人们谈论着西哈努克亲王的风采。那天晴空万里，我一路骑行心旷神怡。

她在"工会大楼"站下了车，沿着林荫道往前走，我放慢骑速，在大街上与她遥遥平行。

她拐进了楼区，我径直骑向木樨地大桥，拐上了三里河路，经过玉渊潭公园门口，从中国科学院大楼下骑过"二机部"，经财政部和中国人民银行总行楼前骑到她家楼前捏闸停住。她正好刚从另一条路到达，进了楼门。

我抽了一支烟，把自行车锁在一家礼堂门口，上了楼，楼内走廊空无一人。

我用万能钥匙捅开了她家的门。经过她父母房间时撩门帘看了一眼，里边没人。

她刚脱了裙子，穿着内衣坐在床边换拖鞋，见到我突然闯进，吃了一惊，都没想起做任何遮掩动作。

我热血沸腾地向她走去，表情异常庄严。

她只来得及短促地叫了一声，就被我一个纵身扑倒在床上。

她使足全身力气和我搏斗，我扭不住她便挥拳向她脸上猛击。她的胸罩带子被我扯断了，半裸着身子，后来她忽然停止了挣扎，忍受着问我：

"你觉得这样有劲吗?"

我没理她，办完了我要干的事站在地上对她说："你活该!"

然后转身摔门而去。

我带着满足的狞笑在日光强烈的大街上缓缓地骑着车，两只脚像鸭子似的往外撇着，用脚后跟一下下蹬着链条松弛的轮子。

我眼前晃动着她被我打肿的眼睛和嘴唇，以及她蓬乱、像刺猬似的根根竖起的头发。

路上的人都看我。

我回家照镜子，发现脖子上、脸颊上有被她的指甲挠出的血道子，摸上去火烧火燎地疼。

就让她恨我吧，我一边往伤口上涂着红药水一边想，但她会永远记住我的！

那个夏天我还能记住的一件事就是在工人体育场游泳池跳水。

我从来没从高台往下跳过水。我上了十米跳台，往下一看，立刻感到头晕目眩。我顺着梯子下到七米跳台，仍感到下面泳池的如渊深邃和狭小。

我站在五米跳台上，看着一碧如洗的晴空，真想与它融为一体，在它的无垠中消逝，让任何人都无处去觅我的行踪，就像我从来没来过这个世界。会有人为我伤心吗？我伤心地想。

我闭着眼睛往前一跃，两脚猛地悬空，身体无可挽回地坠向水面，"呼"的一声便失聪了，在一片鸦雀无声和万念俱寂中我"砰"地溅落在水面。水浪以有力的冲击扑打着我，在我全身一朵朵炸开，一股股刀子般锋利的水柱刺入我的鼻腔、耳郭和柔软的腹部，如遭凌迟，顷刻彻底吞没了我，用刺骨的冰凉和无边的柔情接纳了我，拥抱了我。我在清澈透明的池底翻滚、爬行，惊恐地挥臂蹬腿，想摸着、踩着什么坚硬结实的东西，可手足所到之处，皆是一片温情脉脉的空虚。能感到它们沉甸甸、柔韧的存在，可聚散无形，一把抓去，又眼睁睁地看着它们从指缝中泻出、溜走。

阳光投在水底的光环，明晃晃地耀人眼目。

我麻木迟钝地游向岸边。当我撑着池边准备爬上岸时，我看到那个曾挨过我们痛殴的同学穿着游泳裤站在我面前。他抬起一个脚丫踩在我脸上，用力往下一踹，我便摔回池中。

他和几个同伴在岸上来回逡巡，只要我在某处露头，他们便把我踹下去。看得出来，这游戏使他们很开心，很兴奋。每当我狼狈地掉回水里，他们便哈哈大笑，只有我那个同学始终咬牙切齿地盯着我，不断地发出一连串凶狠的咒骂。

　　他们使的力量越来越猛，我的脸、肩头都被踢红了。我筋疲力尽地在池中游着，接二连三从跳台上跳下来的人不断在我身后左右溅起高高的水花，"扑通""扑通"的落水声此伏彼起。

　　我开始不停地喝水，屡次沉到水下又挣扎着浮出。他们没有一点罢手的样子，看到我总不靠岸，便咋呼着要下水灌我，有几个人已经把腿伸进了池中。

　　我抽抽搭搭地哭了，边游边绝望地无声饮泣。

顽　主

一

"我是个作家，叫宝康——您没听说过？"

"哦，没有，真对不起。"

在"三T"公司办公室里，经理于观正在接待上午的第三位顾客，一个大脑瓜儿细皮嫩肉的青年男子。

"我的笔名叫智清。"

"还是想不起来。您说吧，您有什么事，不是想在我们这儿体验生活吧？"

"不不，我生活底子不体验也足够厚。是这样的，我写了一些东西，都是冷门，任何人看了脑袋都'嗡'一下，傻半天——我这么说没一点言过其实，很多看过的人都这么认为，认为起码可以得个全国奖，可是……"

"落了空？"

"准确地说我压根没参加评奖，我认为毫无希望，瞧，我是个有自知之明的人。也许你不太了解文学圈儿里的事，哪次评奖都是平衡的结果，上去了一些好的作品，但一些同样好的作品偏偏上不去。"

"这个我们恐怕爱莫能助，我们目前和作协没什么业务联系，我们缺乏有魅力的女工作人员。"

"噢，我不是让你们去为我运动。我不在乎得不得全国奖，我对名利其实是很淡泊的，我只希望我的劳动得到某种承认，随便什么奖都可以。"

"您的意思是说哪怕是个'三T'奖?"

于观试探地问。

宝康紧张地笑起来："真不好意思，真难为情，我是不是太露骨了?"

"不不，您恰到好处。您当然是希望规模大一点喽?"

"规模大小无所谓，但要隆重，奖品丰厚，租最豪华的剧场，请些民主党派的副主席——我有的是钱。"

"奖品定为每位获奖者一台空调怎么样?"

"每位? 我可是为自个儿的事……"

"红花也得绿叶扶，您自个儿站在台上难道不寂寞? 该找几个凑趣的。我想给您发奖的同时也给一些著名作家发奖，这样我们这个奖也就显得是那么回事，您也可一样跻身著名作家之列。和著名作家同台领奖，说起来多么令人羡慕。"

"一人一台空调，这要多少钱? 虽然我很想有机会和著名作家并排站会儿，可也不想因此倾家荡产。"

"要是您不赞成奢侈，节省的办法也有，把奖分为一二三等，特等奖为空调您自己得，其余各类为不同档次的'傻瓜'相机，再控制一下获奖人数，我们只选最有名的。"

"这样好，这样就合理多了。"宝康喜笑颜开，"我得空调，别人得'傻瓜'。你列个预算吧，回头我就交钱。"

"您来付钱时能不能把您的作品带来让我们拜读一下？当然哪篇获奖我们不管您自己定，我只是从来没这么近地和一个货真价实的作家脸儿对脸儿过，就是再和文学无缘也不得不受感动。"

"可以。"宝康既矜持又谦逊地说，"我甚至可以给你签个名儿呢。我最有名的作品是发在《小说群》上的《东太后传奇》和发在《作家林》上的《我要说我不想说但还是要说》。"

"了不起，一定很有意思，我简直都无心干别的了。"

"你说，那些名作家会不会端臭架子，拒绝领奖？"于观把青年作家送到门口，青年作家忽而有些忧心忡忡。

于观安慰他："不怕的，领不领是他们的事，不领我们硬发。"

"谢谢，太谢谢了。"青年作家转身和于观热情地握手，"灯不拨不明，您这一席话真使人豁然开朗。"

"不客气，我们公司的宗旨就是帮助像您这样素有大志却无计可施的人。"

在一条繁华商业街的十字路口，杨重正满面春风地大步向站在警察岗楼下的一个他从未见过面的姑娘走去。

"对不起我来晚了，我紧赶慢赶还是迟到了，你等半天了吧？"

"没关系，你用不着道歉。"刘美萍好奇地看着杨重，"反正我也不是等你，你不来也没关系。"

"你就是等我，不过你自己不知道就是了。今天除了我没别人再来了。"

"是吗？你比我还知道我在干吗——别跟我打岔儿，警察可就在旁边。"

"难道我认错人了？"杨重仍然满面堆笑，一点也不尴尬，"你不是叫刘美萍吗？是百货公司手绢柜台组长，在等肛门科大夫王明水，到底咱俩谁搞错了？"

"可王明水鼻子旁有两个瘊子呀。"

"噢，他那两个瘊子还在。今天早晨他被人从家里接去出急诊了，有个领导流血不止，因而匆匆给我公司打了个电话，委托我公司派员代他赴约，他不忍让你扫兴。我叫杨重，是'三T'公司的业务员，这是名片。"

"'三T'公司？"刘美萍犹疑地接过杨重递过来的名片，扫了一眼，"那是什么？名儿像卖杀虫剂的。"

"'三T'是替人解难替人解闷替人受过的简称。"

"居然有这种事，你们都是什么人？厚颜无耻的闲人？"

"我们是正派的生意人，目的是在社会服务方面补遗拾缺。您不觉得今天要没我您会多没趣儿吗？"

"可我不习惯，本来是在等自己的男朋友，却来了一个亲热的替身，让我和这个替身谈情说爱……像真的一样？"

"您完全不必移情，我们的职业道德也不允许我往那方面诱您，我们对顾客是起了誓的。大概这么说您更好懂点，我只是要像王明水那样照料您一天，陪您一天。"

"您能有他那么温存体贴、善解人意吗？"

"不敢说丝毫不走样——那就乱了——我尽量遵循人之常情吧。你们今天原打算上哪儿玩？"

两个人并肩往街里走。

"他答应今天给我去买皮大衣的。"

"哦，这个他可没让我代劳。"

"我说不会一样嘛，我们明水历来都是慷慨大方的。"

"活着没劲。"

一个粗粗壮壮的汉子坐在于观办公桌对面沮丧地说。

"活着没劲。"于观心不在焉地附和说。

"那怎么办呀？"

"有什么办法？没劲也得活着呀。"于观抬起头。

"我不想活了。"汉子盯着于观说。

"别别，别不想活。"于观嘟哝着劝道，"好死不如赖活着。"

"那好，你让活那我就活。你给我找点事儿干，我烦了。"

"会玩牌吗？咱俩玩牌吧？"于观提议。

"没劲。"汉子摇摇头。

"那下象棋？"

"更没劲。"

"去公园，划船？看电影？"

"越说越没劲。"汉子来了气，"你也就是这些俗套儿。"

"那你说干什么？干什么我都陪着你。"

"跳楼你也陪着——我要你陪干吗？你也不是女的。"

"哦，我们这儿不给人拉皮条。有专门干这事的地方——婚姻介绍所。你要空闲时间太多，可以练练书法，欣赏欣赏音乐或者义务劳动。"

"见你的鬼，闹了半天我花两毛钱挂号你就给我出这些主意，这不是蒙人吗？"

"我也不是神仙，也不是美国大使馆管签证的，个人的幸福要依赖社会的进步，沉住气。"

"你觉着你活着有劲吗?"汉子目光灼灼地问。

于观看看汉子,看不出他是不是在挑衅。

"挺有劲。"

"我觉得你没劲,你这人特没劲,没劲得我都不想抽你了。"

"你这个不要脸的还回来干吗?接着和你那帮哥们儿'砍'去呀!"

一个年轻的少妇在自己的公寓里横眉立目地臭骂马青。

"别回家了,和老婆在一起多枯燥,你就整宿地和哥们儿神'砍'没准还能'砍'晕个把眼睛水汪汪的女学生就像当初'砍'晕我一样,卑鄙的东西!你说你是什么鸟变的?人家有酒瘾棋瘾大烟瘾,什么瘾都说得过去,没听说像你这样有'砍'瘾的,往那儿一坐就屁股发沉眼儿发光,抽水马桶似的一拉就哗哗喷水,也不管认识不认识听过没听过,早知道有这特长,中苏谈判请你去得了。外头跟个八哥似的,回家见我就没词儿,跟你多说一句话就烦。"

"我改。"

"改屁!你这辈子改过什么,除了尿炕改了,生来什么模样现在还是什么模样。"少妇哭闹起来,"不过了,坚决不过了,没法过了,结婚前还见得着面儿,结婚后整个成了小寡妇。"

少妇一抬手把桌上的杯子扫到地上,接着把一托盘茶杯挨个摔到地上。马青也抓起烟灰缸摔在地上,接着端起电视机:"不过就不过!"

"别价。"少妇尖叫着扑过来按住他的手,"这个不能摔——你是来让我出气的还是来气我的?"

"你说过你丈夫急了逮什么摔什么。"马青理直气壮地说，"你又要求我必须像他。"

"可我丈夫急也不摔贵重物品，你这是随意发挥。"

"你没交代清楚。"

"这是不言而喻的。"

"好吧，电视机放回去。下边该什么词儿了？"

"真差劲，看来你们公司没经过良好的职业培训就把你派来了。下边是我爱……"

"我爱你。"

马青和少妇愣愣地互相看着。

"我爱你。"马青重复了一遍，看到少妇仍没反应，十分别扭地又说，"别闹了，宝贝儿。"

少妇笑了起来。

马青涨红脸为自己辩解："我没法再学得更像了，这词儿扎人。"

"好好，我不苛求你。"少妇笑着摆摆手，"意思到了就行。"

"其实我是心里对你好，嘴上不说。"

"你最好还是心里对我不好，嘴上说。"

"现在不是提倡默默地奉献吗？"马青的样子就像被武林高手攥住了裤裆，"你生起气来真好看。"

"好啦好啦，到此为止吧，别再折磨你了。"少妇笑得直打嗝地说，"真难为你了。"

"难为我没什么，只要您满意。"

"满意满意。"少妇拿出钱包给马青钞票，"整治我丈夫也没这么有意思，下回有事还找你。"

"咳，人生，"杨重吐着烟圈，眼望冷饮室的天花板，比画着说，"人生就是那么回事。就是踢足球，一大帮人跑来跑去，可能整场都踢不进去一个球，但还得玩命踢，因为观众在玩命地喝彩、打气。人生就是跑来跑去，听别人叫好。"

"我发觉你特深沉。"刘美萍手托脸着迷地盯着杨重，连酸奶也忘了喝，"你是不是平时特爱思考？"

"是。"杨重眼神儿空洞地说，"我平时特爱思考，特深沉。"

"你是不是上过大学？"

"嗯，上过吧。"

"怪不得，上过大学的人都心事重重，若有所思。"

"你是不是也特爱思考？"

"啊，我特爱瞎想，我特爱琢磨人。像我们这种职业吧，就是和人打交道的职业，每天都得和几千人说话，我就观察这几千人的特点。譬如说胖子吧，一般爱买大手绢，胖子鼻涕多嘛，瘦子就买小一点的。"

"腺体分泌和体重有关系吗？"

"当然有关系，世上万物谁和谁没关系？你和这个酸奶瓶要嚼起亲来没准还有点血缘关系呢，你先人死了，烧成骨灰，扬到地里，连土挖出来，烧成瓷器或者玻璃，装上酸奶，卖给你。"

"这就是辩证法吧？比较朴素的。"

"我也不知道是不是，我只知道凡事都有个理儿，打个喷嚏不也有人写几十万字的论文，得了博士。"

"有这么回事，这论文我们上学时传阅过。人家不叫喷嚏，这是粗俗的叫法儿，人家叫'鼻黏膜受到刺激而起的一种猛烈带声的喷气现象'。"

"你懂得真多。"

"哪里，还是你懂得多。"

"你懂得多。"

"惭愧惭愧。"

"谦虚谦虚。"

"咱们别争了，这样下去没个完，您爱才我心领。"

"我真是诚心诚意夸你。我觉得跟你特说得来，特知音。"

"别别，我这人经不住夸。"

"你老这么一味地谦虚我要生气了，好像我夸你是害你似的。"

"那就算我懂得多吧，其实我也觉得和你特谈得来特知音。"

"我特愉快。"

"我也特愉快。"

马青身心交瘁地回到公司办公室时，于观正被那汉子揪着脖领子在办公室里拖来拖去。

"你别这样，放开我，让人看见不体面。"

"你就成全我吧，就扇两嘴巴，就两个。"

"不行，我吃不住，我体质弱。"

"你就让我干一件想干的事吧，我长这么大还没自个儿做过回主呢。"

"别的事可以商量，这件事坚决不行。我正告你，如果你碰我一指头，我就和你拼了。"

"都这么自私，只顾自己不顾别人，什么替人解难替人解闷儿，一触到自己就不干了。"汉子松开于观，哭了起来，"我真不幸，真不自由。"

于观喘上来一口气，拉拉被揪皱的衣服，示意马青把手里的垒球棒放回门后。走回办公桌后坐下，对汉子说：

　　"别哭鼻子了，挂号费退给你，赶紧走吧。"

　　汉子哭泣着，从马青手里接过两毛钱，紧紧攥着一路走出门。

　　"胡大，咱们干的这是什么倒霉差使。"

　　门关上后，马青几步走过来，一屁股坐在于观的办公桌上，大声说。

　　"我每天挨家去让人骂，你又差点让人打了，就杨重享福，每天去大街上吊膀子，当代用券。我要和他对换工种，种田还得休耕呢。"

　　"我们不是有君子协定在先，任人唯贤，因材施教。"于观仰在椅子靠背上疲倦地说，"你太温柔，让你去和别人的女人谈心，你每回都把临时帮工变成全面承包，我不能隔一天就让一个丈夫打上门一回。"

　　"依你说，我只能永远挨女人不歇气儿地暴骂而得不到机会和她们交流了？"

　　"别她们她们的，她，就一个，一个随便你怎么交流。饭要一口一口吃，仗要一个一个打。有时你那种老少咸宜、兼容并蓄的气魄每个有正义感的人都感到气愤，那不道德……"

　　"可杨重也不是宦官。"

　　电话铃响了，于观边伸手去接边反驳：

　　"可他懂得荟萃，去粗取精，而你总是囫囵吞枣。他有耐性，可以胡扯一天仍津津有味，你三分钟端不了簸箕便拔腿去找下一个……喂，找谁？"

　　"就找你。"话筒传来嗡嗡的男声，"我是杨重，我坚持不住了，这女人缠得我受不了啦。"

"我刚刚还夸你有耐性，会胡扯。"

"你不知道这女人是个现代派，爱探讨人生的那种，我没词儿了，我记住的所有外国人名都说光了。"

"对付现代派是我的强项。"马青在一边说。

于观瞪了他一眼，对话筒说："跟她说尼采。"

"尼采我不熟。而且我也不能再'砍'了，她已经把我引为第一知己，眼神已经不对了。"

"那可不行，我们要对那个肛门科大夫负责，你要退。"

"她不许我退，拼命架我。"

"这样吧，我们马上就去救你，你先把话题往低级引，改变形象，让她认为你是个粗俗的人。"

"你们可快来，我都蒙了，过去光听说不信，这下可尝到现代派的厉害了……她向我走来了，我得挂电话了。"

"记住，用弗洛伊德过渡。"

"快来，我坚持不了多一会儿。"

马青嘻嘻笑着，从办公桌上跳下来，兴奋地在屋里转圈踱着步等立身收拾办公桌的于观。

"弗洛伊德我拿手，我就是弗洛伊德的中国传人。"

"你是弗洛伊德病例的中国自动复印版。"于观绕过办公桌走出来，"我不许你趁机卖弄。"

这是个阳光灿烂的中午，街上人群摩肩接踵，所有小餐馆、快餐店都挤满吃饭的人，有些没座的人还把饭菜端到街上站着吃。于观和马青费了半天劲儿，才在一家画着彩色广告的电影院门厅里的冷饮柜台旁找到杨重和女顾客。电影院刚散场，门厅里人挤人，所有人都在大声说话，嘈杂喧闹，他们挤到杨重身边，他也没发现。显然已经才尽，面对滔滔不绝、神采飞扬的手绢柜台组长显得精神恍惚。

"你一定特想和你妈妈结婚吧？"

"不不，和我妈妈结婚的是我爸爸，我不可能在我爸爸和我妈结婚前先和我妈妈结婚，错不开。"

"我不是说你和你妈结了婚，那不成体统，谁也不能和自个儿的妈结婚，近亲。我是说你想和你妈结婚可是结不成因为有你爸除非你爸被阉了但就是你爸被阉了也无济于事因为有伦理道德所以你痛苦你看谁都看不上只想和你妈结婚可是结不成因为有你爸怎么又说回来了我也说不明白了反正就是这么回事人家外国语录上说过你挑对象其实就是挑你妈。"

"可我妈是独眼龙。"

"他妈不是独眼龙他也不会想跟他妈结婚给自己生个弟弟或者妹妹因为没等他把他爸阉了他爸就会先把他阉了因为他爸一顿吃八个馒头二斤猪头肉又在配种站工作阉猪阉了几万头都油了不用刀手一挤就是一对像挤丸子日本人都尊敬地叫他爸睾丸太郎。"马青斜刺里杀出来傍着刘美萍站下来露出微笑。

"这是我的同事，马青，这是我们经理于观。"杨重还了魂似的活跃起来，把不错眼珠地盯着刘美萍微笑的马青和刚拖过一把椅子坐下的于观介绍给刘美萍，"他们都是我老师，交大砍系即食面专业的高才生，中砍委委员。"

"是吗？可我很少跟三个人同时谈人生。"

"没关系。"马青侧身挡住于观和杨重，"你主要和我谈就行了，有没谈透的地方再让他们俩补充。"

"你别跟我这么近乎，我还不了解你呢。"

"那个肛门科大夫是不是特像你爸爸，你说呢？"

"你说的什么呀？我听不懂你说的话……"

于观笑着转脸对杨重说："你们就在这儿耗了一上午？没进去看电影？"

"看了，《奥比多斯驴在行动》。"

"外国片？"

"哪儿呀，国产片，你不知道现在国产片都起洋名儿？"

"对，我也觉得特空虚，结婚特没劲。"马青拿腔拿调地说，"找来找去不是找着自己爹就是找着自己妈。哪像人家外国，谁跟谁都能睡觉，人家也方便，都有房子，你自个儿有房子吗？"

于观和杨重一起笑起来，杨重掏出烟递给于观一支，两个人头凑在一起点火。

"……我就特钦佩人家外国女的，怎么睡也不拧着男的胳膊去商店买这买那……我没被人拧过，杨重老被人拧，脱臼好几回了。"

马青扭过头眨着眼儿笑着问杨重："是不是杨重？"

杨重磕磕烟灰笑着说："你就拿我开心吧。"

"咱们走吧杨重。"刘美萍伸着脖子从马青头后露出脸。

"再坐会儿再坐会儿。"杨重说。

"你甭老拉我们哥们儿走，你我已经接管了，今儿下午杨重还有别的约会。"

"是吗杨重？"

"是。"杨重点点头，对刘美萍笑笑，"身不由己。"

"你就踏踏实实跟我聊着吧，我想和你说的话多着呢。"

"你没正经的，要不你请我吃饭去吧，我这儿坐着听你说都听饿了。"

"要是咱俩单独约会我肯定请你吃，这会儿我是办公呢，要请你吃饭得请示我们经理。经理，我能请美萍吃顿便饭吗？"

"可以，不过得你自个儿掏腰包。"

"毁我？"马青回头对刘美萍说，"要不我请你玩碰碰车得了，那也贵着呢，不过特好玩，玩完你就不饿了。"

"不去，我见车就晕。"

"去吧去吧，那不是一般的车，你玩回试试，保你上去就不爱下来。你们俩也动动。"马青硬把刘美萍从座位上拉起来，搀着，招呼在一旁乐的于观和杨重。

一行人出了电影院，穿街来到街口一家游乐场。刘美萍立刻被花花绿绿的游乐设施吸引了，马青去售票房买了四张碰碰车票，手护着嘴对于观和杨重："过会儿咱哥仨一起撞她，撞晕了算。"

碰碰车场里空空荡荡没什么人，三个男人忍着笑进场各选了一辆车坐进去，马青还扬着嗓子教也往车里坐的刘美萍："等一通电你就胡撞一气。"

管理员接通了碰碰车的电源，四辆车立刻发疯似的打起转儿，四散驶开，接着纷纷掉头回来，接二连三地猛撞在一起。刘美萍没玩过碰碰车，根本不能得心应手地操纵、规避，瞪眼瞧那三位从不同方向向自己冲来束手无策，被撞得连连从座位上蹦起来。碰碰车在急剧旋转，高速滑行，三个男人咧着嘴大笑，一次又一次驱车冲撞刘美萍，只见四辆车隆隆吼叫着叠错在一堆，刘美萍不时飞在半空中。

一场玩完，刘美萍已是脸色苍白，又气又惊，她腿软软地从车上爬下来，一时话都说不出来。

"还行吧?"马青跑过来假惺惺地说，"人家外国人就爱玩这个，刺激。"

"还行。"刘美萍硬撑着说，随即话里带了哭腔，"可我们明水从没让我不吃饭就从事剧烈运动。"

"那你快找你们明水去吧，他一定也想你了。"马青拥着刘美萍脚不沾地一阵风地往街上走，刘美萍挣扎着扭过头冲刚出碰碰车场的杨重喊:"再见。"

丁小鲁和林蓓坐在无轨电车里由南向北通过街口，从车窗看到于观和两个人站在路边眉飞色舞地说话，电车经过他们身边时，她露脸喊了一声。

"有人叫你。"杨重对于观说。

于观回头往身后川流的人群张望:"哪儿呢? 我好像也听见一声。"

"过去了，前面电车里。"

电车在街边车站停下，几乎下空了，又在顷刻间塞满，摇摇晃晃开走，满街仍是熙熙攘攘的人群。

"管他是谁呢，走吧。"

三个人正要转身走，有人又在很近的地方叫了声于观。三人转过身，丁小鲁和她的女伴随着人流走到他们跟前。

"嘿，碰上你了，真是少见。"于观高兴地说。

"叫你都听不见。"丁小鲁对杨重马青点点头，笑着问于观，"干吗呢站在街上? 打算去哪儿?"

"找地方吃饭去。"于观把杨重马青介绍给丁小鲁，丁小鲁也把林蓓介绍给他们。

"演员？啊，好职业。"于观敷衍地说。

"我看你们别在街上晃着找饭馆子。"丁小鲁建议道，"到我家去一起做吧，我们也没吃。"

"你家有人吗？"杨重问。

"就我妈妈。"丁小鲁转脸看着杨重，"不过不碍事。"

"她妈不碍事。"于观也说，"还挺神。"

"那咱就走吧。"马青探头插嘴，"别像老百姓似的站在街上说个没完。坐几路车？"

"接着坐电车。"丁小鲁笑着挽起林蓓，领头在前面走。

"你们下午没事吧？"在电车上，丁小鲁小声问于观。

"没事。"于观说，"本来下午也没事。"

丁小鲁家是五十年代苏联援建期间盖的那种俄国风格的笨重结实的灰夸楼房，厚屋顶，窗户巨大，每套单元开间不多但面积宽阔。家具也都是那时公家配发的，式样陈旧，油漆剥落，皮沙发的弹簧已经塌陷。老太太正抱着一只大白猫坐在重新绑过的旧藤椅上怡然自得，看到一大群人呼啦啦进来，大白猫跳下地跑了。一大群人乱七八糟地叫了通"阿姨"，老太太矜持得体地招呼年轻人坐下。看得出来，老太太是受过教育的，经过残酷斗争考验的，既平和又保持着尊严。

"他们是来吃饭的，妈。"丁小鲁说，"家里现在还有什么吃的？"

"我给你看看去。"老太太站起来，往厨房走，一边对于观说，"你好长时间没来了。"

"我这段挺忙。"

"哦，于观也忙了。"

于观不好意思地笑，追着老太太说："阿姨您别忙，吃什么我们自己弄。"

"我给你看看有什么，反正你到阿姨这儿也得凑合，只能管饱。"

一会儿，老太太从厨房回来对丁小鲁说："冰箱里只有一点肉馅了，厨房里也就是土豆白菜了。"

"我去买。"丁小鲁说着站起来。

"千万别去。"于观按住丁小鲁掏钱包的手，"这点就够，咱们包饺子。"

"很近的。"老太太说，"楼下就有个菜市场。"

"我知道，那也别去。我们什么也不想吃，包饺子挺好。"

"不用去不用去。"杨重马青也说，"甭麻烦，咱们就随便吃点。"

"还是去买点。"老太太对女儿说，"男孩子可以将就，姑娘得有点可口的。"

"我也不用。"林蓓说，"我爱吃带馅的。"

"真的别去了。"于观对丁小鲁说，"你太客气，我们就走了。"

"那好，那咱们就包饺子吧。"丁小鲁对她妈说，"反正也不是外人。"

"这就对了，我和面小鲁拌馅，老太太您歇着什么都甭管净等着吃——杨重别光自个儿抽烟，给老太太一颗。"

"哎哟，我不知道阿姨也吸烟，您来这颗。"刚把烟叼上嘴的杨重忙拎着根烟递给老太太。

老太太点着烟看了看牌子："现在年轻人净抽好烟。"

"我们也不置房子置地，有钱就抽两颗烟玩玩。"

老太太吐了口烟，笑着点点头，坐回藤椅上："现在的年轻人没负担啊。"

"您抽烟够溜的。"

"我抽烟的历史比你年龄都长，那会儿天天开会天天熏，就会了。"

于观跟着丁小鲁来到厨房，丁小鲁找出个铝盆，从面口袋里舀出面让给于观，自己洗菜切菜。两个人很起劲儿地干着，一声不吭，客厅里的人聊得挺热闹，不时蓦地响起一阵笑声，老太太的笑声格外响亮。

"你妈精神真好。"

"不操心，不着急，自然精神好。"

"你呢，也挺好？"

"你呢？"于观专心致志地揉着面，脸上沁出了汗。

"我发觉你不太爱说话了。"

"谁说的？我说话时你没听见就是了，哦，有时话是少了。"

客厅传来马青一个人的快速说话声，当他停顿时，响起一片欢笑，笑声刚停，杨重又说了几句什么，笑声再起。

"你这两个同事挺逗的！"

"他们是我最好的朋友。"

丁小鲁手停了一下，又继续剁菜："你终于有这样的朋友了。"

"和他们在一起我总是很快乐。"

笑声忽然大了，厨房门开了，林蓓走进来。

"你怎么来了？你们说什么呢这么乐？"丁小鲁抬头说。

"他们在说他们公司的顾客的事呢。"林蓓倚着门说，"我不爱听。"

112

“可我听见你跟着笑呢。”

“笑归笑，可我不喜欢。他们特坏，人家一个女顾客就是想跟他们探讨一下人生，也没什么不对，他们就把人家骗到游乐场，故意用碰碰车撞人家，把人家撞岔了气儿。”

“没说的，这坏点子准是于观出的。”丁小鲁笑着直起腰看着于观说。

“不是我，马青的主意。”于观也笑着说，使劲用手拍打着揉得光滑的面团。

“你们真不像话，那么过分。”林蓓噘着嘴说。

“她没察觉是故意的。”

“那也不好，对人一点都不真诚。”

“我们小蓓可有正义感了。”

“不是正义感不正义感，本来嘛。我就不爱跟这种人打交道，谁知道他什么时候是真的什么时候是拿你开心。”

“林蓓怎么跑这儿站着来啦?”马青笑嘻嘻地叼着烟进厨房找火，丁小鲁从煤气灶上把火柴拿起给他，笑着对他说：

“正说你呢。”

“说我什么?”马青点着烟，把火柴扔回去。

“说你坏，干坏事。”林蓓直筒筒地说，眼睛瞪着马青。

马青把烟从嘴上拿下来，看了眼于观，对林蓓说：“我没敢得罪你呀，怎么就‘坏’了。”

“你对别人坏，我也是女的，不爱听你吹怎么捉弄人家女的。”

“就是，要尊重妇女。”丁小鲁把剁的菜推进盛肉馅的盆，用力搅起来。

“可我不是老‘坏’。”马青对林蓓说，“我‘好’一个给你看行吗？您容我酝酿酝酿。"

"包饺子了包饺子了。"丁小鲁端着馅盆往堂屋走，"别贫啦，都去洗手。"

林蓓扭身去卫生间，马青吮着烟对于观说："瞧我别扭——这姑娘。"

"她还没习惯你。"于观笑着端起面盆，"人家是好姑娘。"

"敢情咱们都是坏蛋。"

众人七手八脚包饺子时，老太太建议"给干活的人放点曲子"。丁小鲁拧了半天老式箱形收音机旋钮，调出一组豪迈、缠绵的出征歌曲，这些歌曲也是流行歌曲，大家都随着旋律摇头晃脑地哼哼。当歌手唱道："如果是这样，你不要悲哀。"三个男人一齐昂首唱第二声部："——我不悲哀！"

二

天色很亮，纹风没有，街上无声地下着瓢泼大雨，街树冠盖修剪得像最简陋的儿童画，笔直不动地成排矗立雨中。马青屁股离座儿地卖快儿蹬着一辆蒙着塑料布的平板车落汤鸡似的张望着前面雨幕中有着巍峨廊柱的剧场。于观、杨重都背头管裤，神态庄重地站在剧场镶着沉重的铜饰的玻璃门前迎接着沿宽大花岗岩台阶拾级而上的来宾，鸡捣米似的文雅地点着头。

马青把平板车蹬到台阶下，跷腿下来，于观立刻在上面吼："拉到后台门口拉到后台门口那师傅你听见没有？"

马青可怜地看着于观，于观不再理他，他只得忍气吞声地一手扶把一手拉座推着平板车往剧场后台门绕。

宝康穿着亮闪闪的西服，挺胸凸肚地背手站在于观身边，满意地注视着湿漉漉的台阶上移步款行的一对对头发蓬松、面孔苍白的西服革履的男女，笑眯眯地问于观：

"你从哪儿收集来的这么些有身份的人——我真开了眼，每个人后脖都是雪白的。"

"不是我有办法，我只是发了些通知，他们其实是慕您的名而来，这都是爱好文学的青年。"

"你说，要是他们知道这个不起眼儿地站在门口的人就是宝康本人，他们会吃惊吧？"

"会的，一定会，我打保票他们会把您围得水泄不通就像前几年围观外国人。"

"同志，"一个挽着女伴的高个男青年问于观，"会后真有舞会吗？"

"有有。"于观忙转过身小声说，"请柬上印着呢。"

"可我们经常上当，说有舞会把我们诓来，陪着那帮傻瓜开半天会，会后却什么也没有了，把人轰出来。"

"这次您放心，不但有，还是一水的'的士高'。"

"不骗人？"

"我发誓。"

"舞会上有免费饮料也是真的吗？"男青年娇小的女伴问。

"带。"

"这样十块钱还算值。"这对男女转身交券进了场。

于观回身瞟了眼宝康："没办法，有人群的地方就有左中右。"

宝康毫不介意："有个把俗人还是允许的。你说过会儿我发言不能过多地谈自个儿吧？那样是不是显得太自满了？"

"花插着吧，谈自个儿的同时也谈谈人民的哺育、组织上的关心、社会的温暖等等各种伸出来的手。"

杨重跑过来："头儿，差不多了，咱们也该进去了。"

"你也进去到主席台就座吧。"于观对宝康说，"想说什么再演习演习，到时候别忘了词儿。"

丁小鲁和林蓓从剧场前的车站下了车，向剧场走来。林蓓打了把五十公分的素花伞，丁小鲁几乎全身裸露雨中，但她衣服没怎么湿，她很从容地走在雨的缝隙之间。于观向她们招手，她们走了上来。

"居然来了，不是说不来？"

"想了想还是来，看看你们到底在忙什么。"丁小鲁温柔地笑，"你好杨重。"

"你好。"杨重腼腆地伸手和丁小鲁握了握。

"马青呢？"林蓓往于观身后看。

"他在后台卸奖品。"

"挺隆重。"丁小鲁和于观一行进入剧场，"你们挺会搞。"

"嗬，不赖，来的全是狼以上的品种。"浑身湿透像个小瘪三似的马青从条幕边偷往剧场里看，对找来帮忙的小哥们儿说。他一转身看见于观、丁小鲁一行进入后台，便喊："噢，林蓓。"

"噢，马青。"林蓓笑着一扬手，绕开摆在地上的坛坛罐罐走过，"那个起了个姑子名儿的作家在哪儿呢？你指给我看。"

"喏。"马青用嘴向主席台上一努，"那个单钵儿坐在台上烤的就是。"

林蓓瞅着宝康呵呵笑："挺式样儿的。"

剧场里正大音量地放着欢快的曲子，强制性地制造着热烈气氛，人们在休息室进进出出，咬着蛋卷冰激凌侧身在狭窄的座位排间找座位号，没人看坐在台上伸着脖子喜滋滋在遥望着大家的宝康。

"奖品在哪儿？"于观问马青。

"那不是？"马青用手一指摆在桌上的空调机和一溜黑革套照相机，自顾和林蓓说笑。

"我问的是奖杯。"

"地上。"马青指了指众人脚下的坛坛罐罐。

"就这个?!"于观举起一个大肚坛子难以置信地端详，猛地蹾在地上，愤怒地说，"这是腌鸭蛋的坛子。"

"你别火呀，头儿。"马青笑嘻嘻地说，"这坛子沉着哪。您不给钱让我弄坛子，弄来这咸菜坛子就不错了，什么坛子不是坛子？"

"得，这回坛子胡同了。"于观绝望地说，"我怎么能不动声色地给著名作家们每人发一个咸菜坛子？人家准会恼我们。"

"昨晚偷的——这些坛子？"杨重小声问马青。

"哪里，"马青说，"正经是我们胡同口副食店赞助的。头儿，人家可要鸣谢，我答应人家了，不能言而无信。"

于观气哼哼地瞪了马青一眼："你就坏我事吧。"

剧场里传来一阵阵"噢噢"的叫声和掌声夹着口哨声，后台的人都掀开条幕往下看。

"谁来了？哪个作家来了？"于观紧张地问。

"谁也没来。"杨重回头说，"底下的人见还不开始起哄呢。"

"到点了吗？"于观捋捋两只袖子，没表。

"过了。"杨重说，"过了十分钟了。"

"一个著名作家都不来，真不给面子。"

"要不要再等等？"杨重问。

"不能等了，我们不惯这毛病，没他们我们照样开会，他妈的——"于观冲后台呆立的人一挥手，"没事的都上主席台，不许笑！没人认识你们。"

于观站到条幕边，脚往台上一迈，立刻做出满面春风的样子，就坡下驴地轻轻鼓着掌迎着满场哄声亮了相。随着他身后，丁小鲁、林蓓、杨重和其他不三不四的人也硬着头皮登了场，最后一个扭捏地不肯上场的人几乎是被马青推出来的。

乐曲停了，台下的人声更大了，掌声、叫声波涛般一浪一浪涌上台，也分不清是欢迎还是起哄，伪作家们像在照相馆的灯光下一样"自然"地笑着，鱼贯入座，坐下后都低着头。

"咳、咳。"于观单肘横陈桌上，在麦克风前咳嗽了几声大声说，"下面我宣布，'三Ｔ'文学奖发奖大会现在开始——"

会场响起雷鸣般的掌声，接着戛然而止，一个人声："呀呀呀。"旋即再度响起雷鸣般的掌声。于观坐在座位上闭上了眼，他听出那个"呀呀呀"是自己的声音，那是试听录好的掌声时不小心按了录音键录上的。

后台工作人员关了掌声，于观没精打采地说："下面进行会议第一项议程，请'三Ｔ'文学奖评奖委员会主任委员杨重同志讲话。"

雷鸣般的掌声又响，中断，一个人大声"呀呀呀"。

杨重接过于观传过来的麦克风，愣了片刻，开始说：

"今天，我们大家在这里，开个会很好……"

雷鸣的掌声，"呀呀呀"。

会场传来清晰可辨的笑声，主席台上也有人在低头笑。于观茫然地望着前方，一副听天由命的样子。丁小鲁试图给站在条幕边的马青打手势，让他关掉录音机，马青也用各种手势猜测着她的意思，最后似乎懂了，仍旧站着不动，眼睛看向别处，丁小鲁叹了口气。

杨重"很好"了一遍，在雷鸣般的掌声和"呀呀呀"中把麦克风传回于观，明显地如释重负。

"下面进行大会第二项议程，请市委领导同志讲话。"

于观扫了眼主席台上衮衮诸公，每个人都把头更深地低下去，没有一个挺身而出。只好跳河一闭眼，把麦克风传给离他最近的那个人。那个人先是一怔，随即把麦克风传给了自己的下一个，主席台上开始了一场无声的"击鼓传花"，坐在主席台最边上的那位无人可传，只好认倒霉，嘟嘟哝哝地说起来：

"临时把我请来思想没什么准备话也说不好我看客气话也不用说了表示祝贺祝贺'三T'公司办了件好事……"

"说得挺好，挺像，就这么说下去。"杨重看着台下小声鼓励。

那人鼓起勇气抬起头，果然会场一片鸦雀无声，几千只眼睛亮晶晶地无邪地仰望着他。这人乐了，自信起来，解开衣服扣子，掀开衣襟叉起腰：

"今天来的都是年轻人嘛。"他扭头看了看坐在第二排的宝康，"我看了看获奖的同志年龄也不大，年轻人自己写东西自己评奖，我看这是个创举，很大胆，敢想敢干，这在过去简直是不可思议的事……"

于观汗立刻下来了，忙示意杨重制止"市委领导同志"，那人看到于观向杨重小声递话，笑眯眯地问，"于观同志你说什么？这样的活动还要多搞？好嘛，我支持。依我看奖品还可以再高级点，面儿还可以再宽一些，最好再设个读者奖，给来参加会的人都发点纪念品，人家来参加会也是对你的支持嘛。"

"哗——"会场响起真正的热烈掌声，"市委领导同志"满面红光地微笑着向群众致意，一边把麦克风递给杨重："活该，谁让你们把麦克风给我让我讲话的。"

发奖是在"受苦人盼着那好光景"的民歌伴唱下进行的，于观在马青的协助下把咸菜坛子发给宝康、丁小鲁、林蓓等人，并让他们面向观众把坛子高高举起。林蓓当场就要摔坛子，于观和马青一左一右夹着她，帮她举起坛子，不住声地说："求求你求求你了，你就当练回举重吧。"

大会继续庄严隆重地进行，宝康代表获奖作家发言，他很激动，很感慨，喜悦的心情使他几乎语无伦次。他谈到母亲，谈到童年，谈到村边的小河和小学老师在黑板写字的吱吱呀呀声；他又谈到少年的他的顽劣，管片民警的循循善诱，街道大妈的嘘寒问暖；他谈得很动情，眼里闪着泪花，哽咽不语，泣不成声，以至一个晚到的观众感动地对旁边的人说："这失足青年讲得太好了。"

宝康抒发完他那长长、萦回不去的情怀后，于观宣布大会结束，"请同志们跳舞"。

二楼舞会大厅内，服务员们已在沿墙排列的长条桌上摆满了数以百计装好啤酒的玻璃杯和丛林般揭了盖的瓶装啤酒，遥遥望去，颇为壮观。

两扇几乎高达天花板的包着皮革的巨门被缓缓推开了，走廊里挤满了衣冠楚楚的男女，他们像攻进冬宫的赤卫队员们一样黑压压地移动着，拥了进来，而且立刻肃静了。走在最前排的是清一色高大强壮、身手矫健的年轻男子，他们轻盈整齐地走着，像是国庆检阅时的步兵方阵，对前面桌上的啤酒行着注目礼。尽管不断拥进的人群给他们的排面形成越来越大的压力，他们仍顽强地保持着队形，只是步伐越来越快，最后终于撒腿跑起来，冲向所有的长条桌，服务员东跑西闪、四处躲藏，大厅里充满胜利的欢呼。在震耳欲聋的喧嚣声中，最先跑到桌边的人开始挨个杯子喝下去，飞快地、不眨眼地喝光一杯又一杯。源源不断的人群挤到桌边，无数只手伸出去抢酒瓶、抢杯子，把几十张长桌上的酒水一扫而光。

于观、宝康、丁小鲁一群人步入舞会大厅时，展现在他们面前的是一个大型庆丰收群雕，一组组造型迥异的痛饮形象叠错有致地环布四周，男人们和女人们从堵住嘴遮住脸的倒竖的酒瓶后面露出喜悦的眼睛。

"天哪！中国老百姓真是世界上最好的老百姓。"于观激动地说，"他们其实并没有什么过奢的要求。"

爵士鼓惊天动地响起来，势如滚雷，管弦齐鸣，群塑活动起来，像听到号令的团体操表演者奔跑穿插站住，以不同的摆幅摇扭着，渐次亢奋狂热，像一锅滚开的粥。

"跳，跳，都起来跳。"于观像活动木桩似的跳着密宗迪斯科，内心充满激情严肃地对纷纷坐下来的众人说，"这没有一定之规，只要跳起来。"

夜晚，雨仍在下，但是小了。亮着路灯的马路上水雾蒙蒙，街上的行人都耸肩缩颈匆匆而行，商店的霓虹灯在雨雾中红绿模糊一片。

于观、丁小鲁、宝康等人挤在一辆计程车里又说又笑。司机提心吊胆地注视着路边驶过的一个个朦胧的交通警岗，抱怨说：

"一下上来六个，警察看见非罚我钱。"

"你老嘟囔什么呀，烦不烦？"坐在前座回头扒着说话的马青说，"再嘟囔你下去。不就罚两个钱嘛。"

"又不是罚你，你当然没事。"司机一面小心地驾驶，一面回嘴，"换我我也会说。"

"跟你们在一起真快活。"宝康感慨地说，"什么都不在乎，活着真舒心。"

"无赖呗，你要是无赖了也就什么都不在乎了。"被杨重和宝康紧紧挤着的林蓓说。

"不不，我认为这个无赖的意思应该是无所依赖。"宝康沉思地说，"噢，你写的那些诗我都看过，我很喜欢。"

"我才没有写过什么诗呢。"林蓓笑着说，"我才不是什么诗人，你被他们骗了，我是临时被抓了差冒名顶替的。"

"真的？真有意思。那你也不是梦蝶了？"宝康问坐在他另一边的丁小鲁。

"不是。"

"我说呢，我在台上还纳闷呢，梦蝶怎么换模样了，我记错了？别露怯。"

"这可不怪我们，是于观干的好事，要算账找他算。"

"没关系，一点都没关系，哈哈。不过我一点都没看出你是假的。"宝康对林蓓说，"你的气质很好，很有诗人的风度。"

"瞧，开始诱了。"杨重伏在前座小声对马青说。

"嗯，咱学学，跟作家好好学学。"马青盯着宝康。

"你们这几个里，我发觉杨重风度最好。"宝康又说，"比较深沉。"

"得得，哥们儿，你别骂我。"杨重拍拍宝康的肩膀，"我知道我傻。"

"喂，作家，你到了。"计程车在路边停下，马青对宝康说。

"等一下。"宝康伸头看了看窗外，急急掏出记事本和笔塞到林蓓手里，"你把你的电话留一个给我，我有事可以找你。"

"我只有团里电话，而且你打这个电话不一定找得着我，我没排练一般不在团里。"林蓓一边说一边把电话号码写上，连笔带本还给宝康，"你要打这个电话找不着我，就打电话给小鲁，她知道我在哪儿。"

"那你也把你电话留给我吧。"宝康把记事本和笔递给丁小鲁，丁小鲁潦草地写了串阿拉伯数字。

"你们的电话我都有了，不用留了。"宝康把本笔装回衣兜，扒开人腿往车外钻，"再见，哥们儿。"

"再见。"马青咕噜着，隔着车窗向站在马路牙子上的宝康招招手。车开走了，林蓓从后车窗向他招了招手。

车上的人都沉默着，唯有林蓓活跃话多：
"我觉得这宝康人挺好的，你们那么骗人家，人家也没生气。"
"反正你是看谁就觉得谁好！"马青不回头地说。
"本来，我就是觉得谁都挺好——就你不好。"

"咱们去哪儿?"马青回头问一直没说话的于观,"是不是找个地界儿一齐下了,别让人师傅拉着咱们转来转去,人师傅这已经是满肚子不高兴了,是不是师傅?"

"您这会儿又心疼我了。"司机只顾看着前方驾驶,"没关系,你们爱怎么转就怎么转,到末了交钱别甩过一个绳套勒住我脖子就行了。"

"不合适,您是客气,我们不能不懂事。"

"到我那儿去吧。"丁小鲁说,"你们要是还想聊。"

"我不想去。"于观说,"我想回家。"

"那你回家吧,我们去小鲁那儿,师傅你给他撂马路边儿上。"

"别回家,回什么家呀。"杨重对于观说,"回家多没劲儿,你也没媳妇儿,你爸也不待见你。"

"停不停?"司机问。

"不停,拣直开。"杨重说。

"谢谢啊,师傅。"在丁小鲁家楼前,马青交完费,最后一个从车里跨出来,回头弯腰冲车内的司机说。

司机笑着摆了摆手:"没事。"欠身过来关了车门,熄灯发动开走。

老太太正要上床睡觉,只听门锁一响,一阵杂沓的脚步声夹着说笑声直进客厅,忙披衣出来。

"妈,您还没睡?"人群中的丁小鲁问。

"没哪,来了这么些人。"

"阿姨好阿姨好阿姨好。"

"小声点，小伙子姑娘们。"老太太手指着紧闭的嘴说，"天晚了，轻点折腾，别吵了邻居。"

"小声点，都小声点。"于观对放声说笑的马青杨重说。转过身，"您歇着去吧老太太，我们不闹。"

"我这就去。小鲁，这些人今晚住这儿，我把被褥给你找出来。"

"用的时候我自己去找吧。"

"不用找，我们随便在沙发上将就一夜就成。"

"那可不行。"老太太说，"年轻人不知厉害，会睡出毛病来的。"

老太太回屋把箱子打开，搬出被褥摞到小鲁房内，交代清楚了才抱起溜出来四处走动的白猫回房关门睡觉。

"沏点茶，小鲁。"于观说。

"这就去。"丁小鲁去厨房拿来暖瓶，从茶几下端出茶壶茶杯茶叶筒，抓了几撮茶叶撂进茶壶，灌进开水，盖上盖儿闷着，又搬出一个大饼干筒，"谁饿了谁吃。"

马青伸手抓了几块饼干回到沙发上一块块放在嘴里嚼着。杨重斜倾着身子靠在沙发上摇手说不吃，问小鲁："你这儿有牌吗？"

"有，在写字台抽屉里。你想玩？"

"你们想玩吗？"

"可以呀。"马青斜着眼儿说，"玩你还不板输。"

"别玩牌啦，你们聊天吧，我爱听你们聊天。"林蓓蜷缩在一边说。

"聊天没劲，老聊还有什么可聊的？你同意玩牌吗，小鲁？"

"我无所谓，你们说玩牌就玩牌，你们说聊天就聊天。"

"玩牌。"马青说。

丁小鲁找出扑克扔到茶几上，把沏好的茶斟进茶杯。

"怎么着，玩什么？"杨重洗着牌说，"抠？"

"玩'抠'一个人没事干，不玩'抠'。"于观说。

"那玩'三尖'也还少一个人。"

"你们玩吧，我在一边看着。"丁小鲁说。

"那多不好，你不能再找一个人吗？你们邻居有没有还没睡的，给叫来。"

"我去敲门试试。"丁小鲁站起说。

丁小鲁出了单元门去敲对门的门，在楼道里喊喊喳喳和人说了会儿话，领着一帮男女回来。几个小伙子一进门就笑着说：

"听说这儿有人叫份儿？"

"嘿，这晚上净是一帮一帮闲得没事的。"马青笑着对于观说，"练吧，人家找上门来了。"

"哟，没我们女的份儿了。"后进来的一个笑眯眯的女孩说，"你们人手够了。"

"你来玩我的，正好我不想玩。"于观说。

"你别不玩呀。"杨重说。

"我真的不想玩。"于观说，"你们要人不齐，我可以凑一手，人多就算了。"于观把那个笑眯眯的女孩拉到自己身旁坐下，"你玩——我帮她看着牌。"

"你来给我看着牌。"马青招呼林蓓坐到自己身旁，"看我怎么赢。"

一圈人开始洗牌摸牌，对方一个小伙子问："咱玩光记分的还是挂点血？"

"挂血的。"马青说。

"别挂血。"丁小鲁说,"挂血不好,光记分得啦。我给你们找纸和笔。"

头几把双方都还斯文,静静地出牌,分出高低后气氛开始热烈,会说的也都开始拿对手插科打诨,真真假假,互相进行神经战。

"动?动就剁你!赶紧走,疙瘩在他们那儿就带牌,大供给车不算臭!"

"别闯牌,疙瘩就想带牌?握着'猫儿'的还没说话呢,削坍了吧?谁闯削谁!"

早晨,天已经大亮,楼下传来公共汽车的行驶声和自行车的铃声以及行人的说话声。丁小鲁、林蓓已经回房睡觉了,那个笑眯眯的女孩也早由于观替换下来回了家。六个男人仍在全神贯注地玩牌,一根接一根地吸烟,眯着眼睛搓捻着手里的牌,屋内烟雾腾腾,每个人脸上都失去了血色。大白猫无声无息地走进来,瞅着他们,于观招手叫它过来,它扭头走开。

这一局又是于观这方输了,大家把牌纷纷扔到茶几上。

"到这儿吧。"对方一个小伙子说,"我顶不住了。"

"到这儿吧。"于观把牌拢到一起装盒,"有机会再练。"

那几个小伙子猛吸几口把嘴里的烟抽短插在搁满烟蒂的烟灰缸里,站起来和马青杨重道别,陆续走出去敲对门的门。

于观把灯关了,打开窗户放烟,雨夜里就停了,清凉的空气飘溢进屋。杨重站起来打着呵欠伸懒腰,笑着说:

"又过了一夜,打牌是好混。"

“其实最后一局本来咱们能赢，都是于观太坠。”马青上了趟厕所回来，系着裤扣说，“攥着'吊儿'不卖，等着看画儿。”

“他玩牌是臭，就跟不会玩似的。”

“我怎么没卖，没法儿卖，'猫儿'都坐在人家手里，卖也白卖，最后也走不了。”

“怕着你不是也没走成嘛！这时候就不能管那么多了，专削一家，从大往小抻牌，扛着，不让他们垫小牌。你走不了别人还能走呢，逃一家是一家，怎么也不能让他们打十零。”

“得，跟着您长学问。”

“嘿，他来劲了。”马青看着杨重说，“咱们是不是得治治他？”

“得治治。”杨重同意。

“来呀。”于观在窗前横转过身，拉开架势，“您二位要不怕弄伤了自个儿就来。”

“真挤对活人。”杨重边说边凑过去，“我就当生下来就是残废吧。”

杨重、马青一下扑了上去，三个人紧紧扭在了一起，较了会儿劲儿，于观被制伏了，笑着说：“别闹别闹。”

“这叫什么？这叫'捂笼抓鸡'！说，说你臭。”

“我臭。”

马青、杨重笑着松开于观。马青鼓着胸脯子说：“也不看哥哥是练什么的，职业空手道。”

“牛×。”杨重横着身子扔在沙发上，“我得睡会儿了。”

“你们睡吧，我得去公司看看。”于观说着往外走，“你们要是下午不来，中午给我打个电话。”

“我说你也睡会儿吧。”马青说，“权当今儿全公司学习。”

"我不困，不想睡。"

"你什么都'不想'，睡觉也不想，你想干吗?"

"我记得你没担任过圣职。"

"你不正常!"

"你才不正常!"

于观蹑手蹑脚穿过堂屋，大白猫"噌"地从饭桌上跳下地，碰倒了一瓶牛奶，于观三步并作两步过去把牛奶瓶扶起来，牛奶已洒了一桌。丁小鲁在她的房内叫于观，接着把房门推开一道缝："你来。"

于观走进丁小鲁卧室，丁小鲁穿着睡衣蓬着头坐在床边，林蓓脸冲墙睡得正熟，长长的黑发散在枕上。

"你睡了会儿吗?"丁小鲁小声问。

"睡了会儿。"于观也小声回答，"你干吗也这么早起?"

"我今儿得上班去，不能老不去。你要不要吃点东西? 外屋有牛奶。"

"牛奶已经让猫吃了。"

"是吗，这个馋猫。"丁小鲁脸上露出微笑，"我再给你搞点什么?"

"不用了，我不想吃。早饭吃不吃无所谓，不是必不可少的。"

"你这样生活太不规律了，对身体不好。"

"反正我也不打算活一百岁，管他好不好。"

"于观，有什么……算了不说了，我知道你也没什么需要我帮忙的。就这样吧，尽管来。"

"知道。"于观看了眼丁小鲁，抬腿走了。

于观走在遍洒阳光的街上，一辆载满客的公共汽车从他身后驶过，他拼命跑步追上去，挤入车站混乱的人群。

三

天空湛蓝，万里无云，城市街道上刮着暖和干燥的风，行人都显得懒洋洋的，步态悠闲，任风把头发和裙边裤脚吹得飘拂鼓起。马青和杨重坐在花房般镶着通体玻璃窗的咖啡厅的临窗座位上，看着来来往往的行人，听着一位老兄胡侃：

"想想吧，万人大餐厅，多么壮观！多么令人激动！就要在中华大地矗立起来！不要总说外国的月亮圆嘛，我们也有一些世界之最。我豁出来了，工作也辞了，不惜一切要把这件事促成，咱不就为了把事办成吗？不惜浪费！长城当时不也是劳民伤财嘛，现在怎么样？全指着它抖奋了。干就干史诗性的东西！"

"可能骗来那么多老外吗？"

"能，准能！你以为老外们一天到晚在干吗？不就憋着到咱们中国来大快朵颐。"

"于观！"杨重看见穿着件皱巴巴夹克衫的于观正从外面的街上慢慢走过，又敲玻璃又喊。

于观回头往这边张望，看见像关在兽房里的猩猩一样扒着玻璃挥舞着手臂的杨重和马青，离开人流向这边走来。

"正找你呢。"于观绕过咖啡厅里散布的桌子走到他们座旁，杨重说，"中午别回公司了，有饭局。"

"谁的饭局？"于观坐下，端起杨重的残剩咖啡喝了一口，放回去。

“宝康请咱们，丁小鲁上午来的电话，说一定要叫上你。”

“他怎么想起挨这份宰?”

“他给丁小鲁打电话让叫上林蓓，懂啦?”杨重眨眨眼儿，“不吃白不吃。”

于观看马青：“你们上午就在这儿闲泡?”

“这哥们儿正跟着我们说他们要搞的万人大餐厅的事呢。”

“万人大餐厅?”于观五官挤到了一起，“又是故事。”

“不是故事是现实。”那人心平气和地说，“花旗银行已经答应贷款了，利率百分之六，只要求中国银行担保。”

“不可能吧?”于观说，“你当这是中国借钱给越南打美国佬?商业贷款没听说过有这么低的，不定谁蒙着谁呢。再说万人大餐厅? 好家伙! 就算一天两餐，一餐一巡，每年也得七百多万外国鬼子，得组织多少支八国联军?”

“你可能不太了解现在世界上的情况，无产阶级队伍在壮大，资产阶级人数也在剧增，客源你不用操心，只希望你们帮我把中国银行担保办下来。”

“办不了，中国银行从来不为这种野鸡项目担保。”

“我记得你好像说过你们家小保姆原来在中国银行什么副行长家里当过保姆?”

“没错。”于观扭脸对杨重说，“你要拐他们家孩子我可以跟她说说。”

“办不了就办不了吧。”那人看着杨重，“不用过于为难，你们办不了我再找别人。”

“的确不是不愿帮忙，是没办法。”

“没关系，这事我经多了，人的能力是有限。说实话，我就是抱着办不成的决心来办这件事的，办成了，意外之喜，办不成，早已料到，永远充满信心。"

"现在这事还就得这样。"三个人奉承地笑起来。

"你那件衣服没退掉？"马青看着于观身上的夹克说，"怎么你自己穿起来了？"

于观揪揪夹克的袖子，"售货员说领子脏了不给退。我想我已经答应人家肯定帮人家退掉的，钱都先给人家了，再找人家要也不好意思，算了，反正我也正缺春秋穿的衣服。"

"可你穿着不合适，袖子也短。那孙子也够孙子的，穿过的衣服拿来让咱们退，你接活儿时也不仔细看看。"

"一件衣服什么大不了的，我也不需要好看，凑合穿吧。"

"你们聊，我走了。"那人站起来说，把桌上的烟装回自己口袋。

"走啊？"杨重、马青都说，"别走了，待会儿和我们一起吃饭。"

"不用了。"那人笑着说，"我已经过了为吃一顿饭什么都可以不干的年龄了——我还有事。"

"这也是空手道。"于观说。

那人刚走到咖啡厅门口，林蓓像只花蝴蝶似的一阵风冲进来。那人为她闪开道，回头看了她一眼，出去了。林蓓灵巧地穿过各个桌间，带着全厅被吸引过来的视线来到他们桌旁，一屁股坐在刚离去那人的座位上：

"我在剧场走台刚完就跑来了，没迟到吧？"

"没迟到。"三个男人一起微笑着看她。

"谁请客，你吗？"林蓓问马青。

"我哪请得起，宝康请。"

"他请？他为什么请？"

"你不知道我们更不知道了，我们是沾你的光。"

"沾我的光？我跟他也没什么关系。"

"谁也没说你跟他有什么关系。"于观笑着说，"你何必紧张。"

"我紧什么张？你们说话怎么阴阳怪气儿的，就好像我怎么啦似的。其实我根本不会和宝康有什么，我一点没觉得他那人好，我觉得他特可笑。"

"别解释别解释。"

"真是的，我不跟你们说话了。"

林蓓越着急，三个人就越逗她，最后还是马青为她解了围，问她晚上是不是要演出。

"演，你们还不去给我捧捧场？"

"那当然得去，你不让去都不成。"

"请你们捧场要收我费吗？收费我可没钱。"

"不用收费，过会儿吃饭给你三个哥哥一个斟一杯酒就行。"

"这容易，那就说定了。"

"你发觉没有？演员笑起来和一般人不一样，别人笑都是眯着眼，她们笑是睁圆眼。"

"宝康！"于观手拢成喇叭喊出现在咖啡厅门口的宝康。

宝康转过身，喜洋洋地微笑着，他身边站着一个面目和蔼、文质彬彬的中年人。

"这位是赵尧舜，我的老师。"

这群人换了间中国式金红色调的餐厅，围着檀色的大圆桌团团坐下，宝康为于观介绍中年人。

"早就听宝康说起你，非常想结识一下你，所以就来了。"

赵尧舜边说边从裤袋摸出一盒烟一个打火机放到桌上，抽出根烟含在嘴上，用打火机点上，连续按动了几下打火机点不着火："怎么搞的？"

　　于观把杨重的火柴扔给他，宝康捡起火柴擦着火给赵尧舜点着烟。

　　"赵老师就是爱和年轻人交朋友。"

　　"是啊。"赵尧舜吐出烟说，"今天的年轻人和我们年轻那时候大不一样，很多心态、想法需要重新认识。我不认为现在的年轻人难理解，关键是你想不想去理解他们。我有很多年轻朋友，我跟他们很谈得来，他们的苦闷、彷徨我非常之理解，非常之同情。"

　　"赵老师对青年人的事业也非常之支持。"

　　"我们不过是一群俗人，只知饮食的男女。"

　　"不能这么说，我不赞成管现在的年轻人叫'垮掉的一代'的说法，你也是有追求的，人没有没追求的，没追求还怎么活？当然也许你追求的和别人追求的不一样罢了。人这个东西是很有意思的，总是靠希望生活，不管是生活得好还是不好，都希望自己的环境变化，变得新一点，不可捉摸一点，否则便会觉得平淡、空虚，你也一样。"

　　"噢，是这样，怪不得。"

　　"要不无法解释人类为什么会不断进步！"

　　于观注视着赵尧舜，笑起来："看来我自己都不知道我对人类进步有不可推卸的责任。"

　　"好好聊聊，有空好好聊聊。"赵尧舜像牧马人爱抚自己心爱的坐骑一样轻轻拍着于观的背，"年轻人，很有前途的年轻人。"

　　"赵老师，您别光夸他呀，是不是也夸我几句。"马青探着头笑着说。

"都不错，你也不错，今天在座的都是很可爱的青年。"

"丁小鲁怎么还没来呀?"于观直着眼大声问宝康，"你告她是在这儿吃饭吗?"

"告她啦，我也不知道她为什么这会儿还不来。"

"这个丁小鲁是不是我认识的那个丁小鲁?"赵尧舜手夹着烟问宝康和于观。

宝康没说话，于观低头摆弄筷子:"女的，《能干妇女报》的。"

"那就是她，我跟她很熟。放心，她会来，她知道我来一定会来。她知道我来吧?"

"知道，我专门跟她说了您来。"宝康说。

"噢，你们跟她也认识。"赵尧舜巡睃着每个人的脸，"那是个很不错的姑娘，她妈妈过去跟我是同事。她岁数也不小喽，个人问题大概到现在也没解决。"

"我们跟她也不熟，一般认识。"于观说。

"那姑娘心眼儿不坏，就是……"赵尧舜含笑指指脑袋，"这儿慢一点。"

"上菜吧，宝康你叫服务员上菜吧，我都饿了。"林蓓叫着，用手撑桌向后翘起椅子看着厅顶密集深嵌的灯眼。

"上菜上菜，服务员，上菜。"宝康叫穿着红制服的服务员，"你怎么着急了? 下午还有事?"

"晚上演出，下午得早点去装台。"林蓓把椅子落回地，从纸套里抽出筷子，小学生握铅笔似的攥着竖在桌上，翻着白眼说。

服务员很快上齐了冷拼，又开始一道道传热炒。林蓓端着酒瓶站起来说:"我给大家斟酒。"笑眯眯地从马青斟起，斟到赵尧舜问:"您喝吗?""来一点吧。"赵尧舜说。林蓓一倒倒溢了出来,接着往下挨个斟。

"我是不是先说几句?"宝康端起酒杯站起来,环顾问。

"有什么可说的?"马青夹着大片牛肉往嘴里塞,"甭玩那虚的,咱就各吃各的。"

"那好那好,大家随意。"宝康坐下去,用手在桌面上请着,拿起筷子先给赵尧舜夹了块松花蛋。

"自己来。"赵尧舜边吃边侧头问于观下手的杨重,"你是哪儿的,也是'三T'公司的?"

"我就是傻波依。"闷头吃喝的杨重粗鲁地回答,"您甭为我费心。"

"年轻人总是过低估计自己。"赵尧舜哈哈笑着,伸臂去夹海茄子。

"你怎么不喝呀?"宝康问吃一筷子就放下筷子坐一会儿的于观,"吃得也不多。"

"我不会喝酒,从不喝,这他们知道。"

"哪有男子汉不会喝酒的,不行。"宝康端起酒杯,"我跟你干一杯,不喝酒算什么男人。"

"可以喝一点嘛。"赵尧舜也说,"我原来也不能喝,后来老要去应酬,也就练出些酒量。"

"人不喝酒你别强迫人家。"杨重冲宝康说,"什么男子汉不男子汉,我就烦这贴胸毛的事。其实那都是娘儿们素急了哄的,咱别男的当着男的也演起来。"

"我跟你干这杯吧。"马青站起来和宝康碰了下杯,一饮而尽。

"非常有意思啊。"宝康坐下来,赵尧舜笑着对他说,"——你这些小哥们儿说话。"

"要不我怎么喜欢和他们待在一起呢。"

"直爽，好交，难能可贵。"

"老赵，我给你发个妞儿吧。"

"别别，我可干不了这事，这是你们年轻人的勾当。"

一群人酒气冲天地混在街上的人流中稀稀拉拉走着，马青搂着赵尧舜的肩膀。

"别羞涩，我看出来您其实心里特愿意，您尚有余勇可贾——您看这大街上哪个不错？"

"那个穿牛仔裤的小姑娘气质很好。"

"不就是她吗？我给您擒来。"

"小马别胡闹，我可不是这意思。"

马青已撇下赵尧舜，快步跟上前面那个像踩着弹簧行进的少女。

"请问，去扁壶胡同怎么走？"

"扁壶胡同？"少女边迈着有弹性的大步走边皱起眉头寻思，"有这么个胡同吗？"

"有，没错，我去过，可现在想不起来了。我只记得胡同口有个包子铺。"

"啊，那你往前走。"少女抬起头看了马青一眼，"前面过了红绿灯的第二个路口有个包子铺，不过我记不清那是不是扁壶胡同了，你到那儿再找人打听吧。"

"谢谢，首都人真好。"

少女斜马青一眼，嫣然一笑走了。

马青停下来笑嘻嘻等赵尧舜。

"老赵,我可跟你和人家约好了,明儿下午五点鹫峰,不见不散。"

"真有你的,你都和人家说了些什么,那么快就搭上了。"老赵笑着说。

"我跟小姑娘说我们这儿有位赵老师想跟您认识认识,赵尧舜赵老师,全国都有名的。小姑娘说:'嗯,赵老师,我知道他,他在哪儿?'人家立刻就要见你,看来是特仰慕您。我说赵老师哪能想见就见,人家特忙,又要接见中央首长又要写文章,你们得约一下。小姑娘说:'约就约吧,什么地方好我也不知道,干脆鹫峰怎么样?那儿远,也静,赵老师教诲我我也专心。'"

"你瞧你都胡说些什么,传出去影响多不好。"

"老赵您别嫌那儿条件不好不安全,我端枪给你站岗,不成我再给您以身当床。"

"别拿人岁数大的人开心。"于观和杨重和他们走成并排,于观对赵尧舜说,"你别听他胡扯,他跟你瞎逗呢。"

"我活这么多年还听不出他话真假吗?饭后散步开开玩笑,没有关系,我也是很爱开玩笑的人。"

"老赵,说真的,"马青笑着问,"你这辈子肥水流没流过外人田?"

"没有,不敢,我这种身份的人你们不了解,看上去有名有地位令人钦慕,其实很受束缚,自己就把自己束缚住了,不像你们年轻人可以无所顾忌。我们年轻的时候和你们现在不一样。那时人都很拘谨,谈恋爱也要向党组织汇报。我那个老婆……不说啦,这些说起来没意思,我们这代人个人生活都是悲剧——宝康呢?

他怎么不见了？"

赵尧舜停下来回头张望："他和那个小林去哪儿啦？我们要不要等等他们？"

"我真不喜欢和你一起来的那个人。"林蓓低头捂着坤包，和宝康并排慢慢走在稠密的人群中，"假模三道的。"

"我也不喜欢。不过对他你完全不必用喜欢不喜欢衡量。"

"他真是你老师？"

"就那么回事吧，我叫老师张口就来，这世道上老师也太多了。你跟于观、马青他们认识多久了？"

"不太久，没多久，跟认识你时间差不多。"

"我还以为你们很熟呢。你觉得他们怎么样？"

"挺好的，挺逗的。"

"你没发觉他们其实顶无聊、顶空虚？"

"早发觉了，我一接触他们就发觉了。"

"别看他们一天到晚嘻嘻哈哈，什么都不在乎，其实才不是那么回事呢。我太了解他们这种人了，心里特苦闷，特想干点什么又干不成什么，志大才疏，只好每天穷开玩笑显出一副什么都看穿的样儿，这种人最没出息！——你别跟他们搅在一起，什么都学不到反倒把自己耽误了。"

"我没跟他们搅在一起，我不过是没事去凑凑热闹，我还不知道自己应该多学习、上进吗？"

"你别不承认，其实我也不是要责怪你，我只是觉得像你这样天资这么好的女孩子要能够把握自己。你漂亮、单纯，很多人都会围着你转，很容易就滑下去了。真的，我是一片诚意才对你说这番话的。我不忍看你到头来落到像有的女孩子的地步：满身疮痍，无其归所。"

"我知道。"

"你知道什么？你什么也不知道。你就会每天跟在人后面，人家乐你也乐，人家愁你也愁，把时间花在打扮、穿戴、吃零食上，任青春落花流水而去心不在焉。"

"你说得真深刻。那我怎么办呀？我又没毅力。"

"我帮助你，想不想学着写小说？"

"噢，太想了。可我行吗？"

"慢慢来嘛，有我教你。"

"太好了，说话算数。我一直就想写小说写我的风雨人生就是找不着人教这回有了人我觉得要是我写出来小说别人一定爱看别看我年龄不大可经的事真不少有痛苦也有欢乐想起往事我就想哭。"

"你们干吗去了我们等你们这半天是不是宝康又教人家怎么写小说去了作家就会来这套。"

在街口，马青冲刚赶上来的宝康和林蓓嚷。

"没说这个没说这个，我们只是随便聊聊，走得慢点。"

"林蓓你小心点，宝康不是好东西，你没听说现在管流氓不叫流氓叫作家了吗？"

"赵老师他们呢？"

"等你们老不来，去逛商场了。"

在百货商场皮鞋柜台前，赵尧舜反剪着手边走边弯腰细细看着每只造型不同的鞋。和身后两步远跟着如同一对保镖的于观、杨重说着话。

"你们平时业余时间都干些什么呀?"

"我们也不干什么,看看武打录像片、玩玩牌什么的,要不就睡觉。"

"找些书看看,应该看看书,书是消除烦恼解除寂寞百试不爽的灵丹妙药。"

"我们也不烦恼,从来不看书也就没烦恼。"

"烦恼太多不是什么好事,一点烦恼没有也未见得就是好事——那不成了白痴?不爱看书就多交交朋友,不要局限在自己的小圈子里,有时候一个知识广博的朋友照样可以使人获益匪浅。"

"朋友无非两种:可以性交的和不可以性交的。"

"我不同意你这种说法!"赵尧舜猛地站住,"天,这简直是猥亵、污秽!"

"您说得极是。"

"杨重!"

"谁叫我?"杨重回头,看到对面柜台后一个女售货员在冲他微笑,走过去,立刻又满脸带笑地大声喊于观:"过来,瞧咱们碰见了谁!"

女售货员笑盈盈地看着于观:"都把我忘了吧?"

于观也微笑起来:"没忘,想起来了,你就在这儿工作啊。"

"可不就在这儿,你要买手绢吗?"

"不买,谢谢。你好吗?"

"挺好。那个小马呢?没和你们在一起?他好吗?"

"都好。你还和那个什么人谈恋爱呢?"

"是呀，我们快结婚了。见到你们真高兴，那一天过得真快活，我现在还老想着那天的事。杨重，我后来还给你打过电话。"

"我怎么没接到？我每天都在呀。"

"谁知道？我老想去找你们玩，又不好意思，就老没去。我想你们大概早把我忘了。"

"怎么会？来吧，我们也老念叨你，还说什么时候吃你喜糖。"

"真的？真这样我就去，我觉得和你们待在一起特愉快。"

"她叫什么名字来着？我怎么想不起来。"离开手绢柜台，于观问杨重。

"我也想不起来，只记得见过。"

"妈妈，您怎么就不理解女儿的心哪！"扎着马尾辫，穿着工装裤白球鞋的林蓓从坐在纸板沙发上戴着花白发套脸上画着皱纹的"老太太"身边急速跑开，在台口冷不丁站住，追光打在她的身上，她面对着脚下黑压压的观众，慢慢抬起脸，深情地望着半空，一字一句地念：

"我们是新一代的青年，要用自己的眼睛去看世界……"

"可妈妈是爱你。"

"卢梭是怎么说的？"林蓓一拧身，伸着脖子冲"老太太"嚷，"你要那么多东西干吗？你把它搁哪儿？"

"老太太"噌地站起来，回嚷："布里南是怎么说的？'结婚的美妙之处在于它能使一个人独处时也不感到孤独。'斯特里马特怎么说的？'草地开满鲜花，可牛群来到这里发现的只是饲料。'"

"塞万提斯怎么说的？'我从不把鼻子插到别人的稀粥里，因为那不是我的麻酱花卷儿。'罗兰怎么说的？'自从她的体重达到

142

140磅那天起，一个女人生涯的主要刺激就在于发现比她更胖的女人。'"

"毛主席怎么说的？'莫怕莫怕——有我哪！'"

"一个背老太太过河的小伙子怎么说的？'您舒服了，我可什么都看不见了。'"

台下掌声一潮高过一潮，甚至演员念完了台词也仍有那么几个人拼命鼓掌、喝彩，"妈妈"被掌声鼓得惶惶的，悄悄问"女儿"：

"这两天有地震预报吗？"

"听说中国女排又赢球了。"

四

天气越来越热了，强烈的阳光劲射每条马路、街角，繁茂起来的街树在热风中摇曳翻滚，绿得刺目，已经有人穿着短裤汗衫上街了，蝉鸣终日不绝于耳。

"三T"公司办公室里，敞开的窗户吹进来的热风使每张办公桌上都落满灰尘，人们淌着汗把胳膊肘压在桌子上相互交谈。

"您说怎么办呀？我爱她她不爱我，可她明明该爱我因为我值得爱她却死活也明白不过来这个道理说什么全不管用现在的人怎么都这样男的不干活女的不让喇。"

"不破不立，破字当头，立也就在其中了。"

"我们不能派人去打那个不让你调走的领导的儿子，那不像话，我们是体面人。我建议您还是去找领导好好谈谈，到他家去，耐心地、和颜悦色地谈谈。不要拎点心匣子，那太俗气也不一定管事，带着铺盖卷去，像去自己家一样，吃饭跟着吃，睡觉跟着睡，像戏里的那样：'在沙家浜扎下来了。'"

"你还是去交通队一趟，警察说什么你就听着，别自尊心那么强，就当你还小，你爸爸骂你一顿。替他们想想，马路上一天天站着，除了电线杆子再没第三个这么倒霉的，钱也不多挣，再不让人家得词训训人也太不人道了。他训够你自然就把自行车还你了，毕竟是维持秩序不是盗车团伙。"

"实事求是讲，人民生活水平是提高了，过去您没觉着肉贵那是因为过去您压根不怎么吃肉，割两毛钱肥膘就全家包饺子了。要是肉价还是前两年那价，国家就是把全国变成大猪圈也不够您狠吃的。"

"您瞅着您媳妇就晕那就去吃些丸药'六味地黄''金匮肾气''龟龄集'之类的抵挡一阵，再不成就晚上熬粥时给你媳妇那碗里放点安眠药让她吃饱了就犯困看唐老鸭也睁不开眼不洗脚就想上床没心思干别的最多打打呼噜不至于危及您下半生健康。"

"不要过早上床熬得不行了再去睡内裤要宽松买俩铁球一手攥一个黎明即起跑上十公里室内不要挂电影明星画片意念刚开始飘忽就去想河马想刘英俊实在不由自主就当自己是在老山前线一人坚守阵地守得住光荣守不住也光荣。"

"是的是的，爱情和婚姻是两码事，一是一二是二——你怎么不长得一是一二是二？噢对不起我走神了想到别的方面去了实在对不起您千万别生气……您接着说吧。"

"我不生气，我一点也没生气的意思。"王明水望着满面倦容的于观宽容地说，"没关系。"

"您接着说吧。"于观用铅笔在纸上乱画着圆圈，"爱情和婚姻不是一码事，完了呢？"

"我看我还是简单点说吧，我够了，不想再自欺欺人了，我跟她——吹了。"

"和谁吹了？"

"当然是那个想和我结婚的姑娘。这没什么了不起，谈一阵又吹了。"

"是没什么了不起，吹就吹吧。"

"你没听懂我的话。我是说我和她吹了可我还没告诉她，我不想伤害她，至少不想亲自伤害她。我不知道该说什么，这种场合怎么做才得体，可我想你们行，你们不是专干这个的吗？都油了。"

"交给我们办吧，我们会给您编出一套冠冕堂皇的说辞。"

"太感谢了，你们可算救了我的驾，我会给你们用左右手各写一封感谢信的。你们要让她理智地接受现实，最好是快乐地，别让她哭，我最见不得女人掉泪。"

"这个恐怕我无法打保票。"

"是啊，我也觉得这是奢望。这样吧，哭可以，愿意掉泪就让她掉几滴，但不要让她哭得背过去，在大街上引起围观，这样影响不好。你们多陪陪她等她情绪平稳下来再撒手。你不知道她多爱我，要是听到我不跟她好的消息那无疑是晴天霹雳，搞不好会出人命的。"

"我们是按熟练工种五级工的工资标准计费，不足半天按半天收费，超过八小时要收加班费，另外误餐补助和夜班费一律按国家现行规定，公出乘车实报实销。"

"没问题，我如数付钱。需要几天你们就工作几天，她总不会一辈子想不开。"

"顺便问一句，你和她的关系发展到了什么程度，有没有，嗯，横的关系？"

"我不能骗您，我不能说没有，希望没和您的道德观冲突。其实这不重要不碍事很流行她不会在乎这点的她是个好姑娘只知奉献不知索取……"

"把她的名字、电话号码告诉我。"

"你们见过她，实际上我有一次约会没空就是拜托贵公司代劳的。她叫刘美萍，卖手绢的。"

"等等，您该不是那个什么屁眼保养方面的行家吧？"

"我对您这种措辞很遗憾。"

"我怎么总也写不好，笔一落到纸上脑子就空了。"林蓓回头盯着笑眯眯望着她的宝康，在街上倒退着走，"写作有什么窍门吗？"

"舍得自己。"

"喂，于观不在，出去了。"马青拿起电话粗声粗气地喊。

"去哪儿啦？"

"你是谁？问得这么仔细。"

"你别管我是谁，告诉我他去哪儿啦？"

"去你妈的吧！"马青摔下电话。

"我们都是为别人活着的对不？"于观手揣在两边裤兜，在大街上边走边问比他矮半头的刘美萍。风吹乱了他们的头发，街上到处走动着打着鲜艳阳伞的漂亮女孩子。

"是的，我们都是为别人活着。"

"别人的幸福就是我们的幸福。"

"是的，都这么说。"

"要是为了别人幸福需要我们忍受不幸，我们也在所不辞。"

"在所不辞。"

"真这么想?"

"真的。从小我就发誓不管让我去做刘胡兰还是花木兰我都义无反顾。"

"比她们二位逊色点的呢?"

"也干!"

"现在有这么个机会，一个人需要你，需要你给他幸福。"

"谁? 他要买手绢?"

"不不，不是买手绢，我当然知道你服务态度一向是很好的，待客如亲人，不是买手绢，是别的。他需要你的帮助，唯有你的帮助他才能免遭痛苦，获得新生。"

"我有这么有用吗?"

"你比你想的要有用得多。你不但善良而且仁慈，总是替别人考虑得多，心中没有自己只有别人。"

"说吧，叫我干什么，我什么都肯干。上刀山，下油锅……"

"很简单，你什么都不用干，只要你什么都不干，不要再去找他就齐活儿。"

"你说的是……"刘美萍声音颤抖了。

"没错，我说的就是王明水。他委托我来对你讲，他不想再见你了，也希望你不要再去找他。"

"你不是开玩笑吧?"

"不是，我没心思开玩笑。能办到吗?"

刘美萍脸色苍白，倏地转身快步离去。于观疾步赶上和她并排：

"你最好别去他家找他。"

"……"

"你最好别去他家找他。"

"我不去他家！"刘美萍停住脚，一副尖嘴小兽的神情，"行了吧？"

"别激动，这不算什么。"

"我没激动，我知道这不算什么，用不着你来说三道四，我要走了我还有事，请让开——请让开！"

刘美萍笔直地向前走去，于观走上旁边一家水果店的台阶，看着她消失在熙熙攘攘的人群中，走进水果店。他在水果店里浏览了一圈镜子、日光灯下的五颜六色的水果，出来慢慢往前走。太阳很毒，迎面而来和从后面擦肩而过的少女们的阳伞边不时杵着他。他走过一家橱窗摆着家用电器和穿呢大衣的塑料模特儿的自选百货商场；走过一家陈列着形形色色杂志的邮局报刊门市部；走过一家餐馆一家照相馆一家鞋帽店一直走到街口在拐角一家冷饮店的玻璃窗外看见刘美萍正坐在湿漉漉的桌旁边喝酸奶边哭。

他走进潮湿的冷饮店，也要了瓶酸奶，在刘美萍桌旁坐下，不喝，看着窗外川流的行人和车辆，茶色玻璃使阳光褪色，外面就像阴天。两个穿裙子的姑娘手挽手走过，在窗前站住往里看，说着什么走开；一个低头走路的男人蹭着玻璃窗走过，抬头往里瞟了一眼。刘美萍已不再哭，手扶吸管吮着酸奶，眼睛不看他。

"我有点卑鄙是吗？男人都卑鄙。"

刘美萍闭了闭眼睛，仍在喝酸奶，跷起二郎腿。

"你知道我不是出于什么好心、同情、怜悯等等，只是在尽职责。"

"我又没怪罪你。"刘美萍小声说，"这里也没你的责任。"

"我倒是诚心诚意想使你好过点——有点痛苦是吗？"

"怎么会不呢？"

"别痛苦。"

"你说得倒轻巧。"刘美萍扑哧一笑，随即嘴角一咧，要哭，"事儿又没碰到你身上。"

"那就痛苦一会儿，不过时间别太长。一小时够吗？"

刘美萍哭着笑起来，"不够。"

"一个半小时？一个小时四十五分钟？一场电影的时间总够了吧？"

"人家心里难受着呢，你还说笑话，真不称职，你应该安慰我。"

"那就再喝瓶酸奶。"于观把自己买的那瓶酸奶推给刘美萍，"你一难受就要去吃东西吗？"

"你怎么知道？"刘美萍咬着吸管看于观，"要不去干吗？总不能去死。"

"说得对，好好活着，气气他们。"于观微微地笑。

"刚才是谁接的我的电话？"一个腰板笔直的穿着摘去领章的军装的老头子气势汹汹地闯进"三T"公司办公室，"居然敢骂人，他娘的。"

"怎么回事？"马青装傻充愣地说，"您老别动气，有什么事坐下慢慢说。"

"我不坐!"老头子咆哮着,"别来这套!刚才哪个骂的站出来,说说为什么骂人。"

"他,他已经出去了,刚才接电话那个人出去了。"马青赔着笑脸说,"您要办什么事我给您办。"

"出去了?我听声音就像你!"

"不不,不是我,我刚来。"马青脸上出了汗。

"的确不是他,他刚来。"杨重连忙帮腔,给老头搬来一把椅子,"那人回来我们批评他。"

"于观呢?"老头又着腿笔直着腰坐下,"他小子去哪儿了?你们把他找来。"

"于经理?"杨重和马青交换了一下眼色,"他也出去了,您有事跟我们说吧。"

"跟你们说?"老头子横眼上下打量杨重和马青,"好哇,那就让你们说说,他这阵子都在搞些什么鬼名堂?和什么人混在一起?是不是又让公安局盯上了?吓得连家都不敢回。"

"于经理他没有,他挺好,谁也没盯他,倒是常听夸他,说他净办好事。"

"我就知道你们会互相包庇,你们是一伙的对不对?一伙骗子!我早听人家传你们这个荒唐公司的事。笑话,要你们替人解难,那还要共产党干吗?于观回来马上让他去见我。"

"你是哪庙的和尚……"

"我是他爸爸!"

于观和刘美萍头挨头地兴致勃勃俯身观看长长的玻璃展柜里的裹在树脂里的蜘蛛和已成化石的甲壳虫。他们身处富丽堂皇、四壁挂满彩绘图表和实物照片的博物馆大厅内。大厅里空空荡荡，游人寥寥，光可鉴人的水磨石地面几乎可以滑行。顺墙排列的玻璃展柜里密密麻麻摆着各色矿产，在灯光的照耀下，那些粗糙黯泽的岩石断面闪烁着星星点点鲜艳非凡的异彩，特别是有些共生矿的样品真可说是五彩斑斓。于观和刘美萍缓缓走过一间又一间似无尽头的展室，忽而进入由彩色泡沫塑料别具匠心地浇注堆塑的原始地貌植被天穹的逼真环境中；忽而在拐弯处迎面而遇一尊栩栩如生的凶猛古动物模型；忽而身后左右布满舞棍弄棒、龇牙咧嘴的光腚猿人。在博物馆三层最后一间展室内，他们一进去便呆住了——仿佛置身梦中：雪亮的电灯光下，竖起的四壁玻璃柜内有无数精致美丽的钻石光芒四射、耀眼夺目，其灿烂辉煌无与伦比。这都是世界最著名的钻石，每块钻石都有一个令人神魂颠倒的名字，那真是个惊心动魄的场面——唯有美丽的赝品才会达到使人透不过气来的效果。

"别回头。"宝康对林蓓低声说。他们正站在一家糖果店的橱窗前看琳琅的酒心巧克力和奶油蛋糕，从橱窗玻璃的反光看到于观和刘美萍从他们背后走过。

"那不是于观？"

"你别叫他，我不想让他看到咱们，还得打招呼——我烦他。"

"你不是说过你喜欢和他们在一起？"

"那是恭维他。我现在不想理他理他没用。"

两个人转过身。于观已经走过去。

"我说什么来着，无聊的下一步就意味着堕落。"

"噢，于观，你回来了。"杨重抬头看到于观进来大声说，"刚才你没瞧见我们这儿大闹了一场。你爸爸来了，马青和他干了一架。"

"于观，你爸怎么这操行？"马青走过来说，"豹子似的逮谁咬谁。"

"进来吧。"于观回头说，刘美萍怯怯生生地走进办公室。

"你好马青，你好杨重。"

"你来了，快坐，杨重给人家倒水。"马青热情地拉开一把椅子让刘美萍坐下。杨重殷勤地端来一杯水。

"我不渴。"

"喝吧，我们都不喝茶，只有白开水。"

"谢谢。"

"那么客气干吗？到这屋你就算到家了，这屋里的全是你的老朋友。于观，你爸大概恨透我了。"

"别理他，他就那么个狗脾气。"于观走到自己办公桌后坐下，"你这辈子别跟他见面了，在家我们也很少理他。"

"哟，怎么哭了？"杨重弯腰看刘美萍的脸，"马青你又胡说什么惹了人家。"

"我没哭。"刘美萍抬起挂着泪痕的脸，"我没事。"

于观、马青都围到她身边哄她。

"别听马青的，他整个一个不可救药的口腔痾疾患者。"

"是是，我口臭，我那臭胳肢窝长嘴上了——我说什么了？"

"真的没事，他说的是好话，我只不过是自个儿忽然心酸了。"

"你还是回趟家吧。"杨重对于观说，"你爸可能找你有事。"

"我不回去，他没什么正经事，无非闲得嘴痒成心起腻找我逗逗咳嗽。"

"你还是回趟家吧。"马青说，"要不你爸还不定认为我们怎么黑着你呢。"

于观板着脸进了家门，进到客厅脱鞋换拖鞋，接着挨个解衬衣扣子，一声不吭，横眼瞧着摊手摊脚坐在沙发上微笑着的老头子，然后猛地脱下衬衣，穿着小背心去卫生间拧开水龙头哗哗地洗，片刻，拿着大毛巾回到客厅用力地擦，继续用眼瞧着老头子。

"瞧我干什么？嫌你爸爸给你丢人了？"

"没有，您给我长脸了，这下谁都知道我有个底气十足的爸爸了。"于观把大毛巾扔到沙发扶手上，打开电扇站在跟前吹，"我可算知道您为什么练气功了。"

"小心感冒——你那些狐朋狗友告我的状了？"老头子站起来，满意地围着房间踱起步，"其实我对他们很客气。"

于观鼻子哼了一声，没说话。

"我是关心你。我怎么不去管大街上那些野小子在干吗？谁让你是我儿子的。"

"所以呀，我也没说别的，要是换个人给我来这么一下，我非抽歪了他的嘴。"

"你瞧瞧你，照照自己，那副玩世不恭的样儿，哪还有点新一代青年的味道？"

"炖得不到火候。"于观关了电扇转身走，"葱没搁姜也没搁。"

"回来！"老头子伸手挡住于观去路，仰头看着高大的儿子，"坐下，我要跟你谈谈。"

于观一屁股坐在沙发上，抄起一本《中国老年》杂志乱翻着，"今儿麻将桌人不齐？"

"严肃点。"老头子挨着儿子坐下，"我要了解了解你的思想，你每天都在干什么？"

"吃、喝、说话儿、睡觉，和你一样。"

"不许你用这种无赖腔调跟我说话！我现在很为你担心，你也老大不小了，就这么一天天晃荡下去？该想想将来了，该想想怎么能多为人民做些有益的事。"

于观看着一本正经的老头子笑起来。

"你笑什么？"老头子涨红脸，"难道说得不对？"

"对，我没说不对，我在笑我自个儿。"

"没说不对？我从你的眼睛里就能看出你对我说的这番话不以为然。难道现在就没什么能打动你的？前两天我听了一个报告，老山前线英模团讲他们的英雄事迹。我听了很感动，眼睛瞎了还在顽强战斗，都是比你还年轻的青年人，对比人家你就不惭愧？"

"惭愧。"

"不感动？"

"感动。"

"我们这些老头子都流了泪。"

"我也流了泪。"

"唉——"老头子长叹一声站起来，"真拿你没办法，我怎么养了你这么个寡廉鲜耻的儿子？"

"那你叫我说什么呀？"于观也站起来，"非得让我说自个儿是混蛋、寄生虫？我怎么就那么不顺你的眼？我也没去杀人放火、上街游行，我乖乖的招谁惹谁了？非得绷着块儿坚挺昂扬的样子才算好孩子？我不就庸俗点吗？"

"看来你是不打算和我坦率交换思想了。"

"我给您做顿饭吧，我最近学了几手西餐。"

"不不，不吃西餐，西餐的肉都是生的，不好嚼。还是吃咱们的家乡菜砂锅丸子，家里有豆腐、油菜、黄瓜和蘑菇。"

"这些菜应该分开各炒各的。"

"不不，我看还是炖在一起好营养也跑不了。"

"不是一个味。"

"哪有什么别的味，最后还不都是味精味。"

"到底是你做我做？"

"你才吃几碗干饭？知道什么好吃？"

"得，依你，谁让我得管你叫爸爸呢。"

于观懒懒地站起来，去厨房洗菜切肉。老头子打开袖珍半导体收音机，调出一个热闹的戏曲台，戴上花镜，拿起《中国老年》仔细地看。于观系着围裙挽着袖子胳膊和手上湿淋淋地闯进来问：

"您就一点不帮我干干？"

"没看我忙得很？"老头子从眼镜后面露出眼睛瞪于观一眼，"我刚坐下来你就让我安静会儿。"

"没活你也不忙，有活你就马上开始忙。你怎么变得这么好吃懒做，我记得你也是苦出身，小时候讨饭让地主的狗咬过，好久没掀裤腿给别人看了吧？"

"你怎么长这么大的？我好吃懒做怎么把你养得这么胖？"

"人民养育的，人民把钱发给你让你培养革命后代。"

"你忘了小时候我怎么给你把尿的？"

"……"

"没词了吧？"老头子扬扬得意地说，"别跟老人比这比那的，你才会走路几天？"

"这话得这么说，咱们谁管谁叫爸爸？你要叫我爸爸我也给你把尿。"

五

于观老丫的：

老子等你好几天了想让你再带我找个好玩的地方去玩可你老不来害得我白等妈拉个巴子现在老子去上班了下班回来收拾你。

"这是谁留的条子？"于观笑着说，"太野了。"

"刘美萍呗。"杨重笑着说，"这姑娘这几天跟长在这儿似的，天天来。你上次带她去什么圣地了？招得她念念不忘。"

"马青。"于观扭头对马青说，"我一看就知道你这几天没少熏陶刘美萍，把你那身武艺都传给她了。"

"没有没有。"马青从看着的小说中抬起头，"我这几天跟她说的都是《新华字典》上的词儿。"

"你这反革命口淫犯能闲着？"

"他？"杨重笑着说，"他要拉出的是金子银子倒奇了。"

"这两天还有谁来过？"

"老赵老来，一来就坐半天。我们跟他也没话，就听他吹，吹得没劲了也不走，干坐着，那么大岁数我们也不好意思轰他，才尴呢。"

"他干吗摽上咱们？"

"谁知道，是不是觉得咱们特需要他？"

"再来我叫警察把他拘起来。"马青说，"太烦了，我妈什么时候给我生过这么一个哥……"

"啊，三位，好啊？今儿都在。"赵尧舜儒者风度地进来，笑呵呵地和大家打招呼。

屋内三个人都不说话了，散开各回各桌。赵尧舜走到于观桌旁坐下，打开纸折扇扇着：

"于观，这几天怎么没来呀？"

于观看着他"哎"了一声，没说什么。

"小马，给我来杯水。"赵尧舜回头说道，"你们今天很清闲。"

"下午我们要参加一个追悼会。"

马青把一杯白开水放到赵尧舜面前，走开回到自己桌后往这边看。

"谁死了？"

"一个不会水的孩子。"

"噢，这样的人也要开追悼会吗？看来你们每天的工作确实没有什么意思。"

"的确没意思。"

"这不奇怪。像你们这种年轻人，没受过什么教育，不可能再有什么发展，在社会上备受人歧视，内心很痛苦，但又只好如此，强颜欢笑。"

于观慢慢点着一根烟，抬脸凝视赵尧舜。

赵尧舜诚恳地望着于观："这不公平，社会应该为你们再创造更好的条件。我要大声疾呼，让全社会都来关心你们。我已经不是青年了，但我身上仍流动着热血，仍爱激动，这些，我一想到你、马青、杨重这些可爱的青年，我就不能自已，就睡不着觉。"

"你说我们内心痛苦？"

"当然，这太明显不过了，你不说我也能感觉到。"

"要是我们内心并不痛苦呢？"

"这不可能——这不合逻辑，你们应该痛苦，干吗不痛苦？痛苦才有救。"

"那我告诉你，我们不痛苦。"

"真的？"

"真的。"

"那只能让我感到可悲，那只能说明你们麻木不仁到了何等程度。这不是苏生而是沉沦！你们应该哭你们自己。"

"可我们不哭，我们乐着呢。"

"无产者挣脱的只是锁链……"

"听着，我们可以忍受种种不便并安适自得，因为我们知道没有完美无缺的玩意儿，哪儿都一样。我们对别人没有任何要求，就是我们生活有不如意我们也不想怪别人，实际上也怪不着别人，何况我们并没有觉得受了亏待愤世嫉俗无由而来。达则兼济天下，穷则独善其身。既然不足以成事我们宁愿安静地等到地老天荒。你知道要是讨厌一个人怎么能不失礼貌地请他走开吗？"

"最好是不说话，表示你已对他失去兴趣。"

"……"

"那我走了。"

"我想打人，我他妈真想打人。"赵尧舜退出后，马青从桌后跳出来，撸胳膊挽袖子眼睛闪着狂热的光芒说。

"我也想打，想痛打一个什么人。"杨重双手握着拳哆嗦着说，"要不是我不停地对自己说你打人得进公安局付医药费特别是上了岁数的人弄不好要养他一辈子就像无端又多出一个爹我早冲上去了。"

"可我实在想打，我顾不了那么多不想想办法我只好和你们俩对打。"

"好吧，这样吧。"于观猛地站起，握着双拳往外走，"我们就到街上去，找那些穿着体面、白白胖胖的绅士挑挑衅。"

"真舒服，真舒服，老没这么干了。"

马青、杨重摩拳擦掌、一脸兴奋地跳跃着跟在后面。

街上，三个人肆意冲撞着那些头发整齐、裤线笔挺、郁郁寡欢的中年人，撞过去便一齐回头盯着对方，只等对方稍一抱怨便预备围上去朝脸打，可那些腰身已粗的中年人无一例外地毫无反应，他们只一眼便明了自己的处境，高傲地仰起头，面无表情地变线走开。如此含忍不露彼此差不多的表现使三人更有屡屡得手所向披靡的良好感觉。

马青兴冲冲地走到了前面，对行人晃着拳头叫唤着："谁他妈敢惹我？谁他妈敢惹我？"

一个五大三粗、穿着工作服的汉子走近他，低声说："我敢惹你。"

马青愣了一下，打量了一下这个铁塔般的小伙子，四顾地说："那他妈谁敢惹咱俩？"

街的另一端，赵尧舜失神地漫无目的地走着，他走过一个街头电话亭又折了回来，在街边一个卖烟酒的小铺里换了一大把硬币，紧紧攥在手里，走进电话亭，仔细掩好门。他喘匀了气，摘下话机，塞入硬币，把其余硬币装进裤袋，开始拨号，电话通了，他拿正话筒，紧贴着耳朵，听到里面有人说："喂？"便严肃地说："去你妈，去你妈去你妈！"

宝康在家里拿着话筒涨红脸大声骂："去你妈！"

林蓓惊诧地从桌前回过头："你在骂谁？"

"去你舅舅，去你姥姥，去你们家祖宗八代！"

宝康的脖子像阳具般勃起怒张，"啪"地摔下电话，激动不已地在屋里大步来回走着：

"卑鄙！话都不说上来就开骂，以为憋着嗓子我听不出是你马青狗日的。"

赵尧舜翻着电话号码本认真查看搜检，掏出硬币塞进投币孔，沉着地拨号。

"喂？"一个苍老庄重的声音说。

"去你妈！"

"我们的祖国是花园，花园里花朵真鲜艳，和暖的阳光照耀着我们，每个人脸上都笑开颜，娃哈哈，娃哈哈，每个人脸上都笑开颜。"

"这女子好音道。"

在大柱簇立的古式大殿里，乐队奏着欢快的舞曲歌手在纵情唱，衣着华丽的人们陀螺般地对对旋转着，舞会已进入高潮。于观、马青、杨重、刘美萍一进入舞场便被这热烈的气氛感染了，杨重拉起刘美萍，于观和马青各自拽起一个坐着观看的姑娘加入了人群的涡流。在大圈巡回中，他们遇到了也在旋转的宝康和林蓓，看到了和一个陌生年轻姑娘坐在角落安详地观舞的丁小鲁，在演奏台的旁边他们还看到了瞪眼望着人群的赵尧舜。

再次从丁小鲁面前舞过时，她看到了他们，笑着招手，冲于观喊："行嘞，惨不忍睹。"

于观笑着松开舞伴，走出场子，杨重也跟着走出来，刘美萍立刻让别人接走，马青也继续随着人流边舞边转远去，"好久没见，你都上哪儿啦？"

"我天天都在家待着，别说上哪儿都找不着我。"丁小鲁笑着说，"杨重你好，你请我们这位小姐跳一圈。"

"请吧。"杨重牵起丁小鲁身边那个姑娘的手，搭膀扶腰舞走。

"哎哟哟我累坏了。"舞了一圈回来的刘美萍汗津津地拿手绢扇着风下了场，在于观身边还未坐稳又让人请走了。

"看见林蓓了吗？她也来了和那个宝康。他们快结婚了。"

"她没跟我们说。到底修成了正果。"

"她有点怕你们。"

"我们有什么可怕的？你还不知道我们是怎么回事？"

"我是不怕你们，可不了解你们的人就觉得你们形象狰狞。"

"小鲁。"林蓓脸通红地一个人沿着舞场边走过来，"你怎么不跳？噢，于观你好，好久不见。"

"听说你快结婚了？"

"啊，就那么回事吧，结结看，不成就离。"

"别那么回事呀，这是人生大事。"于观笑眯眯地说，"人家说自杀的办法有一百种，其中一种就是和作家结婚。"

"是吗？"林蓓笑弯了腰，"你说得真逗。"

"屁！屁！"马青指着林蓓笑叫着，从她们面前舞过。

"讨厌。"林蓓白了已远远而去的马青一眼，回头甜笑着。她穿了一件印着个大大"P"字的棉织圆领衫。

"哎，杨重，你别坐下。"丁小鲁走开叫住刚下场的杨重，领他到一个枯坐着的姑娘面前，"你再请我们这小姐跳一圈。"

"来吧。"杨重牵着那个姑娘的手带入场中，调整了一下步伐，急剧舞起来。

舞曲变为探戈，舞场上节奏慢下来，紧搂在一起的人们分开，小心翼翼地共同举步，哈腰蹀行。

"宝康呢？怎么不过来？"于观问林蓓。

"噢，他在那边和人说话，他碰到几个熟人。"

"你别听他们说的。"宝康和赵尧舜并排站着，注视着舞场内神采飞扬、互相大声说着话自如支配着舞伴变着步伐的马青和杨重，"这些人已经完了，他们嘴里没一句真话。"

舞曲再度变快，人们又开始集体旋转，滚滚流动。刘美萍几乎全身被一个宽胸脯的男人满把搂在怀里，刮风般地旋着，痴痴地笑着："不不，我不是歌舞团的，但我小时候就喜欢舞蹈，因为我腿长我们单位的人都叫我仙鹤。"

"胡大，我真的不行了。"舞伴又换了一个胖姑娘的杨重竭尽全力地旋转着，满头大汗对在他身边美滋滋迈着步的马青说，"丁小鲁把全世界最重的大翠瓜都悠给了我。"

宝康笑吟吟地远远伸着手，像刚下飞机的国家元首快步走向迎接他的要人们行列那样奔向林蓓。

赵尧舜阴着脸带着一个中年妇女不时看着脚下和身后左右的人进入舞场。

所有的人都在舞，在咧嘴欢笑，人头汹涌，胳膊腿横飞，音乐已经到了震耳欲聋的程度。从人们脸上挥洒出来的汗水在灯光下形成一片蒙蒙的亮闪闪的雾，使人们的脸变得模糊不清、混沌一团，只间或有鼻子或眼睛等局部清晰、一闪即逝地显露，在这层雾的下面是成百上千疯狂扭动的身体和不停跺地的脚，交织在一起，无律杂沓地变换位置。

"我们也跳一会儿吧。"于观张开双臂。

丁小鲁站起来，拉拉衣襟，搭上于观："我只能跳我们最熟的——慢四。"

两人沿着舞场边缘缓缓游动。

夜里，于观家，老头子半睡半醒地调着袖珍半导体收音机，调着寻找台，每个台的播音员都在说："这次节目播送完了……"

（原载《收获》1987年第6期）

一点儿正经没有

——《顽主》续篇

一

"你说，"我问安佳，"如果一个人吃饱了饭没事干，他怎么消磨时间最好？"

"睡觉。"

"睡过了呢？已经睡得不能再睡了？"

"他有没有别的本事？譬如治理国家、弹棉花、腌制猪头等等。"

"没有，一概没有，四体不勤，五谷不分。"

"他是不是很有追求？"

"追求得一塌糊涂。"

"他认多少字？"

"加上错别字有那么三五千吧。"

"那就当作家吧。"安佳平静地望着我，"既然他什么也干不了又不甘混同于一般老百姓。"

"也只好这样了。"我赞同道，"看来确实别无选择。"

"那就当吧。"

"当吧。"我站起来，走到大衣柜的镜子前怜惜地看着自己，"瞧瞧你都成了什么样子。"

"我问你。"安佳也站起来，走到镜子前仔细地瞅瞅镜子里的我，问道，"如果一个人两手攥空拳，无财无势无德无貌，他怎么才能一夜之间小家乍富平步青云摇身一变什么的……"

"去偷去抢去倒腾国家嫁大款什么的。"

"既没偷抢的胆儿又没做生意的手腕还阳痿。"

"脸厚不厚？心黑不黑？"

"厚而无形，黑而无色。"

"那就当作家，他这条件简直就是个天生的作家坯子。"

"那你还犹豫什么？"

"不犹豫了，下决心了，干！蒙谁不是蒙？"

"对，就得有这种一条道走到黑的勇气。"

"唉——"我叹道，抚摸着自己的脸颊，"我这人吃亏就吃亏在太善良，干了缺德事就睡不好觉，老在梦里哭醒，怕遭报应，下地狱。"

"没关系，作家也不光你一个，下地狱你们也有伴儿。"

"有没有什么办法能作家也当了地狱又不下？"

"不下是不可能的，弄好了也许能楼层住得高点。"

"我要写了，喂，我要写啦！"

正叠被扫地洗衣服热奶喂孩子吃饭的安佳一头蓬乱地回过头来看我。我坐在舒适的椅子上悠闲地抽着烟，桌前放着一本稿纸和一把五花八门的钢笔圆珠笔铅笔和毛笔。

"我要写啦。"我笑眯眯地说。

"写吧。"安佳看着我说，"你脸也洗了手也净了屎也拉了连我的早饭都一起吃了抽着烟喝着茶嗑着牙花子你还有什么不合适的？"

"我还没吃药呢。"

"……有这个讲究吗？"

"当然，写作是要用脑的，没药催着脑袋不是越写越小就是越写越大，总而言之是要变形。"

"咱家有我吃的阿司匹林胃得乐扣子吃的速效伤风胶囊红霉素另外还有你小时候用剩的大脑炎预防针牛痘疫苗你是吃啊还是打啊？"

"也打也吃。我不在乎形式，问题是这些药补吗？我不太懂药。是不是搞点中药吃，据说中药一般都补。"

"这样吧，我这儿还有点乌鸡白凤丸你先吃着，下午我再出去给你扒点树皮挖点草根熬汤喝。"

"那就拜托了。"

安佳乱翻一阵抽屉找出一盒丸药："吃几粒？"

"只管大剂量服下，补嘛，就得强力补。"

我吞丸子、喝水、伸直脖子、闭眼、痉挛，继而喘息不已眼泪汪汪劫后余生般欣慰地笑。

"感觉如何？"

"果然爽快了一些。"

"那就趁着劲儿没过写吧。"

"你是不是把屋里灰再擦一遍，被子也叠得方正点，尿布什么的晾得离我远点，这样，我心情也愉快点。"

"可以。"

安佳迅速把屋里归置了一遍，使一切井井有条，一尘不染。

"还有什么要求吗?"

"我写什么呀?"

扣子坐在小推车里闹了起来。手指着自己吃了一半的稀粥咿咿呀呀叫着，手扶着车栏使劲往起站，一次又一次跌坐回去，弄出很大声响。

"不许闹!"我呵斥她，"无知的样子，除了吃就知道吃，哪儿有点书香门第小姐的感觉。"

"扣子不闹。"安佳过去哄孩子，"你爸给你办大事呢。妈得保他，他混好了，咱们都成吃干饭的了，忍耐一下。"

要不说穷人的孩子懂事早呢，安佳一席话，扣子便安静下来，乖乖地坐着，一副顾全大局的样子。

"写什么不知道?"安佳捋捋头发，在我旁边坐下，看着我，"就写你最熟悉的吧。"

"我熟悉的就是三个饱两个倒吊膀子搓麻将。"

"那不是挺好的嘛，当反面教材。"

"可社会责任感呢? 哪里去了? 我是作家了，我得比别人高，教别人好，人民都看着我呢。"

"依着你，教点人民什么好呢? 怎么过日子? 这不用教吧?"

"得教! 告诉人民光自个儿日子过好了不算本事，让政府的日子好过了那才是好样儿的。譬如吧，政府揭不开锅了你一天三顿赞助出一顿行不行? 街上有坏人政府的警察管不过来你舍生取义成不成? 得跟人民讲清楚，当务之急是让政府把日子过下去。你想啊，两亿多文盲，五千多万残疾人……容易吗? 大家伸把手……"

"不会让人民得出政府累赘的感觉吧？"

"哟，这我倒没想到。"

"瞧瞧，我不提醒你你又要犯错误了。"

"就是就是。"

"想帮政府分忧，用心是好的。但帮忙也要策略，谁没有点自尊心？说出去也是个响当当的共和国，不能拿人家当叫花子打发，咱人民脸上也没光啊，还是多从自豪骄傲什么的入手。"

"你是说写古代？"

"我看可以，写古代人民的改革创业，劳动爱情。"

我扬起脸怔了一会儿，抽了口烟："现在这国家是哪年成立的来着？"

"一九四九年吧。"安佳说。

"一九四九年以前是谁？"

"好像是台湾那帮人。"

"这帮人不能写。"我深明大义地说，"写也不能夸他们。再往前呢？"

"再往前好像是一帮梳辫子穿马褂的。"

"对对，我想起来了，那帮人的头儿是老娘儿们，跟咱好像还不是一族。外国人不能写。"

"再往前我也弄不清了，好像全剩下书生小姐皇后驸马黑头白脸什么的，话说的跟咱现在都不是一个味儿，动不动还爱甩袖子跷靴子唱两嗓子。"

"我看咱还是回来吧。"我说，"古代净是有钱人，咱从来猜不透有钱人的心。"

"非得教人民学好吗？"片刻，安佳打破沉默问。

"非得！"我说，"我是铁了心要宣传人民教育人民鼓舞人民，叫他们都别管自个儿积德行善这辈子倒霉下辈子享福。"

"你这是不是有点玩世不恭？"

"那我不这么着又怎么着啊？仔细想啊，要不号召大家奉献，让自个儿甘心吃亏蔚然成风，我怎么占便宜？"

"政府说过这话吗？别忘了政府可是为人民的。"

"当然，要不我们作家干吗？就是让我们把那一说就炸一说就翻脸的话拐弯抹角柔声细语地对人民呢喃着。"

"敢情这跟文学没什么关系。"

"文学？什么文学？野生的还是人工栽培的？多少钱一斤？"

"连文学都不知道。你不是要当作家吗？"

"我是要当作家，当作家和文学有什么相干？你真该好好学习了。"

"我又不当作家我学那干吗？"安佳站起来，走回扣子身边，继续给她喂已经凉了的粥，"不管你了，你爱怎么写就怎么写吧。"

"这个问题不弄清我没法写。"我终于给自己找了充足的理由离开书桌，一边看着扣子吃饭一边逗她，认真对安佳说，"糊里糊涂地动笔，费劲不说，一不留神搞成文学那才后悔莫及。"

晚饭后，太阳已经落下，天仍然很亮，院里马路上都是摇着扇子散步的男女。

吴胖子站在他家阳台上，一边抽烟一边拿着一架儿童望远镜四下瞭望。

他的镜头内先是一个少女又说又笑的娇嫩脸庞，接着是一个皮肉松弛的老头子……一群腿跨在自行车梁上双肘俯在把上头凑在一起抽着烟聊天的半大小子……两个对脸站着推着儿童车的少妇，然后，我的脸被他的镜头捕捉住了——那是一张深沉的脸，双唇紧闭，额发凌乱，两眼茫然，眉宇似有无限心事。走走停停，寻寻觅觅。

吴胖子转身回屋，迅速地倒了杯凉水，奔回阳台。此时，我已经走到了阳台下，他稳稳地瞄准我将杯里的水倒下。

我蓦地停住，悲愤地仰起头，吴胖子在他家阳台笑得前仰后合。

"你这同志怎么这么没公德？你是谁家的孩子？"我在下面指责他。

他只是咧着大嘴呵呵笑，一边招手："上来，你上来。"

我抖了抖身上的水，拐弯往楼后门里走，正碰见拎着竹椅出去乘凉的吴胖子他妈。老太太一见我愣了一下，瞅天："怎么，落雨了？"

"嗯，落了几个雨点，全叫我赶上了。"

我上楼，吴胖子家门没锁，推开进去，吴胖子还在阳台上瞭望着呢。

"又看什么呢？"我穿过房间走上阳台，"天这么亮，打立杆的都还没到位呢。"

"不是，我发觉你们怎么一个个都那么深沉，遭了雹子似的。"吴胖子放下望远镜笑着对我说。

"今儿除了我还有深沉的？"

"你看哪。"吴胖子把望远镜递给我，又着腰抽烟，指给我看对面楼上。

我举起望远镜瞄向对面一扇窗户，只见刘会元躺在床上看书，遮着脸一动不动。

"给他打一电话，叫他过来。"

吴胖子回屋拨电话，我继续看着刘会元。只见他从床上翻身坐起，走到另一间屋子接电话。

"你是刘会元吗?"我听到吴胖子拿腔拿调地说，"我是那个《婚姻与家庭》杂志的，准备采访你……"刘会元在那边换了只手拿电话。

"听说你离婚了，非常痛苦……"

刘会元抬头看见了我，我冲他招了下手，他回头飞快地对着听筒说了通话。

吴胖子在这边哈哈大笑:"不要那么粗野嘛刘会元同志。"

接着换了正常声音说:"你过来吧……有什么事啊，不就是看本破书嘛，我们这儿对你的一举一动都了解得一清二楚，快过来啊，等着你。"

吴胖子放下电话，拉开屋里的灯，打开电视，拿着遥控器选着台，在《新闻联播》节目上停住。

刘会元磨磨蹭蹭，又看了两页书，拿了盒烟，带上门出去了。

我也从阳台回到屋里，就手把望远镜扔沙发上，站在吴胖子的组合柜前挨个拉柜门拉抽屉翻看里面的物件。

"你怎么有这毛病，到人家就乱翻。"吴胖子一边看电视一边说。

我翻出一个精致的工艺打火机，拿在手里掂量着，啪啪打着火。

"这打火机怎么跟我刚丢的那个一样?"

"什么你刚丢的，这是我们哥们儿从汤加给我带回来的——搁下。"

我用这打火机点着一支烟，在吴胖子旁边坐下，"送我啦。"

"不成，我就这一个。"吴胖子探过身来抢，"我们这打火机是有意义的。"

"你这人怎么这么没劲？"我躲闪着，到底还是被吴胖子把打火机抢走。

"我送你一件衬衣吧。"吴胖子说，"小领圆摆你穿一定好看。"

"你穿过没有？"

"就穿过一次，水都没下。"

"是，你穿半年不下水，都能再揭出一件衬衫了。"

刘会元进来，进屋就说："敢情就你们俩，我还当三缺一呢。"

"你来了不就三缺一。"吴胖子指使我，"你去到我们家对门叫一下丁小鲁。"

"这事都应该你去。"我批评吴胖子，"也是劳动人民出身，别养成指使人的毛病。"

"你说这人怎么这么斤斤计较？"吴胖子站起来，"那你们搬桌子铺毯子拿牌。"

"一点亏都不吃。"刘会元手指点着吴胖子说。

我和刘会元搬桌子摆椅子铺好毯子，把一盒麻将牌哗啦倒在桌上，从里往外拣"混儿"。

吴胖子丁小鲁一边说笑着一边进来，我们看见于观也跟着进来，便冲他点头："噢。"

"你们打你们打。"于观又拉了张椅子坐在一边，"我给丁小鲁看着牌。"

大家坐定，码好牌，立好规矩，开始玩。

"最近干吗呢？"我打出一张"风头"，问于观，"老没见你。"

"惭愧，不值一提。"于观帮丁小鲁打出一张牌，冲我道："说出来臊人。"

"人现在写小说了——碰！"丁小鲁忙不迭地碰出三张"白板"。

我和刘会元相视而笑。刘会元说："咱怎么都混得这么惨啊？"

"怎么，你们几位也开始写小说了？"于观笑着说，"不至于吧？你们几个不是混得不错吗？"

"红中！我这字头没完了。"吴胖子直起腰抽了口烟，对于观说，"不行啦，生意不好做啦，你没听说吗？现在全市的闲散人员都转业进文艺界了，有嗓子的当歌星，腿脚利索的当舞星，会编瞎话的当作家。国家也是没法办，临街房都开铺子了，实在没法安置了，给政策吧。"

"咱这些人也是。"于观点头咂嘴地说，"明知道寒碜可也得干，老吃闲饭心里有愧呀。"

"唉。"我颇有同感地叹口气，"逼良为娼啊。"

"你这话我可不同意。"刘会元打出一张"九筒"，整整牌说，"再脏再累的活儿总得有人干，咱们不干就得有别的倒霉的干，你忍心吗？"

"就是就是。"大家一齐赞同道，"反正咱们也好不了，就让咱们粉身碎骨吧，能少一个青少年下水咱们也算值了。"

"别人瞧不起咱们也就算了。"刘会元激动地对我说，"咱们不怨命，怪咱自个儿，谁让咱小时候没好好念书呢，现在当作家也是活该！但咱不能自个儿瞧不起自个儿，咱虽身为下贱，但得心比天高出污泥而不染居茅厕不知臭历尽劫难兄弟再相逢一笑泯恩仇……"

"不过我就是难过。"我含着泪，泪眼婆娑地胡打出一张牌，

"我从小那么有理想有志气，梦里都想着铁肩担道义长空万里行，长大了却……现实真残酷……"

我泪滴下来："我爸要活着，知道我当了作家，非打死我。"

"你别这样。"吴胖子也红了眼圈说，"你这不是让我们兔死狐悲嘛。"

"都怨我。"我连忙拭去泪，强颜欢笑地说，"打牌打牌。咱们不说这丧气话，说高兴的，前天我上街捡了一钱包。"

"对不起，我和了。"我刚打出一"三条"，丁小鲁不好意思地慢慢把牌推了。

"你们打算怎么写?"第二圈牌时，于观抽着烟问，"我是说玩什么主义?"

"我们是准备忧国忧民的。"我代表那哥俩儿回答。

"撞车了不是!"于观说，"我们哥儿几个也是准备忧国忧民的。"

"没办法。"我拆了一对"幺鸡"说，"谁让咱跟了共产党这么多年，一夜夫妻还百日恩呢。"

"上了岁数学新派也难。"刘会元也打出一张"幺鸡"，"跟熟张儿吧。"

"可中国也就咱们这几个孤臣逆子了，虽九死而不悔。"我把牌按倒，"哥们儿上'听'了啊。"

"忧国忧民难写。"于观说，"哥们儿写了七篇'正气歌'看着都跟骂人似的。"

"可不。"刘会元盯着牌说，"倒霉事一写一串串的。都知道有病，缺的是药方子，给国家开药那可不是玩的。"

"我说你们都忧国忧民是不是单调了点?"丁小鲁打出一张"二万"，也把牌按倒，"是不是分几个人出来搞点现代派乡下嗑什么的?"

"乡下嗑我倒能唠百十万字。"刘会元也趴了牌说,"一九六八年我插过俩月队,乡下那点腥腥事听过见过也干过。"

"那你改唠乡下嗑得了。"我说,"不就是野合私奔吃不上饭下不来炕让支书操互相操那一套城里人不干的事全糊乡下人脑门子上反正乡下人也不认字。"

"乡下人不认字城里人瞧新鲜。"吴胖子也趴了牌,"故事一律发生在黄河边高土坡饶用笔操了人还得夸你有历史感。"

"都上'听'了。"我紧张地盯着每个人打出牌,用力拎起一张牌,嘴里喊着,"自摸!"

"自摸!"所有人都喊着,满怀希望地用力摸牌。

"自摸!"刘会元"啪"地把刚摸出的一张"七条"亮在桌上,随后把自己趴着的牌立起推倒,"收钱。"

我一边交钱一边对上家的丁小鲁说:"你手也太紧了,一张牌也吃不着你的。"

"我又吃着谁的了?"丁小鲁笑着说,"下回喂你点香的。"

"谁也不指了。"我码着牌说,"永远自摸。"

"你倒是写不写乡下事?"吴胖子问刘会元,"你要不写我可写了。"

"让给你了,你不就憋着拿你爷爷奶奶开涮。"

"我不同意吴胖子写乡下事。"丁小鲁说,"他那语无伦次的劲儿不如改现代派顺茬儿。"

"你怎么就不明白呢?"刘会元对丁小鲁,"人就好写裤裆底下的事。"

"那就单开一路吧。"于观说,"当性文学专家。"

"行啊。"吴胖子笑呵呵地说,"现代派加性文学——瞧好儿吧。"

"就剩咱俩忧国忧民了。"我冲于观笑着说,"他们都奔高枝儿了。"

"不,我也不忧国忧民了。"于观摇着手笑着说,"我'垮掉一代'得了,整点反社会文化的,逆风千里。"

"那多不好啊,到时候我们台上戴红花你台下挨批判。"

"没关系,繁荣文艺嘛,那多热闹。到时候你们千万别客气,照死了打棍子,拿出那势不两立深恶痛绝劲儿——一打棍子我就名扬天下了。"

"数他机灵。"吴胖子说,"我们不,我们就照死了夸你,说你是毛委员派来的。"

"我让你们夸都找不着下嘴的地方。"

"我们可以牵强附会。说你其实很善良很纯洁,不平则鸣爱之深恨之切嘛。"说到这儿,吴胖子掉脸对我说,"我发觉咱们还缺一个搞评论的,专业淘井的。"

"这里闲人就剩丁小鲁了。"我看丁小鲁。

"好吧,那我就扮这搞评论的。"丁小鲁说,"不过你得凑钱给我买点洋书看。"

"没问题。"我说,"这样吧,咱们今天晚上就算是义赛,赢的钱全都捐赠给丁小鲁置洋炮。"

那天夜里,我们玩了一通宵。夜里两点,安佳找来了,叫我回去。我说你别打岔,我们这儿切磋艺术呢。然后我们把刚才的决议和分工告诉了她。安佳听了十分不乐意,说净欺负我们方言,好事没他，倒霉的差使老轮着他。我正色训斥安佳：你怎么能这么说呢？大家派我当文人是大家对我的信任，也是我的光荣。这几个人里拍马屁的功夫就数我到家，这么重大的事情换个生手干我还不放心呢。

"我倒不是不想让你当御用文人。"安佳说，"问题是养狗还得管饭呢，没有白使唤人家的。你现在去和上边商量，如果上边答应好好养你，给政治待遇给房子给津贴，你当大茶壶我也不管。"

"咱不是得先做出点成绩人家才能给好脸吗？要不怎么巴结得上，万一你大奸似忠呢？得给人时间观察。就说养狗这道理你不也得喂一阵儿才能看出是忠心耿耿的看家狗还是喂不熟的白眼狼。"

"贱！"安佳白我一眼，"你这叫贱！"

"我就贱了，怎么啦？"我一挺胸脯，"贱得光荣！我不怕骂，我又没贱外人，自个儿的国家，当孙子我都干！"

"你们小公母俩也别吵了。"吴胖子拉架，"安佳呢，的确有苦衷，方言呢，也是大义凛然烈火金刚。"

"你不知道。"安佳泣诉，"我们家除了孩子还能一天三顿，剩下总共五顿饭，我们俩就得抢，谁动作慢点，有一顿就得抗着。我不是反对拍，拍你倒是拣个有钱的拍呀？现在纯粹是穷拍。"

"你这话是什么意思？"我蹿了起来，"还有没有原则？国民党给你钱你也去拍？知识分子的人格、气节什么的还讲不讲？"

"你们俩都有理，都没错——我错了我没理还不行？"吴胖子急赤白脸地说，"我混蛋我不是人，你们全他妈是好人老实人受欺负的人。"

"我看咱们也别让方言为难了。"刘会元说，"咱抓阄算了。谁抓着什么就玩什么，也别争也别躲。"

"同意同意。"于观和丁小鲁附和。

于是我们弄了五个阄，分了五个主义五个流派，搁刘会元手里摇了摇，一齐扔桌上。

大家纷纷下手抓，抓到手里打开，于是文坛新格局从此确定。吴胖子和刘会元对换，他写乡下事刘会元写现代派加性，我接了于观的衣钵重点写社会，丁小鲁接了我的位子当文人，而于观改搞评论了。

"就这么定了，不许换了。"刘会元说，"大家回去分头发奋吧。"

黎明，一轮红日在窗外群楼之间冉冉升起，把阳光洒向人间。大家互道珍重，握别而去，相约记住这日子，二十年后再相见。

"还是这点儿，还是这地方，到时候咱们不玩麻将了，举杯赞英雄，欢歌笑语绕着彩云飞。"

二

于观正在马路边儿一个平板车书摊旁翻看着各种"阴阳合璧""阴阳裂变"之类的书，双膝突然被人从后用力顶了一下，两腿一弯差点没跪下，勃然大怒举拳转身四处张望："孙子……"

"这儿呢这儿呢。"有人在他鼻子尖儿前提醒。

于观正眼一看，马青一脸幽怨地瞧着他。

"是你呀。"于观露出笑容。

"别，别跟我套近乎。"马青皱着脸摇手，盯于观难过地说，"哥们儿你太不够意思了。"

"怎么啦?"于观茫然不解，"我最近也喝着粥呢，见了饭馆就自卑。"

马青根本不听于观解释，只是一个劲儿盯着于观反复问："你说好事我什么时候忘过你？你说，好事我忘过你没有？"

"我什么时候来好事了？"于观摊着两手诉说，"我有小半年净倒霉了。"

"你们搞文学为什么不叫上我？"马青痛心地说，"瞧不起我？"

"咳，这事啊。"于观如梦方醒，"这是好事吗？我这还是头一回听人这么说。"

"我怎么就不能当个作家？"马青不依不饶，"大街上我都坐了，坐家算什么？"

"我是怕耽误你。耽误我也就耽误了，你还年轻，还有希望，吃碗干净饭不行吗？"

"我不怕耽误，我就是奔耽误来的。谁让咱是朋友的？哪能光同欢乐不共患难呢？人生一世嘛，不遭点罪哪知日子甜啊？"

"你要这么说，"于观动容，"那我答应你了。"

马青顿时露出笑容，亲亲热热搂着于观肩头："换了你，见我走向深渊，你能不挺身而出吗？救不了起码能做到同归于尽吧。"

于观连连使劲点头，"不过我一人说了还不能全算，还让其他人认可一下，我们现在也相当于一个组织了。"

"你们算把我害了。"丁小鲁一脸憔悴地从书桌前抬起头，对于观和马青说，"我不吃不喝坐这儿七天七夜了，总也拍不到马屁股上，一写就在蹄子上一写就写在蹄子上。"

"看来不承认这是门学问是不行了。"于观叹着气说，"咱又拿自己当作家要求，总不能拍得太一般太浅薄。"

"就是。"丁小鲁愣愣地看着稿纸,"也就是题目还像那么回事,剩下的没一句人话。"

"什么题目?"马青凑过去翻稿纸,念小说名字,"《特深沉》,名字果然好,文章不作是可惜了。"

"实在不行只能这么发表了。"丁小鲁若有所思地说,"标题:《特深沉》;作者:丁小鲁;括弧:此处删去一百二十万字;结尾:某年某月写于秋风秋雨斋。"

"实在不行只能这样了。"于、马二人赞同道,"要不名字可惜了。"

"噢,对了。"于观转移话题,"我们来是为一件别的事想跟你商量商量。马青想入咱们作协。"

"我确实是走投无路了。"马青诚恳地说,"但凡还能混下去我决不加这塞儿。都五尺高汉子,谁不要个脸?张嘴申请救济我已经愧得不敢拿正眼瞧您了。"

"我是没意见的。"丁小鲁说,"有饭大家吃,这道理我是懂的。问题是方言他们同意不同意,这我可心里没谱。"

"咱一起去跟他们说呗。"于观说,"这帮家伙黑是黑,恻隐之心总还是有吧?"

"你能约上他们吗?上次说好了二十年后再相见。"丁小鲁对马青说,"你要早点来就好了,那咱就一起入会了。现在只怕他们都在分头进行创作,怕受打扰不见人。"

"我这不是才听到信儿嘛。昨天我上街上打酱油捎带着买两张当场开奖的彩票,听存车的老太太嚷嚷:'全市的流氓都转业当作家喽!'我酱油瓶子一扔撒腿就跑,转了大半个北京城,好容易才找着于观。"

"咱找他们一下试试。"于观对丁小鲁说，"争取一下，创作再忙，一会儿工夫还是有的。"他转脸问马青，"你跟方言有交情吗？"

"幼儿园的时候我们俩在一班。"马青说，"我们俩净打架。"

"有交情就好，那这事好办多了。"

"嘘——"我用手指按着嘴唇对吴胖子说，"小点声，别让隔壁听见。"

我、吴胖子、刘会元三人轻手轻脚地洗着麻将牌，一点声音没有地码着牌，悄悄地出牌："发财。"

"咚咚。"有人敲门。

"假装不在家，别理他。"我们三人闷头不吭声地玩牌。

"咚咚咚！"门越敲越响。丁小鲁在门外喊，"吴胖子，开门！我知道你在家。"

"碰——四筒。"

"吃——大饼。"

"和了！"

"吴胖子，你开不开门，不开我可卸门板了——于观拿改锥去。"

"不行我得去看看了。"吴胖子坐不住了，"不然我们家改过道了。"

"这丁小鲁怎么那么烦哪？"我恼火了，"不好好在家创作，串什么门啊？不让串还不行。"

"你们俩别吭声，我去看看她有什么事？"

吴胖子带上房间门出去。

"来了来了。"吴胖子喊着走去开门。对丁小鲁说，"正思如泉涌呢，全让你给打断了。"

"方言刘会元在不在你这儿？"丁小鲁领着于观、马青往里闯。

"不在。"吴胖子堵着门说，"说好了下半辈子再见，就你不守规矩，这礼拜我见你八回了。"

"安佳可说是到你这儿来了。"丁小鲁推开吴胖子，"你让开，让我进去看看。"

她很快走到我们藏着的紧闭的房门前。

"别进去，我们里头那姑娘还没穿衣裳呢。"吴胖子在后面喊，"这人怎么这样？直接就往人家男同志卧室钻。"

"你骗谁呢？"丁小鲁哐地把门推开，冲着笑嘻嘻坐在屋里的我和刘会元说，"好啊，把我诓去关禁闭，你们几个倒悄悄闷这儿乐上了。"

"我们这儿研究工作呢。"我一本正经对丁小鲁说，"别净老把我们往坏处想。"

"是是，没说你们干别的，就知道你们是在工作。国家麻将队的嘛，不干这个那才叫不务正业呢。"

"马青。"我们没理丁小鲁，站起来和马青握手，"今儿怎么有空儿上这儿来了？"

"给几位爷请安来了。"马青扑通倒地就跪。

"哟，别别别，这是怎么话儿说的？"我忙抢上一步搀扶，"你这不是逼着我趴下打滚吗？"

"今儿你要不答应我，我就把我这头在这地上磕出脑浆子来。"马青指着脑门子发誓赌咒。

"我答应，我全答应！您就是让我即刻跳楼我也没二话。"

"没那么严重。"马青腿儿一直站起来，笑嘻嘻地说，"我就是想入你们这作协，这么说，你答应了?"

"这个嘛，"我松开马青，在屋里踱起步，一手食指按着腮帮子，"这事可得研究一下了。你有著作吗?"

"我?"马青四下屋里望望，奔床就去，连连把头往床垫子上撞，边撞边嚷，"我不活了，我死了算啦。"

"可别!"我大惊失色又抢上一步拦腰抱住他，冲吴胖子刘会元他们嚷，"你们怎么光看着? 快接一下啊。"

吴胖子上来，狗熊掰棒子似的把马青夹住。马青还跳，确实跳不动才停下来万念俱灰地闭着眼喘气，腮上挂着泪——不时瞟我一下。

我站在旁边作揖打躬地解释："不是我们嫌您瘦不要您，我们是敞开大门的。关键在您，您得考虑好了，别一时冲动，干这事是要让人指脊梁骨骂祖宗八代的。"

"我帮伙里都待那么些年了。"

"是啊，按说我们不该再怀疑您了。问题是您不是老早被清除了吗? 我们又有点拿不准了。莫非您变了?"

"我没变!"

"那干吗清除您? 这逻辑上说不通啊?"

"这他妈纯粹是误会。当然了，还有一个原因，就是能人多呗。跟那些新来的比，我们这些老同志都算夹生的。"

"好。"我看了看刘、吴二人，表态，"要是您还是老样子，那入我们这会富富有余——我们拜您为师。"

吴胖子松开马青，马青喜笑颜开，极推心置腹地对我们说：

"我这人就有一条好：不爱吹牛，专办实事。只要你们信得过我，我让你们占够了便宜。"

"这你是老手。"

"这么着吧。"吴胖子说,"你先给我们哥几个开顿饭吧。"

"这算什么呀?这是最低档次的要求了。我还告你,不出仨月,我让你见饭就晕见饭就吐。再不出仨月我让你们个个见妞就哭见妞就跑。"

"好好。"大家一起笑着说,"这回算是用对人了,我们等着。"

"我还告诉你们,"马青得意地说,"一应闲事一概不用你们操心,你们只管专心创作。写出好作品则罢,写不出也没关系,咱们照样出大名让人敬着让人爱着,这就叫光棍闯天下,空手套白狼!"

"那你先给我们把今儿的午饭奔出来吧。"刘会元说。

宽厚结实黄琉璃瓦顶的朱红宫墙。墙内是气象森严的皇家园林,墙外是嘈杂热闹的摊贩市场,不远处是车水马龙人群熙攘的繁华商业街。

一家旧货商店的台阶上,一群背头管裤尖皮鞋的闲人双手揣在兜里站在那儿东张西望,马青和于观也混在里边同样装束同样神态。

有男女老少走过来,这帮人就各选对象迎上去,诡秘地小声问:

"有美子吗?"

"有日子吗?"

"有港子吗?"

马青和于观问的则是:"有请作家吃饭的吗?"

"没有!"一个时髦女郎怔了一下,茫然离去。

"刚请过。"一个老绅士客气地回答,"这会儿只想请自个儿吃饭了。"

"刚请过。"一个体面的小伙子也同样回答,"要是你们手里有歌星影星什么的我倒愿意再请。"

"看来全市的作家除了咱们那拨都已经分头吃上了。"于观说。

"我看这么等不是事儿。"马青绞着脑汁说,"咱们得换一个方式——有了!"马青一拍脑门,豁然开朗地笑,低声对于观如此这般地说了一通。

"合适吗?"于观不太赞成。

"事到如今也只好这样了。"马青拉着于观走,"来吧,咱拣个人多的地方。"

二人过了一条街,来到最繁华的路口,于观径自走入人群,马青默诵了一遍词儿,扬起脸拉开嗓子喊起来:

"瞧一瞧,看一看啊,花钱不多,乐趣无穷——二十块钱请五个作家吃饭啊!名额不多,欲购从速。"

于观拔腿从人群中冲出,做迫不及待状,边跑边喊:"给我五个给我五个!"

"这位同志要了五个,还有要的没有?机会难得,售完为止!"马青对着纷纷停下观看的行人声嘶力竭地嚷。

"真不贵。"于观也对旁边的人群说,"好一点的花布四块钱还扯不了一米呢。"

"就是。"两个中年男人说,"我们饭量也不是很大,一人来八两饺子加点凉菜啤酒就行了。"又对马青嚷,"我们就自愿结合了,五个人一组五个人一组。"

围站在马青旁边的男女闲人都掏出作协会员证自动按所属分

会的不同排成一队队的，安详耐心地站着。

马青撒腿就跑。

于观在一条僻静的胡同找到躲躲藏藏心有余悸的马青埋怨道：

"你倒跑得快，我衣裳也撕了，脸也挠破了，差点就没命了。幸亏派出所民警来得及时，把我抢了出来。"

"出师不利出师不利。"马青探头探脑往前后胡同口张望，见确实没有作家追杀而来，这才放下心，对于观说，"谁想到今儿作家全出街了。"

于观摸着自己脸蛋上的血道子，滋滋地吸着凉气，看着手上的血珠儿说：

"国乱思良将啊，要是杨重在，我哪至于遭这份荼毒。"

"要是杨重在，我也不至于这么孤掌难鸣黔驴技穷。"马青也叹，"他小子到哪儿去了？到处找不着杳如黄鹤无影踪。"

"没准也正在哪儿想着咱们呢。"于观说，"怎么着？咱是就此罢休还是再生一计？"

"再生一计吧。"马青说，"这次失败是咱这地儿没选好，撞作家窝里了。咱们去西单吧。我还是这么叫卖，你扮工商的取缔我，就地贱卖，咱把价儿喊到四十。"

"你除了这些损招儿就没别的什么光明正大的吗？"

"干的就是骗吃骗喝的事劳动光明正大你就不怕遭报应？"

"有作家画家记者导演我买——"随着一声悠长的吆喝，一个呆头呆脑肩上挂着褡裢的老帽儿敲着梆子挨家挨院地叫着问着走过来。

"这都是作家，特有名的作家。"马青把我们一一引见给那个老帽儿，同时小声地对我们说，"实在对不起哥儿几个，中饭正餐确实来不及办了，哥几个对付着吃点夜宵，打明儿起，明儿咱一天三顿。"

　　"告你我们可是等了你一天，抗了一天。"我对马青说，"不求鸡鸭鱼肉吧，这夜宵总得让我们吃饱了。"

　　"没问题，一人一斤炒疙瘩够不够?"

　　"让厨子多搁点盐差不多。"

　　"一人一斤炒疙瘩多搁点盐!"马青冲伙房里嚷，伸手从脏得看不清眉眼的女招待手里接过同样脏得都能站起来的抹布大刀阔斧地扫除着桌上的山山水水，"你们谈你们谈，有什么心里话都掏出来。"

　　"几位是干什么的来着?"老帽儿犹犹豫豫地试探。

　　"作家。"我说。

　　"噢。"老帽儿傻张着嘴，"作家，这得记住了，要不一转眼又把你们当成劫道的了。"

　　"我们都特清高。"我对老帽儿说，"一般我们从不跟人吃饭。今儿能来，还一齐来了，真是给你脸了。"

　　"那是那是，我懂这道理，原来你们都是自个儿吃自个儿的，几位平时忙吧?"

　　"忙!"我说，"天天都是后半夜才睡，创作嘛。"

　　"几位都写过什么呀?"

　　"说了你也不知道。"我眼睛盯着伙房出口，肚里敲着鼓，手指打着点儿，"不能让你看见，我们都是写给圈里人看的。"

　　"让你看见就坏了，让你看见的全是通俗。"其他人也都跟我一个架势，心不在焉怒气冲冲就丁小鲁还内在点。

"你是干什么的？"吴胖子"啪啪"摔着筷子问老帽儿，"问我们半天了我们还没问你呢。"

"我嘛，什么都干，今儿卖'减肥灵'明儿卖'肥得快'，有时还同时卖两样儿。"

"有上当的吗？"

"多，数都数不过来。"

"赶明儿我们给你宣传宣传，上当的就更多了。"

"对对，我今儿请大家吃饭就为这个，你们都是专家。我这点手艺跟你们比起来那真是小巫见大巫。早听说没见过这回见了算真服了。"

"我们也不容易。"吴胖子斜着眼儿说，"你以为编瞎话是个人就能干？就能那么炉火纯青一点马脚不露？"

"是是，我晓得，这也得练，也得一点点培养。学好容易学坏难光脸厚心不黑也不行百年树木十年树人嘛。"

"像你们这卖假药的是不是也挺不容易？"刘会元问。

"不容易。"老帽儿深为感慨地说，"要说起来比你们难。你们嚷嚷出去还有市场，我们名声都搞坏了，所以得跟你们结合着来，你们有人信啊。"

"所以我们特珍惜呢。"

"是得珍惜。"老帽儿说，"要让人认出是骗子在明处那就没法骗了。你譬如说，谁见我都知道我是个骗子，我还骗谁去？一不留神还得让人骗了。"

老帽儿坦诚地望着我们几个："本职工作都没法儿做了，心眼儿全使在小心别给别人骗上了。"

"真不容易。"我们大伙感叹,"要不怎么说一心不能二用呢。"

"我可没一点旁敲侧击各位的意思。"

"没关系没关系。"我们七嘴八舌说,"你就真旁敲侧击我们我们也不在乎。"

"怎么饭上得这么慢?"吴胖子掉脸喊起来,"饭馆饿死人啦!"

"来了来了。"老板娘闻声赶过来,"稍等稍等,马上就来,疙瘩太多,且得炒会儿。"

"不是你们瞧不起人是不是?"吴胖子指着老帽儿发脾气,"我们这位先生有钱,多给你一倍饭钱也不在乎。"说着就动手翻老帽儿褡裢,"把钱都给她,有什么呀?"

"别别。"老帽儿捂着褡裢央告,"咱们再等会儿再等会儿我倒没觉得慢。"

"你们真得快点了。"我说,"这儿都是作家,来吃一回不容易,真发了脾气砸了你的饭馆,告到哪儿都没人管。"

"你们头儿是谁?"吴胖子不依不饶,"叫他出来,一块儿上派出所。我还不信了,明儿就给你们见报,头条新闻:著名作家一群活活饿死在某饭馆。"

"我就是头儿。"老板娘说。

"那就拉你上派出所!"吴胖子拍桌大喝,"方言刘会元你们俩先拉着她头里走。"

"闹什么闹什么闹什么?"随着一连串不耐烦地诘问,两个民警晃着警棍走进来,"谁想上派出所? 咱们一路。"

"闹什么闹什么你闹什么?"我站起来指着老帽儿对民警说,"他想上派出所。"

"过去我老以为自己是流氓。"一个一直坐在一边就餐看了全过程的汉子对女友说，"今儿算见着真流氓了。"

半夜，我们一干人被派出所放出来，气哼哼地回到吴胖子家，搬椅子铺毯子围着方桌坐下把一盒麻将哗啦倾倒出来，七手八脚地码牌。

"我看你们先不必急着玩麻将。"在一旁沙发上坐下的丁小鲁说，"还是好好总结一下前一段的工作吧。"

"是得好好总结一下了——七，七对穿。"我一边欠身抓牌一五一十地摆着一边喝问，"马青来了没有——东风。"

"来了。"马青从角落里惭愧地站起。

"瞧你干的这叫什么事？真他妈有辱斯文——吃，红中——你下回还这么干吗？"

"不不，我下回不这么干了，下回改干别的。"

"我觉得马青这人不能用了。"丁小鲁直截了当地对我说，"他老是八路军打鬼子那一套破路诱奸化装奇袭什么的一点拿上台面的本事都没有。"

"就是，要狠狠批评，什么作风？下回可得改了——七万，喂你一香张。"

"老是八路的干活不行嘞。"刘会元看着自己的牌自言自语，"现在八路对鬼子也玩笑里藏刀了——三万，谁爱吃谁吃去。"

"碰！"我推倒自己跟前的两张"三万"，撸胳膊挽袖子大伸着手恫吓庄家，"下面马上就开始'提'庄运动。"

"我也准备开始'提'庄运动了。"吴胖子也趴了牌笑眯眯地说。

"那我就准备'提'大家了。"身为庄家的于观趴了牌笑着说。

"我走了。"丁小鲁站起来说,"你们玩吧。"

"哎哎,别走啊。"我运足气摸起一张牌,看了一眼打出去。回头对丁小鲁说,"工作失误总是难免的,我不是已经批评了马青?他也答应改,要不你再批评批评他,大伙儿再批评批评他。"

"马青你太不对了。"刘会元打出张牌看着上下家说,"你们和去吧——你怎么能一点不痛心呢?起码应该有个表示哪怕红红眼圈儿同志们也好原谅你。"

"瞧把我们丁小鲁气的——哎,庄家上'听'就放'冲'。"吴胖子瞅着犹豫不决拿不定出哪张牌好的于观说,"还不快向人家赔不是,说'我对不起你我心里有愧再不敢了'。"

"我对不起你我心里有愧——我再不敢了。"

"你不必对不起我也别有愧——继续敢吧。"

"集体负责集体负责。"刘会元说,"反正也没外人,咱们互相对不起完了。"

"不不,还是严肃点好,咱们都没责任,就马青一个人不是东西——换'听'就放'冲',记住我这句话。"我对刘会元笑说。

"我走了。"丁小鲁站起来,"我真走了。"

"别走别走,千万别走。"大家坐着看着自己的牌一齐挽留。

丁小鲁出屋,开门,回自己家去了。

"多不好,多不好。"大家纷纷念叨着,继续全神贯注地打着牌。我抻着脖儿看着面儿上的牌难以置信地说。

"怎么就'提'不上来呢?跟熟张儿。"

"和的就是熟张儿。"于观笑着把牌推倒,拿起我刚打出的"四条"放到他那堆"条子"上。

"操他妈,我'听'半天了,就是不上张儿。"

"我也'听'半天了，砍单儿'五条'，'听'得太窄。"

"我不该换'听'，坚持对倒'七条''八万'要不早'和'了。"

大家议论牌局，"哗啦啦"地一齐伸手洗着牌。

"马青你玩不玩?"于观回头对坐在一边抽烟的马青说，"你玩我换你——我不想玩了。"

"别别别，别走。"我们一起拉于观，"刚上瘾不能走，才两点，早呢，马青要玩可以加'磅'。"

"甭操心丁小鲁，她没事，她也是属狗熊的——撂爪就忘。我们多少年了? 比你了解。"

"不是为了丁小鲁，我是真困了，打叫你们扣这儿后就没合过眼。还是让马青上吧，一样。"

于观站起来，把位子让给马青，我们仨瞅着他说:

"没劲，你这人没劲。"

"就算我没劲，"于观笑着说，"你们就让我没劲一回吧。"

于观走了，我们四个接着玩，一直玩到天亮。当我从吴胖子家出来，看什么都俩影儿了。我对马青说:"去吧，上街吧，不干出个样儿来别回来见我!"

三

"哎哎，你过来。"马青倚在马路边的蓝白铁栅栏上，冲两个从他眼前走过的妙龄女郎招手，"我跟你谈谈。"

"你跟我谈什么?"脸白一点的姑娘停住，迟迟疑疑和女伴走来，警惕地问。

"我特想帮助你——见你。"马青诚恳地说。

"帮助我什么？"白脸姑娘不自信地低头看看自个儿身上的"咸菜裙"，摸摸腰上的裙扣，扭脸在旁边一家高级餐厅的贴太阳膜的大玻璃上照照自己的嘴脸，"我挺好啊。"

"你不好，这我知道。"马青说，"你表面看上去部优产品的感觉，但你心里其实特苦恼，对自个儿特不满意。"

"没有。"白脸姑娘说，"我不但表面上对自己特满意心里对自个儿也特满意，混成这样不错啦。"

"好，就算我看走眼了吧，你一切都好，可你不想好上加好吗？就是俗话儿说的锦上添花画龙点睛什么的。"

"不想了。"姑娘也极诚实极坦白地说，"见好就收，再好就好过去了。"

"实诚。"马青热情洋溢地赞道，"看得出你有很多美德，除了实诚还善良，扶危济贫扶老携幼特别见不得别人受苦。"

"是是，我是这样儿，这回算让你说着了。"

"菩萨心肠侠女风骨圣母情怀。"

"对对。"姑娘连连点头，"越说越像了。"

"要不怎么这大街上这千奇百怪之芸芸众生中我谁都不叫单叫住你呢？就知道你是好样儿的。尽管自己有今儿没明儿，但一看见别人受苦坚决不答应！喜欢什么只管说，只要我有……"

"不不，这也就是话赶话那么一说吧，一般来说我全答应。"

"人活着要有志气有追求。"马青温和地责备白脸姑娘，"不是我批评你，人活着怎么能光为自己吃好穿好呢？还得让别人也吃好穿好大家都讲吃讲穿才算完事。"

"那'别人'干吗非得别人'让'才能吃好穿好？自己混不上吗？"

"你太让我失望了，看来你的心灵没有你的外表那么美，在我眼里你丑了——还不如她。"马青转脸一指白脸姑娘旁边的黑脸姑娘，"别看她长得寒碜，外表上有点残次，但心灵一准比你美——我问你，看见别人受苦，譬如我吧，你忍心吗？"

"我忍心！"黑脸姑娘怒视着马青说，"不但忍心还幸灾乐祸！"

"可我不忍心！"马青飞快地说，"看到你们灵魂有罪我心都碎了。所以我说我要帮助你们呢，你们还认为没什么可帮的。这样吧，咱们做个交换，谁也别吃亏，我拯救你们灵魂你们保护我的身体，都尽力而为，有多大劲使多大劲。"

"我看咱们还是谁也别管谁拭目以待吧，看谁烂得快点。"黑姑娘一拽白姑娘，二人联袂离去，黑姑娘还对白姑娘说：

"我早告诉你过，但凡大街上有人热情诚恳地叫你，千万别停下理他，准都是憋着要害你，掏走你点什么。"

"你们就坐失良机束手待毙后悔莫及吧！"马青跟在姑娘们后面大声喊，"自私自利的人垮掉的一代多余的玩意儿！"

姑娘们拐过街角不见了，马青掉头往回走，兀自愤愤不已，嘟哝着：

"就这种境界怎么能指望你们挺身炸碉堡舍命堵枪眼儿剩下我们过幸福生活。"

"我深深地爱着你，这片多情的土地……"

马青吟唱着，双手插在裤兜里，拖着步子在大街上漫无目的地晃荡着。逆着潮水般的人流毫不避让地走，方向、步态、节奏与他四周急匆匆拥来拥去的人群恰成鲜明对照。还是那些商店房屋，还是那些车辆人群，还是那些装潢广告，还是那些色彩形状那样的空气味道那样的神态举止口音嗓门。马青的吟唱变成尖锐响亮的口哨，仍然吹着那首歌，同一旋律反反复复。人们从五花八门形状各异颜色不一的商店拥出拥入，大声喧哗窃窃私语，人流中马青若隐若现，市声中口哨时断时续。

同一条街另一端的一家高级工艺古董店里，杨重油头粉面西服革履鼻梁上架着副金丝眼镜彬彬有礼地牵引着一个珠光宝气十个手指戴满钻戒一头一脸翡翠玛瑙的重量级老妇人在琳琅满目堆积如山的金银玉器名贵印石象牙雕刻地毯瓷瓶中穿行，不时端详着一件玩意儿品味着。

"您瞧这地毯怎么样？丝织的，越磨越新，越踩越厚，才巴掌大就三千。"

"便宜。"老太太鄙夷地瞧了一眼说，"上回我买一拷花呢手绢还八千呢。"

"这大花瓶怎么样？"杨重指着一个比他还高上面彩绘着足有一个营的古代儿童大瓷瓶说，"一万二。"

"便宜，"老太太说，"上回我买一陶夜壶还一万三呢。"

"您再瞧这一百多斤的鸡血石，三万。"

"瞅着还挺喜欢，就是太便宜。"

"没关系，只要您喜欢，咱可以跟他们砍价儿呀。"杨重转身冲垂手侍立一边的伙计招招手。伙计忙满脸堆笑地小碎步凑上来。

"你这鸡血石卖多少钱？"

"三万。"伙计指指标签，"上面标着呢。"

"太便宜了，你能不能给往上涨涨？"

"这可不行。"伙计低三下四地说，"我们这是国家的买卖，要涨得一起涨，五行八作蔬菜副食小百货——单价涨不允许。"

"可你这也太便宜了，不值当我们掏回钱。"杨重对伙计说，"咱好好商量商量，你贵点我们多买你几件。这样吧，你要实在为难，咱们就少涨点，六万！六万怎么样？起码也得涨百分之百吧？"

"百分之百可不行。"老太太说，"怎么也得涨百分之二百。这么沉的东西我才花六万就买了回去我先生又该埋怨我不会买东西了。"

"九万吧那就。"杨重和伙计磨，"要不八万五？不能再低了。"

"这我确实做不了主，只能卖三万。"

"算啦。"老太太说，"既然他不肯涨，咱们就甭买了。"

"这官商作风是霸道，一点儿价儿不肯还。"杨重冲伙计说，"就你们这么做买卖，买卖好不了。"

"手里有钱生是花不出去。"老太太在杨重的搀扶下边往门外走边唠叨，"钱花不出去还一劲儿涨利息这不是逼着我把人民币砸手里吗？"

"就是，成心坑人，没法不有意见。"

杨重把老太太送出古董店，扬手叫："三轮。"

一辆三轮驶过来，杨重双手托老太太腰，咬牙用力一举："起！"把老太太稳稳地塞进车座。对三轮车夫说："甭不好意思要钱，下一千你都对不起这位夫人。"

"可北京就没有价钱合理的地方吗？"老太太在三轮车上还抱怨，"白上一回街一分钱也没花出去。"

"我再给您留心打听。"杨重在马路边上向老太太致敬，"听说政府要采取措施了，有希望。"

老太太乘着三轮一溜烟走了。

杨重看了看表，倏转身向另一个方向匆匆而去。他边走边把眼镜摘下来揣兜里，系上衬衣领扣掏出条艳红的领带花哨地打上，又满身上下摸兜，最后找出一朵皱巴巴的红花别在胸前。

这时，他已经来到了一个艳俗艳俗的大饭庄门口。饭庄门口站着一群艳俗艳俗的新郎新娘。其中一位尤其艳俗的老姑娘已经十分焦急了，一见杨重立刻浓眉倒竖，用刘秉义都相形见绌的嗓子喝问：

"你怎么才来？合同上不是规定了要提前十五分钟到达结婚现场？"

"你扣我百分之十五吧。"杨重上气不接下气地说，没顾上多解释，立即站到新娘身旁的工作岗位上开始勤奋工作——新娘的第一个女友已经到了。

他们和饭庄门口其他新郎新娘一起向各自的前来赴宴的亲朋好友作揖欢迎。

"祝贺祝贺。"

"同喜同喜。"

满面笑容一片殷勤充满喜悦。

"我深深地爱着你，这片多情的土地……"

马青哼着小调走到饭庄门口，走过去又转回来，瞅见台阶上的杨重，似曾相识又不敢相认，打量着判断着往最坏的地方想了半天仍然难以置信。

杨重偕着新娘转过身，新娘的手从背后找着杨重的手拉着往自己的腰侧搂——杨重够了够手勉强搂住新娘的腰。二人一同进了饭庄。

马青跳下栏杆，奔到饭庄临街窗前，扒着往里看。只见杨重坐在好几桌老姑娘中间，风度翩翩地笑着，一杯接一杯喝着酒。

大家起哄，新娘蛮大方地迅速在杨重脸上亲了一下……

照相馆拍照室里，杨重涂着红脸蛋拥着身穿白纱裙手捧一束塑料花的新娘站在推车式照相机前，背景是大海高山和白云，山上有花，海里有浪，两边各有一排照明灯烤着他们。

"再给女同志垫两块砖。"照相师从照相机后面的黑布罩里钻出来指挥说。新娘迷人地笑。

"男同志脑袋往女同志那儿靠靠，眼睛睁大点——让你睁大点眼睛没让你张大嘴。"

"没法再睁了，长的就是丹凤眼儿。"

"丹凤眼儿就丹凤眼儿吧。"照相师咕哝着，挂好底片板，举着快门说，"照了啊，笑，笑开点。"

"喀嚓"一按快门，"噢——"众人哄。

新娘拉杨重来到场子中间，做欢跳华尔兹状，二人像两朵大花瓣似的左右开放着，侧脸对着镜头笑。

"噢——"再哄。

"如果我再给你加百分之十五，"新娘意犹未尽地说，"你愿意增加一服务项目吗——入洞房？"

"我们卖艺不卖身。"杨重严肃地声明。

"真恐怖！"

小酒馆里，马青对疲惫不堪坐在他对面的杨重说："说实话我没想到你堕落到这种地步。一个人怎么能这样呢？就算不求有功，总得但求无过吧？人家会对咱们新一代青年怎么看？"

"你就别批评我啦，你也是乌鸦落在猪身上，光看见我黑了。"

"你就别一个人混啦。"马青语重心长地说,"咱们还是一起混吧,人多力量大,敢教日月换新天。人心齐泰山移蚂蚱还有四两肉一个萝卜一个坑咱们怎么就不能从无……"

"……"

"我们大伙儿可都特想你,特需要你。"马青盯着杨重说。

杨重仍是不语,只是一个劲儿用手搓着被新娘锛过的那半拉儿脸。

马青叹口气:"唉——我知道你是伤心了,不愿意再跟宝康那号人打交道了。可问题是天下哪有干净人?你给我找一个响当当洁白无瑕确实值得咱侍候的人我跟你走!我投奔你!——方言他们相比之下还是不错的,起码人家承认自己是流氓,除了打麻将不动别的坏心眼儿。不贪污不受贿不逼着大家学这学那的——这就好合作。"

"你究竟是想当作家啊还是决心当麻将运动员?"

"当然作家了。"我对安佳正色道,"专业作家业余麻将运动员,这还不明白?"

"没法明白,你可曾写一个字了麻将倒打得昏天黑地。"

"你真是不明白。我那哪是打麻将我那是手上打着麻将心里琢磨小说。这不,八个长篇的构思都出来了,再酝酿几天就同时上马了。"

"你也别八个长篇了,你先弄个微型小说——真写出来给我看看。"

"短期行为是不是?急功近利是不是?"

"方言!"有人在楼下叫,"方言!"

我停止和安佳斗嘴，踱上阳台往下看，见吴胖子马青杨重在楼下仰着脸儿。

"下来，"吴胖子说，"开会。"

我回到屋里对安佳说："瞧瞧，这可不怨我吧？想寂寞点环境还不允许。"

一进吴胖子家我就第一个去拿麻将匣。

"别急芶芶的。"吴胖子说，"咱们先说点正经的。"

"好好，说正经的。"我把麻将匣搂在自己胸前，"有什么正经的？"

"杨重准备参加咱们一伙儿。"马青说。

"参加吧。"我说，"再找一个咱们就可以开两桌牌了。"

"他有些想法儿，把咱们的事儿煽起来。"马青转脸对杨重，"你自个儿说吧，我也学不好。"

"我先问一句。"杨重瞅瞅我，又瞅瞅我怀里的麻将，"咱哥几个是真想干番事业呢还是就起一道哄？没别的意思，就为好掌握这分寸。事业有事业的办法，起哄有起哄的办法。"

"管阴沟不叫阴沟叫地道——当然是干事业了。"

"不是，我在这里解释一下啊。"于观插话说，"杨重我们都是特好的朋友，有什么话完全没必要藏着掖着。"

"真是干事业。"我看刘会元吴胖子，"再不能这么混了。"

"确实是想干事业。"他们俩一起说，"不想混了。"

"咱跟哥们儿是不是就别装了，留着劲儿冲外人使去。"马青说，诚挚地望着我。

"好吧，那咱就打开天窗说亮话。"我极诚挚地看着杨重，"我们就是起道哄。"

"干事业您找别人。"杨重说,"起哄交给我,保证还给您哄好。"

"那就哄吧,哄得越大越好。"

"我是这么想的。"杨重有板有眼地说,"既是起哄咱就得像个起哄的样子,哄得专业点,该成立组织就成立组织该刻公章就刻公章。一人来个小证件,一人来打小名片,一人来身新衣裳,到哪儿一站,证件一掏名片一送,站有站相,坐有坐相,横竖怎么看都像那么回事。"

"同意,就这么办吧。"

"杨重认得很多人民币砸手里的人。"马青说,"急得直哭,恨不得一晚上把钱全撕喽。"

"好啊,他一人花不动咱大家帮他花。这方面在座的都具备很好的基本功。"

"可有一条。"杨重说,"人家扔钱是要听响儿的。得有好名分,花多少不在乎,得花得有道理。"

"赞助艺术家这名分还不够好道理还不够多?咱们有组织嘛,有证件嘛,你信不过我还信不过我们组织?"

"是这个理儿,所以说成立组织是首要的。"杨重说,"再有,咱们还要和文艺界广为联络,最好有个活动地点。大家到那儿可以吃呀喝呀砍呀,谈谈艺术,交流交流创作信息。"

"那就搞个沙龙,买几套桌椅几斤茶叶。"

"我也是这意思,如果大家没意见,我立刻就着手办了。"杨重说,"地儿我都看好了,我们家街坊有个小厨房,盖的是永久性的,洋灰顶子水泥地一砖到底,地儿也够宽。都站着能塞十来个人。"

"最好再找几个漂亮妞儿。"吴胖子说,"招待大伙儿。"

"那是必不可少的。"杨重说,"这我已经考虑在内了。"

"这些事我和杨重已经跑起来了,已经进入到具体安排了。"马青说。

"'三T'公司的老班子是过硬。"我夸道,"我们做梦想想的事儿你们全当真事办了。"

"咱们成立组织,申领营业执照能批下来吗?"刘会元问,"你们工商局有人吗?"

"这好办。"杨重回答,"'三T'公司原来有照,现在成立新组织不用另起新照,到工商局改个照就行了,把名称换一下。"

"对了。"我说,"咱要成立个新组织你们打算叫什么呀?"

"起个鸟的名字吧。"吴胖子说,"别致一点,白头雕信天翁什么的。"

"鸟不好,我的意思还是起个走兽的名字,咱们都属于走兽。"我说。

"獾?"于观说,"獾怎么样?要么猞猁?"

"还是不要找太熟悉的动物。"杨重说,"太熟悉的动物习性广为人知容易让人把咱们的所作所为和该种动物等同起来引出寓意。"

"我看咱们找个不三不四的动物,非驴非马谁也不好说是什么。"刘会元说,"海马!海马怎么样?有个马名但从不四蹄生风一贯暗地游着走。"

"就海马吧。"我说,"挺好,'海马创作中心'。"

"海马海马。"大家同说,"就海马了。"

这时,丁小鲁推门进来,见坐着一屋子人转身要走。

"回来回来。"吴胖子叫,"你还不赶快归队,我们这儿已经有组织有纲领了。"

"什么乱七八糟的。"丁小鲁看见杨重，笑着说，"杨重你也混这儿来了？我一向以为你是好人。"

"我跟他们学学坏。"杨重说，"别让几位老师绝了后。"

"谁跟谁学呀？"我们一帮人笑着说，"我们全跟你学坏了——本来挺好。"

"说正经的说正经的。"马青嚷，"待会儿再聊。"

"就是丁小鲁没正经的，一进来就搅。"大家转回话头，"咱们继续说咱们的。"

"你也坐下来听听。"于观拉丁小鲁，"别忙着走——回去你也没事。"

"像你们！"

"再有件事也得大家议议，我和马青没敢做主。"杨重说。

"跟真的似的。"丁小鲁笑，"你们能有什么正经事？"

"别搅别搅。"我制止丁小鲁，对杨重做倾听状，"吗事？"

"我和马青奔这儿来的时候，在礼士路口电线杆子上看见一帖子。"杨重道，"说有一杂志办不下去了，招人承包，爱登什么登什么一概不管只要赚钱。"

"我们想揭来着。"马青补充说，"当时我们就想，既然咱搞文学，手里有个杂志不挺好？又怕哥几个嫌办杂志累，你们是作家，稿子还得你们写，心说还是回来先跟你们商量商量吧。"

"这杂志要接过来稿子就得我们哥几个写？"我看看刘会元和吴胖子，他们俩跟我面面相觑。

"难吗？"杨重不解地看我，"这写小说不就是把汉字串起来吗？我要没事我也写了。"

"是，你说得也对。"我说，"那就揭吧，把榜揭了。"

"登不了字书还不能登连环画吗?"于观说，"不怕。"

"那我们可得立马走了。"杨重叫上马青站起来，"别让人捷足先登。快去快去。"大家一起送他们。

丁小鲁在一旁笑，瞅着我们大伙儿笑，我脸一红，讪讪地对她说：

"有点历史上今天的感觉是吗?"

"有点儿。"丁小鲁笑着说。

四

那小厨房的确是个非常像样儿的小厨房，在全市的小厨房里也是数得上的。我们第一次去的时候非常激动，因为你根本拿不准在那儿会碰见什么人。

我们在去小厨房的路上遭了雹子。

出门的时候天气很好，地上刮着晚风，天上挂着晚霞什么的，谁都没想到这中间会有什么变故。

我们挤在公共汽车里蹒跚前进时天仍然很好，周围互相贴在一起的男女老少身上都散发着臭汗味儿。接着，眼瞅着天迅速阴了下来，一团团乌云低而浩荡地从高大建筑物的顶端疾驰而过。大家都说："真凉快真凉快，快下场雨吧，要不麦子该旱死了。"

我们下了公共汽车时还很乐观，尽管街上已腥风四起，行人抱头鼠窜，我们仍认为不过是场能湿地皮的雨。吴胖子还仰天呼唤："让暴风雨快点来吧!"

话音刚落，第一批雹子就齐刷刷砸了下来，回头再想回公共汽车，车已经开走了。

往前跑，前面倒是有一排商店，但等我们跑到，商店内外已挤满了中国人，狗都钻不进去。这期间，雹子一点没闲着愈下愈密，马路上白花花一片蹦着跳着四处飞溅着。最后把我们砸急了，确实走投无路，索性站住，脸红脖子粗地嚷："你砸死我们得了！"

有心地善良的大妈顶着雹子来劝我们："还是避避吧。"

"就不！"我们赌气地说，"让它砸，今儿它要不砸死我们我们跟它没完！"

当我们最终走进做沙龙状的小厨房时那模样儿十分悲壮，连马青都没认出我们，冲我们嚷，"你们哪儿的？"

"连我们都不认得了？"身子骨最硬朗的刘会元勉强挤出这句话，就一屁股坐旁边一人身上了。三个正坐着砍的人被我们挤走了。

"别走别走，一块儿坐，一人半拉。"我过意不去地对被我挤走的那位说。

"怎么回事怎么回事？"马青认出我们，杨重于观也忙从人群中挤了出来，扒着我肩膀，托着我下颏问，"被谁打了？"

我昏沉沉地往街上一摆头。

他们仨立刻冲了出去，片刻骂骂咧咧回来："没人啊？"

"都是游击队，那还不打完就跑。"一个姑娘愤愤地说。

"查查是哪部分的跟这一带活动。"于观对杨重说，"伏击咱哥们儿那还了得老百姓还不定被他们打成什么样儿呢？"

"没跑，准是二蛋子那伙儿。"那姑娘又说。低头问我，"你怎么样？要不要来点鸡尾酒？"

"非常需要。"

"这是美萍。"马青在一旁给我介绍。

"美萍是谁呀？光听说有美龄。"我接过一杯花花绿绿的液体，呷了一口，"扑"地喷出，"这怎么是广告色的味儿？"

马青忙扑上来捂我的嘴，"小点声儿。"对美萍说，"给他换杯不掺颜色的——噢，对了，你没见过美萍，她是新入咱们伙儿的，过去跟我们'三T'公司特熟。"

杨重从外边进来，一脸太平，对于观说："问清楚了，不是人揍的，遭了雹子。"

"天揍的那咱就没办法了。"于观说，"谁管得了天呀？"

"你们怎么净弄熟张儿？"我再次从美萍手里接过一杯无色透明的水，看她一眼说，"敢情我们成立组织光给你们解决困难了？"

"这人怎么这么说话？"美萍纯洁无邪地望着于观，"你们说的跟我想的怎么不一样？"

"刚遭了雹子，胡说八道的。"于观安慰美萍，"平时不这样——不老这样儿。"

"这我还觉得有点奔头儿。"美萍转身走开。

"丁小鲁在哪儿丁小鲁在哪儿？"随着一连串发问，一个端着杯颜色水的大脸女人奔了过来。

"丁小鲁没来。"于观说。对我们介绍："《文才报》记者。"

"那刘会元在哪儿刘会元在哪儿？"大脸女人没看我们，只是一个劲儿纠缠于观。

"刘会元在你屁股后头。"于观指正昏昏欲睡的刘会元给女士看。

"太好了，认识你真高兴。"女士拉起刘会元的手就握，"刚看了你《海马》季刊上的小说，写得真好。"

刘会元猛地惊醒，痴笑着站起来："你写得也好，我也刚看了你《河马》月刊上的小说。"

"我是谁呀?"

"谁知道你是谁呀?"刘会元一甩手，"嚯，手劲儿够大的。"

"随便聊聊随便聊聊，都甭刨根儿问底儿。"杨重出来打圆场。

"今儿来的都是什么人呀?"我看着周围神头鬼脸的一帮帮男女，问杨重。

"我也不知道。"杨重说，"反正就传下话去，让全市的人渣子今儿晚上到这儿聚齐。"

"你是方言吧?"大脸女记者笑眯眯地转过脸看着我，"你，我也早听说了。"

"是是。"我欠身和她握手，"有段时间我是表现不好，在社会上捣乱。"

"你们的小说我全看了，印象特深，我发觉你们都特有风格，同样的风格同样的思想同样的语言同样的篇幅同样的事件同样的题目。你们平时是不是常在一起交流?"

"是是，我们对生活看法比较一致，写出东西来嘛看上去也就有点相同，生活都是相同的嘛。"

"怪不得你们的东西都像一个人写的。"

"不不，这是误会。我们写东西时旁边都有监考老师，不许抄。因为题目相同内容也就不约而同了，大家都觉得《特深沉》这题目喊出了我们的心声，所以就决定创刊号出成《特深沉》专号。"

"下一期你们打算百花齐放吗?"

"我们考虑再三，还是决定出专号。"

"这期专什么号呢?"

"这期专号的题目长点语型上也复杂点，叫作:《我们是真深沉不是假深沉》。"

"看来你们是坚持走自己的路了?"

"嗯，不准备变，岿然不动认死理儿不管山下旌旗是否在望。"

"你们是怎么想的?"

"怎么想的?"我看刘会元吴胖子，他们都把眼睛往别处看，"你们是怎么想的?"我问他们。

"怎么也不怎么。"刘会元躲不过去，吭吭哧哧地说，"我们就这么活着、写着。"

"比较执着的那种。"吴胖子补充。

"我能和你们照个相吗?"女记者从包里拿出个傻瓜相机，给闪光灯充电，滋滋叫着。

"别了吧?"我说，"相就别照了，咱们就这么聊会儿，我们都不太上相。"

"照一张照一张。"女记者热情地说，"读者都想知道你们这几个长什么样儿——见你们之前我也特想知道。"

"也是一个鼻子两眼儿没多长什么。"

"来，杨重你给我们合个影儿。"女记者把相机递给杨重，往我们怀里凑，"还是照一张，读者看见人了就知道不是我瞎编。"

我把手搭在女记者肩上，冲着相机笑。

"都笑，别光方言一个人儿笑。"杨重举着相机瞄着说，"怎么按不动啊?"杨重直起腰左右看相机。

"噢，没过卷儿呢。"女记者跳起来，夺过相机过卷，又坐回我怀里。

"照了照了——照了!"杨重嘴里喊着一按快门,我们全体被晃了一下。

"咱们继续谈文学吧。"女记者讨回相机,对我们说。

"哎哎,你好,你也来了。"我跳起来,抓住一个正从我身边走过的男人,握着他的手,小声对他说:

"其实咱们不认得,但你得假装认得我,跟我说笑——别回头,后边人正看着咱们呢。笑,笑得再开点。"

那男人笑,我也笑,俩人相对傻笑,片刻,我对他说:"你可以走了。"

我钻进人群,找到刘美萍:"美萍,咱除了色水自来水还有别的什么喝的吗?"

"墙根儿那儿还有人家做菜剩的半瓶料酒。"

"料酒就算了。"我看着墙上挂的菜刀、漏勺什么的,问刘美萍,"这的人就这样儿还是你们布置的?"

"按原始艺术风格布置的。"

"噢,怪不得有所触动。"

旁边两个一模一样儿的大胡子正在和于观聊:"文学,就是排泄,排泄痛苦委屈什么的,通过此等副性交的形式寻求快感……"

"你丫太不对了。"杨重和马青一起来找我,"咱今天来就是砍文学的,你怎么能躲起来呢?"

二人把我押回女记者那里,刘会元吴胖子已经焦头烂额了,他们周围坐了一圈人。

"方言来了,让他说。"二人一起指我。

"文学就是痛苦——"我坐下,慢慢回忆着说,"得排泄,大大的快感，性交一样的……干活！"

"关键在于……"杨重谨慎地揭示。

"关键在于……"我仰脸望着天花板，"关键在于……得你操文学——不能让文学操了你！"

"你这得算高论吧？"一个戴眼镜的男青年说。

"算高论算高论。"马青替我回答。

"你们要把我拉到哪儿去？"我在夜深人静的马路上大叫大嚷。

一帮戴眼镜的男女学生有人乱往上冲并拦阻前来救我的刘、吴、马、杨诸将，有人拽着我胳膊用力往前拖，我使劲坐地上索性不走。

"我招你们惹你们了？连话都不能说了吗？"

"那你敢不敢到万人大会上去说——阐述你的文学观？"一个女学生指着我鼻子斥问。

"我干吗要到万人大会上去说？我怕见生人。"

"你敢不敢吧？既是真金何必怕烈火炼？"

"我不敢！"我理直气壮地说，"既是真金何必再用烈火炼——你别掐人呀！"

"非去不可非去不可！"学生们固执地要求，一齐动手拉。

"你们怎么这么倔啊？"我骨节咔咔响着哀鸣。

"小将们小将们。"于观闻讯跑来，对学生们说，"有话好说有话好说，别这么生拉硬拽，拽脱焊了到那儿他也说不出话了。"

"我们有办法叫他开口——只要到了我们那儿。"

"不能让他们得逞。"我隔着人墙对刘吴马杨们恳求，"你们快想办法。"

"我们确实也无计可施。"刘会元无奈地说,"咫尺天涯。"

"你们能保证他的人身安全吗?"杨重问为首的学生。

"最多扒两层皮自尊心受点摧残,命还是能保住的。"

"闹!闹!"我一急,急出了英语。

"那你们就把他带走吧。"杨重同情地望着我,"好好去好好回来。"

"闹!闹!"我挣扎着,被学生们抬起,扔上一辆平板车,七手八脚绕了几道绳子固定住,飞快地驶去。

"这是什么地方?"我洋腔洋调地哆嗦道,"少管所?"

学生们把我从车上弄下来,几人架着,脚不沾地儿地拖进一个四周挂着帷幕的黑屋子,松了绑。

我立刻四处乱跑,但所有门都被学生们堵住,一齐大声发啸:"去!去去去!"

我无处逃遁,只得向唯一一扇无人把守的门跑去,冲出门外,立时愣住了——台下黑压压一礼堂学生见我出现,立刻哈哈大笑。

我想再折回那扇门里,门已从里面锁上了。我只得回过身来,看着台下的观众,镇静地露出微笑。

"哗——"台下一片掌声夹着笑声。

我看到台中央已经布置好一个讲台,麦克风,茶杯,一应俱全。

我慢慢走过去,台下的观众安静了,好奇地望着我。

"这么晚了你们大家在这儿干吗?"我问观众。

一片笑声,接着一片掌声。

"等我哪?"

又是一片笑声。有人大声问:"你是谁?来干吗?"

"我也不知道我来这儿干吗——我是被绑来的，不是自愿的。"

台下笑声更大了，有人吹口哨。

"你们都是学文学的?"

台下笑。

"看来不是我一个人走上邪路。"

台下大笑。

"那咱就谈谈文学吧，既然咱们搞文学的和搞文学的碰到了一起。"

台下观众笑得前仰后合。

"我是主张文学为工农兵服务的。"

台下一片嘘声。

"也就是说为工农兵玩文学。"

笑声四起，夹着口哨。

"像我们这些老一代的人，没办法……"

笑。

"忧国忧民成毛病了。从来不拿自己当人，要不为戴顶什么冠冕堂皇的帽子那简直是诸务无心一切都觉得没劲——没劲! 什么都没劲!"

台下笑。

"一辈子都是这么过来的，八十了你再叫我改，我改得了吗? 就这么老死算了。"

台下鼓掌。

"要依了你们，我这辈子不白活了吗? 让我一生的追求付诸东流? 我不干!"

笑声。有人问:"你多大了?"

"大到还没大到诲人不倦的地步，但诲人不倦的心是早生了根儿拿镰割拿锄刨仍然春风吹又生。"

嘘声。

"年轻人哪，你们是真不懂历史，难怪你们容易见异思迁。"

嘘声，夹着窃笑。

"几十年来，我们是怎么取得一个个成就从胜利走向胜利的？那就是始终如一支持玩文学的创作方针。"

笑声。

"我建议同学们重新学习古今中外文学史和文艺理论，写得多么清楚多么明白。不玩文学的人是没有出路的。从那时到现在，形势并没有起很大的变化嘛，不是喊文学要走向世界吗，不玩文学，诺贝尔文学奖会发给中国人？"

嘘声。

"看看我国现代文学宝库中的经典之作大师之作，哪一篇不是在玩文学？要有社会责任感嘛！我们是作家，作家是什么人？那就是人上人！总是比一般人机灵点高雅点背负着民族的希望充当着社会的良心指点着国家的未来。我们要不站在高处指手画脚品头论足上挂下连左右方向那全国人民是进退维谷不知所措求生不得欲死不能——那还不得活活憋死！"

嘘声更大了，有人在底下喊："去你妈的吧！"

"真的真的，我跟你们说的都是真话，你们不能瞧不起我们。说实在的我也就是不计较，你们正眼瞧我其实都是不应该的。老得这样——你们在台下我在台上。"

"不玩文学不行吗？"一个女孩子脸红红地站起来大声问了一句，又迅速坐下消逝在人群中。

"不玩文学不行？不可能不玩，非玩不可。"我回答。

"我们就不玩。"前排一群纯真可爱的女孩子说，"偏不玩。"

"那你们玩什么？"

"什么也不玩，见玩就跑。"

"家待着？"

"我们学西方现代派。"一个勇敢的女孩子说，"两眼一抹黑两耳不闻窗外事就在文学本体上倒腾先谓语后主语光动词没名词一百多句不点标点看晕一个算一个！"

"那你还是玩啊，只不过是玩的对象不同，玩给自己及其同类看。"

"那，那就算玩吧，可我们喜欢这么玩，不喜欢你那么玩，我们这么玩能玩出哲学来。"

"那随你便，爱怎么玩怎么玩吧。不过既然同是玩何不给多数人玩？"

"我们就爱跟精英玩。"

"问题是老百姓比精英更需要咱们跟他玩。老百姓多惨哪，咱们要不跟他们玩就没人跟他们玩。精英嘛，总能找着点自我陶醉的招儿，再不成看洋书解闷儿去。"

"我不同意你这个观点。"女学生慷慨激昂地说，"精英就不惨吗？看了一火车洋书，档次上去下不来了，前不见古人后不见来者，一壁萧索拔剑出门高山流水知音难觅怆然涕下那是轻的一头撞死那也说不定。"

"由此可见呀，那根本不是你玩精英而是精英玩你。好的二道贩子是两头在外的二道贩子，欺负中国人的事认得三千字就干了看那么多洋书也是瞎耽误工夫。我多次在一些会上语重心长地讲：

什么时候也不能忘记百分之九十九，八亿农民三百万解放军稳住了天下就太平了。"

"噢——"台下一片哄声。

"你们要老这么起哄我可就不讲了。"

"噢——"台下仍是一片哄声。

"玩世不恭是不是？"我喝口茶润润嗓子，等哄声平息下来，"现在有种风气很不好，动不动就起哄，也不管人家说的是什么，有没有道理。"

"噢——"

"越有道理哄得还越欢。"

"噢——"

"在文学界内部也是这样，玩文学的和玩文学的打得最厉害，连点党同伐异的气魄都没有——越是玩文学玩得彻底的越是不承认自己在玩文学还对别人玩文学气得要死。"

"谁他妈关心你们呀！"几条嗓子在喊。

"骂吧，我让你们骂够了。骂人谁不会？我要骂起来比你们可花式多了。有理讲理，不讲理咱们就都不讲理。"

"到此为止到此为止。"绑架我的学生头儿跳上台，对我说，"你走吧，你还是挺真诚的。"

"我他妈当然真诚了！"我瞪眼，"我要不是真诚我早跟你们谈理想了。"

"操你妈！"一帮男学生挤到台前指着我骂。

"操你们的妈！"我一摔杯子破口大骂，"你们他妈有本事打死我！"

"算啦算啦，别跟他们斗气儿。"一群温和派学生上台劝我，拉着我。

"谁他妈也别想跟我这儿装大个的——我是流氓我怕谁呀!"

我甩开众人,拂袖而去。

五

那景色很美,但我只认得雪松和丛柏以及飘飘拂拂的垂柳,至于那些栽在地上种在坛里的花儿一概叫不上名儿,只笼而统之地分辨得出红黄绿粉有个姹紫嫣红争奇斗艳的印象。

安佳抱着扣子站在花丛前嬉玩,扣子伸出小手去弄花。阳光照在花园里,使人和景物都显得明媚动人。扣子几乎被阳光照得透明了,娇嫩欲滴,在花朵前咯咯笑着露出两颗洁白无瑕的小牙,天真无邪,无忧无虑浑然不知人事——令人不忍久视。

"生活多好啊。"我迎着阳光眯起眼,喃喃自语,"真想为扣子跟谁拼了。"

"肉麻什么肉麻什么?"安佳闻声回头白我一眼,"先跟你自个儿拼了吧。"

"扣子。"我走过去捧着她的胖脸蛋狠狠亲了一口,"你躲什么我有权利亲你……扣子,你爸学坏可全是为了你,让你以爸为镜长大到社会上谁是坏人一眼就能认出来——可怜天下父母心。"

"你唠叨什么?"安佳说,"坑了我一个还不够吗?"

"正是为了扣子别再重蹈咱们的覆辙嘛。"我慈爱地看着扣子,"扣子,听爸的,街上全是坏人——他们都叫你学好,好自个儿使坏。"

刘会元吴胖子嘻嘻哈哈地从路上走过,看见我,停下来叫我:

"摘花儿哪?"

"甭理我。"我对他们说,"关键时刻抛弃我,我记仇了。"

"哟哟。"吴胖子刘会元笑着说,"志气还挺大。"

"你要不去就算啦。"刘会元说,"今儿可是台湾人请客。"

两人往前走了几步,停下回头瞅着我:"给你个台阶儿下不下?"

"你要真有志气,"安佳抱着孩子说,"给梯子也不下。"

"都是朋友。"我说,"不下不合适,咱得让人觉得咱随和。"

我连跑带蹿地向他二人追去。

"怎么台湾人瞧上咱们了? 不是发展咱们当特务吧?"

"管丫的,统吃!"

"我不是,就盼着他跟咱们使美人计。"

大街上,马青手攥着一块蜡染花布蹲墙根儿下,刘美萍穿件五彩坎肩在他身旁待命。一见有外国旅游者走过,就把刘美萍撒出去,在洋人面前招摇一番。果然,一个金发碧眼穿中式对襟衫黑布鞋足有一米九的大老外被刘美萍嗅过来了,跟屁虫似的跟着她,叽里咕噜地说洋话。刘美萍只是妖妖冶冶地走,不时飞个媚眼儿,把他一直引到马青跟前。

"跟我说跟我说。"马青迎上去,"我懂不太流利的中国话。"

"这个,"老外指着刘美萍身上的坎肩,"卖吗?"

"人不卖,家伙卖。"马青抖开手里的蜡染花布,"这怎么样?见过没有?"

"好儿!"老外眼睛一亮,"哪里卖?"

"别忙别忙。"马青收起花布,"我明白您那意思。您不就是想买中国的宝贝吗? 我那儿有各式各样儿的,您跟我来吧,美萍,头里走。"

马青揽着大老外，指着一马当先往前走的刘美萍："咱跟着她，探宝去。"

"路多远？"老外看着曲里拐弯的小胡同犯蒙。

"拐弯就到。"

我们一行三人兴冲冲地迈进小厨房——海马沙龙。进门就找："台湾人在哪儿？台湾人在哪儿？"

正陪着大老外喝颜色水看花布的杨重转过身说："台湾人今儿来不了啦，改各国反动派了。"

我们仰脸看着高出一头的大老外发愣，大老外也看着我们犯晕。

"你不是就稀罕中国的宝贝吗——这全是中国最好的宝贝。"马青为我们介绍，"这是圣马力诺汉学家，哭着喊着要认识你们。"

"他，"我指指汉学家，"有饭吗？"

"就看你们的了。"杨重说，"人我们绑来了，砍得出砍不出饭就看你们临场发挥如何了。"

"他们要干什么？"老外指着我们问，"他们不卖花布？"

"不卖不卖。"马青把老外按坐在一张椅子上说，"坐下说别光站着。"

我们也分头坐下，傻呆呆地看着老外。

"别傻坐着，说话啊。"马青催促，"天南地北好容易碰到一块儿。见不着时想死，见着了又没话儿。"

"不知说什么好。"吴胖子说，"不知他爱听什么。"

"没话儿找话儿吧。"我说。比画着端碗拨食的动作，"好吃——中国饭?"

"好吃!"老外恍然大悟,露出微笑,"吃不够。"

"敢情这位也是饭桶。"我指指自己又指指他,"我们一起去吃——你请客。"

"你请客。噢,不好意思。"

"不,我说你请客,你有钱。"

"不好意思。"老外笑着摇头,"还是各吃各的吧。"

"A——还是你请客,我给你中国人的友谊。"

"就别老说吃了。"杨重插话,"说点别的,迂回点。"

"你,多大?"我比画着,确实无法表达年龄的形状,只好比着高矮。

"一米九。你哪?"

"我说年龄——年龄。"我比着下巴的胡子,又往下拉双眼,龇牙数着给他看,"几岁口?"

"他说什么?"老外看马青。

"咴!——"马青扬头做马嘶状,又龇牙冲老外,"他问你几岁口?"

"不买——咴——"老外也扬头嘶叫一声,"有笛笛。"

"树,知道吧?"杨重看不下去,插进来指外边的树,用手画着圈子,"年轮。"

"树?噢,知道。年轮也知道。"

杨重指我,又指老外:"他问你年轮——几圈了?"

"三圈。"老外伸出三个手指头,点点头,"你几圈?"

"也三圈。"我说。

"不。"老外不同意地举起四个手指头,"四圈。"

我急了，跳起来骂，"挤对谁哪你？"

"你别这样。"马青说我，"人外国朋友实诚，其实说你四张儿也没往高说。"

"他说什么？"

"他夸你呢，说你好眼力。"

"怎么看上去像骂我？"

"没有没有，我们中国人都这样儿，夸起来跟骂人也差不多——热情奔放。"

"那我们怎么分辨？中国人爱我们还是恨我们？"

"他们要跟您笑，那就是恨你；要冲您瞪眼儿，那就是爱你——不拿你当外人。"

"跟我们反着？"

"对，一概反着，连红绿灯都是反着的。上街您看见红灯就往前走，见着绿灯就赶紧停下来。"

"明白了。"老外冲我们瞪起眼，厉声说："我爱中国！"

"好，爱吧，咱们互相爱着。"我瞪眼冲他嚷，"你爱中国，我们爱圣马力诺。"

"那就去吧，我不是都来了！"

"还是你会说话。"

"看来这顿饭是没戏了。"刘会元对我说，"怎么都说不到一起去，谁跟谁都不挨着。"

"没人想到你们国家去。"吴胖子对老外说，"我们在自个儿国家待着挺好。"

"是的，我很羡慕。"老外说，"也就是在中国，在我们那儿没人成天这么坐着说闲话——饿死了。"

"那你们也革命吧，一革命就全饿不死了。"

"革不起来，反正也全饿不死，看你们革了。"

"看我们热闹是不是？就知道你们大鼻子都安的这心。"

"又夸我？不不，不要老夸我。我们做得很不够，比你们不如。你们把全国地主都斗了，我们也就是劫两架飞机，绑架个资本家。"

"你，你是干吗的——在你们国家？"

"在我们国家我是好孩子，在德国我是红军。"

"德国红军！"我们大惊失色，"恐怖分子？哎哟，怎么净碰上这人？我们还以为你是资本家呢。"

"又夸我？生晚了，没赶上你们中国红军革命的时候，只好就近入德国红军了。"

"你快走吧。"我们拉起老外往处推，"要不我们得把你扭送公安局，国际公约得遵守啊。"

"你们怎么这态度？"老外被轰出来，十分不满，"我们一向是只拣资本主义国家祸害。"

"我们今儿是等资本家呢，没等你。"我们轰走老外，关紧门，犹自心跳，"德国红军？那也是穷人的队伍了。"然后一起用眼瞧马青。

马青面无人色，连连向后退去："几位爷饶命！几位爷饶命！我这就再去上街，死活拉一资本家来。"

"再找来洋红军，可别怪我们不客气！"

"其实你们不明白，外国那红军也是有钱人。"杨重替马青圆场，"闹革命玩恐怖在外国都是有钱人的娱乐，时髦着呢。"

"不是你不知道我们恨极'左'分子？你讲话那是有钱人的娱

乐，咱穷人起那哄干吗？先富起来再找乐儿。"

"这人穷啊就是志短。"我说，"连革命的精神都打不起来——除非能靠这吃饭。"

"嘿嘿，你们可他妈来了。你们胡写乱抹一通全颠了，我和丁小鲁屁股都坐大了。"

我们一行刚进"海马"编辑部，正愁眉苦脸处理稿子的于观就嚷。

"方言你过来，你自己认认你写的这叫什么字？你写的这是汉文还是阿拉伯文？"

"别一见领导就叫苦担子就往领导肩上搁。"我走过去，"领导叫你负责编领导的稿子那是领导对你的信任领导也没闲着啊刚跟德国红军攀了回道……'柔'啊，领导写的这字是'柔'啊。连'柔'都不认得？还主编哪？虽说领导的笔画乱了点，大模样儿没走啊。"

"那我问你，这'柔持'是什么意思？"

"'柔持'就是特含蓄特有主心骨不太动声色的意思——'柔持地笑'吗——表示特风度。"

"谁'柔持地笑'？"

"我'柔持地笑'啊，面对困难，毫不在乎。"

"那字念'柔'吗？"

"不念'柔'也差不多吧。"

"那字念'矜'，告诉你——左边一'矛'右边一'今'。好好记住，下回别再现了，好歹也是个作家了。"

"有什么呀有什么呀？不就是个'矜'吗？秀才识字还识半

边呢。"

"你们俩也都过来看看自己的稿子，"丁小鲁叫吴胖子、刘会元，"你们那错别字不比他少。是不是小时候学字时跟的一个师傅？"

"急了我用英语写了。"吴胖子嘟哝，"写完了再翻译。"

"你们以后写稿子是不是认真点？"丁小鲁说，"咱这刊物是全国影响，太胡闹了不好。"

"我这已经很认真了。"刘会元趴着改自己的错别字，"再认真就没法看了。"

"噢，对了。"丁小鲁拉开抽屉拿出一封信扔给我，"这儿有你一封读者来信，昨儿收到的。"

"男的写的女的写的？"

"看这名像女的，郑文文。"

"念念念念。"吴胖子一把夺过信，"看写的什么。"

吴胖子抽出信，展开，一看，先乐了："亲爱的方大哥，你好！"

屋里人全笑了。

"这叫什么称呼啊？"我笑着说，"直接套'瓷'。"

"可能您不认识我……"

众人又笑："这不是废话吗？"

"可我认识您，当然还不能算真认识，只是刚从您的作品中和您发生了一点关系。"

"瞧瞧，这就发生上关系了。"刘会元说，"要不说快呢。"

"我是第一次读您的作品。"

众人笑："没法不是第一次，早先读的都是别人的。"

"第一次读就喜欢上了。"

"嘿，要怎么说勾人呢?"众人笑。

"我发觉您特有才气，观察事物特仔细，对话虽少，但一对就对在我们心坎儿上了。"

"夸的路子，现在这人全是夸的路子。"众人大笑，相视点头，"都知道这话儿人家爱听。"

"下面准是:'我这不是夸你。'"

"我这不是夸你……"

大家哈哈大笑:"还不是夸呢!"

"听着听着，别闹。"我制止大家。

"哟哟哟。"众人瞅着我笑，"怪严肃的，是不是也被别人'对'到心坎儿上了?"

"……是我的心里话。"吴胖子接着念。"其实我平时也挺傲的，别人都说我瞧不起人，但我一看你的作品……"

"就瞧上你了!"众人一起笑着说，"这回可逮着一个可以瞧的了。"

"你是不是很年轻? 从你的作品中我感觉到你很年轻。"

"年轻年轻。"我笑着说，"不但年轻还有为。"

"我也很年轻。"

"瞧，年龄还挺合适。"众人笑。

"也爱好文学。"

"有共同爱好。"众人笑着说，"看来不发生点关系真是不应该了。"

"——但没写过什么东西。"

"不碍事，你这方大哥也没写过什么东西。"

"——我想拜您为师。"

"好好，这方大哥早想收徒弟倒贴还没人上门呢。"

"——您能不能教教我?"

"能教!"众人一齐说，"方大哥不但能教还爱手把手地教——就怕你不好好学。"

"哄我是不是?"我说，"你们这么起哄我可脸红了。"

"赶快回信吧。"吴胖子把信扔我怀里，"我也不念了，下面那词儿我看着都害臊。"

"你害什么臊?"大家笑吴胖子，"跟你有什么关系?"

"不是，我就觉得气愤，对个鸡巴作家就这份儿德行，将来真见着敌人还不得当场跪下?"

"你打算给这主儿回信吗?"于观问我。

"回!"我说，"你顺手给我写吧，'我倒不担心别的，主要怕你不够漂亮……'"

大家哄堂大笑，互相感慨着:"坏，这作家是坏。"

"嘿嘿，你找谁呀? 怎么进屋门都不敲?"吴胖子冲一个走进屋东张西望的老头子说。

"我找方言。"老头儿说，"你们这儿是'海马'的窝吧?"

"你是谁呀?"我问老头子。

"我是古德白!"老头子一字一顿掷地有声地说。

"谁认得古德白呀?"我问大伙儿。

大伙儿都说:"没听说过。"

"噢，我听说过。"丁小鲁站起身冲老头儿说!"您就是那个写过'狂飙为谁从天落'的古德白?"

"《狂飙为我从天落》。"

"对对，'狂飙为你从天落'。"丁小鲁对我们说，"你们没看过吗？那书多有名啊，八路军里认字的一多半都是看了那本书从家跑出来的。"

"是吗？"我们看着老头儿肃然起敬，"敢情三座大山是你推翻的。"

"古大爷，您坐。"我把自个儿的椅子让给他，"您找方言干吗呀？"

"找他算账。"老头子坐下说，"他讽刺我。"

"我什么时候讽刺您了？我连一分钟之前有你这人都不知道。"

"他就是方言。"丁小鲁指着我说，"有什么苦水您只管倒。"

"你就是方言？"老头子跟我上下犯照，"你丫有什么了不起的？"

"你丫有什么了不起的？"我也跟老头子犯照。

"你丫不就两肩膀扛一脑袋吗？再加上俩胳膊俩腿——挺一般的人。"

"你六指儿一个给我看看。"

"我还真不信这个。"

"再来劲我把你丫脑袋揪下来。"

"别吵别吵，方言你对老人尊敬点。"丁小鲁解劝说，"古老您也别动气。到底怎么啦？有什么话儿慢慢说，方言怎么讽刺您了？"

"怎么讽刺了？万人大会上说我玩文学，什么'现代文学宝库中的大师之作哪一篇不是玩文学？'这话是不是你说的？"

"说你了吗？"

"还非得点名是怎么着？现代文学宝库中的大师除了我没别人。你没说我说谁呢？别跟我来这套，大爷心里明镜似的，哪天不开几次座谈会？开了一辈子了，别提座谈会，一提座谈会就跟我有关系。"

"他那是夸你们呢。"丁小鲁解释道,"说你们路走得对,要跟你们学。"

"不中!夸我们咋还说'改不了''老死算'什么的。"

"您这都是打哪儿听来的?还怪详细的。"

"你以为你说说就完了?早有人把小报告打给我了。别看我上了岁数,谁在哪儿说了我什么我全竖着耳朵听呢。你说怎么办吧?你损害了我名誉,犯了诽谤罪——全世界都知道我玩文学了。"

"全世界都不干别的,光关心你?"

"反正你要不公开道歉,赔偿损失,我就上法院起诉。"

"你是不是玩文学吧?"

"不是!我一辈子辛勤笔耕从来都是教大家教咱们的人民充满理想无私奉献艰苦奋斗情操高尚做个完人甚至不惜编一个完人在作品里叫大家学——我怎么就玩文学了?"

"你这还不是玩文学?古大爷,确实我这么说有点不尊敬您,但要不这么说,我看您到了也明白不过来。您当您还小啊?编点瞎话说说大家还能原谅您?您也是一把岁数土埋脖梗子按老话儿讲棺材瓤子了,还不学着说点老实话办点老实事当会儿老实人您也不怕……"

"我不怕我什么都不怕!人死灯灭,物质不灭,当初上这条道我就早把脑袋掖裤腰带上了。"

"您是黑了心了,一点不考虑下一代,只管上下两个'巴'痛快!真的,我恳求您了,再不能这么不负责任地蒙骗下一代了。社会都进步到什么阶段了?谁当好人谁吃亏!您不趁临死前传点坏招儿现身说法还一个劲儿赶着大家闭眼往悬崖下跳——您也太玩世不恭了，古大爷。"

"有什么呀有什么呀？别跟我说这个，我什么都不听什么都不信——我算看透了，想客客气气的，什么都办不成，该恶就得恶！你等着，我收拾不了你，我还不姓古了。光你们有哥们儿？我们也有哥们儿，哥们儿之间也仗义着呢！"

"都是流氓。"丁小鲁对于观说，"我算看出来了。"

"不服是不是？"老头子盯着我，"不服抽你丫的。"

"甭报警。"我按住丁小鲁拿电话的手，"这种流氓是不怕警察的。"

"识相点。"老头子挑着寿眉说，"别找不自在。要想还在这道儿上混，就得懂规矩。否则，砸了你的铺子，远远撵出去！"

"我认栽。赔礼道歉，赔偿损失。你还有什么要求吧？我全答应。"

老头儿走后，大家纷纷安慰我，劝我别往心里去，就权当咱们真错了，古德白骂对了。

"我不生气。"我说，"小流氓栽老流氓手里不丢份儿。"

六

"这屋怎么看着宽绰了？"

"美萍家小厨房也腾给咱们了。"杨重对我说，"各庄的地道连成一片了。"

"你真幸福。我真羡慕你。"我一边巡视着扩大了的沙龙一边对陪在一旁的刘美萍说，"不是谁家的厨房都能改沙龙的。"

"还是惨点，对不住大伙儿。"美萍诚心诚意地说，"快了，我爸没几天了，他头脚咽气后脚我就让你们搬正房。"

"没关系，斯是陋室，惟吾德馨。"

"对对，人好就行。"杨重说，"你瞧咱请来这些人一个赛一个德行。"

按常理儿，我应该用灯红酒绿郎才女貌什么的来形容沙龙里的气氛及其宾客，但如此形容，我怕是要逃不掉恬不知耻的谥称。我们的文学总是不真实，我们的汉语大都不严谨，稍一铺陈，便与目睹事实相去甚远，未免令知情者贻笑大方。索性啰唆点，粗白点，反正我的才气也是有目共睹，不必在这一段落炫耀。

红灯是有，只一盏，就是那种业余摄影爱好者洗相片用的涂红漆的十五度灯泡，挂的位置类似公共厕所同时照耀男女双方的那种地方。酒完全不是绿的，是不是酒也大可怀疑，最有可能的是酒精兑"三精水"，一打一跟头炮弹似的——盛在绿瓶子里。郎们才不便妄作结论，的确有长头发也有秃脑门和大胡子，谈的倒都是艺术，微笑也很得体。如果宽泛点谈艺术就不易，考虑一下人家长得如此绝望实在不该再落井下石，归入才子一类也情有可原。女士们……如果不便无礼，这么说吧，比男士们稍好一点。看得出来走上这条道也是别无选择。公正地讲，不承认先天不足后天多少能有所弥补，那不是科学的态度。

分布状况是仨一群、俩一伙儿。那精神状态，那眉宇间流露出的神情皆为上等人的感觉，这点毫不夸张、货真价实。大言不惭的尽管普遍，落落大方的也比比皆是——如果你不恶毒地管这叫"觍着脸"的话。

"说实在的，你们对现代派文学的认识是非常皮毛的。"宝康对刘会元诚恳地说，"兄弟搞了一生现代派还没入门——不瞒您说。"

"是是，咱们都还在苦洼子里扑腾呢。"刘会元也同样极诚恳地说，"方言他也是胡说八道，穷开心，有枣没枣三杆子，人堆里抡板子——拍着谁是谁。您千万别往心里去，该怎么摸索怎么摸索，只当没他这人。"

"不是，你不知道我这人特脆弱，特别受不了同一阵营中射来的冷箭。咱都是苗苗，都需要阳光雨露。咱苗苗之间应该互相浇水互相上肥互相躲锄板子，不能互相盼着老农先把对方间了苗。"

"对对，方言他太不对了，我得跟他说说，他这是帮了谁的忙?"

"跟他说说，农民起义还知道先得了天下再内讧。"

"对对，先合力攻打官军。说实话，我比较了解方言。他那是嫉妒。自己写不了，就拿大师之作对照着挑后生们的疏漏，借维护正宗之名行扼杀新进之旨藏自己不能之实——老一套。"

"对对，咱年轻人都挺纯洁的，别学那老文痞的作风。"

"对对，等咱老了，咱再压制年轻人，不许他们冒头。"

"对对，那时咱们也德高望重了，也大大小小满视野了，再痞也没人敢管咱们叫痞子了。什么现代新潮先锋都是咱们玩剩下的，只要不改外语写作，写什么咱都告他'狗剩儿'。"

"咱只培养文学女青年。"

"不不，一概打下去，那会儿咱肯定老得什么也啃不动什么也不爱吃了，天鹅肉端到嘴边也是干流口水馋着有劲使不上。"

"不不，还是培养女青年，干不了别的，摸摸手巴掌，捏捏辫梢儿总是可以的——那会儿就好这个了。"

"就依你，弄成台湾那样，牝鸡司晨。"

"你们台湾有什么呀？你们香港有什么呀？"吴胖子对站在他面前一个简朴的台湾女士和一个油亮的香港男人唾沫星子四溅地大声奚落，"弄着一帮半老徐娘在那儿言着情，假装特纯假装特娇，一句话就难过半天，哭个没完，光流眼泪不流鼻涕，要不就是一帮小心眼儿的江湖术士，为点破事就开打，打得头破血流还他妈大义凛然，好像人活着不是卖酸菜的就是打冤家的——中国人的形象全让你们败坏了。那点事儿也叫事儿？就欠解放你们，让你们吃饭也用粮票。"

"对对，还是你们作品深沉，我们无病呻吟。"台湾女士说。

"别挤对我们，就跟你们在这儿我们幸福过似的。"

"我们？"

"对，人们，国民党——愣不知道国民党是怎么去的台湾？"

"噢，不知道。"台湾女士摇摇头，尴尬地笑。

"中学课本没有？"

"没有，现代史一九四九年以前是空白。"

"不好意思？敢情国民党脸皮儿也薄！我给你上一课吧，说实在的，你们当年但凡有点人样儿……"

"别你们你们的，国民党就是国民党，我也不是国民党。"

"就全当你们是国民党！你们不还全当我们是共产党吗？是不是马青？"吴胖子转脸对马青说，"不能跟他们客气对不对！"

"不能！全部划入匪类。"马青斩钉截铁地说。

"别跟我们历史唯物主义者面前玩里格愣。国民党也就是幸亏及时跑了，要不尿盆子也得扣他们脑袋上。有一个好人没有？"

"可是国民党在台湾搞得还是不错。尽管政治黑暗，但经济还不错，有人还是拥护国民党的。"

"他还不改呀？换了我也知道吃一堑长一智。"吴胖子说，"还老样子那太破罐破摔了——这就快成千古罪人了。"

"回去跟你们李登辉说，"马青冲台湾女士交代，"好好在岛上过日子吧，别老想着三民主义统一中国。统一了有什么好啊？十亿人都找你要饭吃你有那么大的饭锅吗？"

"不服就让国民党来试试——吓死他！我信那个！中国这块土地谁敢来改变颜色？谁来就让谁遗臭万年。别人不了解中国，咱们还不了解中国？混多少年了？"

"看来你们对民族前途十分悲观啦？"

"悲观？——一点不悲观。百足之虫，死而不僵。有什么说什么，要说全世界各民族让我挑，我还就挑中华民族，混饭吃再也没比中国更好的地方了。凭什么说我们一无所有？我们也有很多优越之处。说实话，能让我们瞧得起的民族还不多呢！不就是才过上二百年好日子吗？有什么呀？我们文明四千年了，都不好意思再文明下去了。"

"要不说中国人谦让呢。"马青接着说，"所以我特喜欢这民族。说实话这里也就我一个外国人，回民，阿拉伯人。"

"你是回民？"台湾人瞪大眼睛看马青，"阿拉伯人？"

"种儿是早叫你们汉人串了，除了眼珠子还有点波斯猫那劲儿，鼻子狐臭什么的全改了。"

"你什么时候来的中国？"

"他早啦。"吴胖子说，"那会儿咱还是唐朝呢。那会儿咱们是美国现在这感觉，外国人都奔咱这儿移民，咱们是杂种。你瞧那边站着那杨重没有？那是犹太人，也是头八百年就来了，憋着跟咱这儿淘金受教育呢，来了就不爱走。你以为咱这十亿人都是咱汉族大姑娘养的？多一半都是外国人。这会儿瞅着外国人眼儿热了？自个儿本身就是外国人全忘了。"

"你回过故国吗？"台湾女士问。

"没有。"马青说，"老家也没人了，回去也让人当外国人歧视。要不说没根呢，寻都没地儿寻去。"

"这就是杂种的悲哀。"

"一个外国人，为了中国人民的解放事业，老家有石油都不回去钻去，生陪着中国人混，有难同当，有福不享，这是多么伟大的情怀——你们中国人再不爱国那可太不应该了。"

"真是，咱们海峡两岸的中国人快握握手吧。"吴胖子和台湾女士握手。

"还有我们香港呢。"香港男人忙伸出手，"我们香港人也是中国人。"

"你们就算了吧。"马青说，"很难说你这样的是什么人。"

"啊，我们香港和内地台湾的情况都不一样。"

"不一样就对了。赶紧巴结我们离台湾远点儿，否则看我们怎么收拾你。"

"这样吧。"吴胖子指着两个海外中国人说，"你们两家一家给我们每人出本书吧，稿费开高点，用你们的货币支付，到时候我们也好为你们说话，不搞满门抄斩。"

"只怕你们的书在我们台湾也得被列为禁书。"

"没关系，我们给你们写就不写这种过激的书，用我们这儿的话讲：反动黄色。"

"放心。"马青对两位不同的"胞"说，"有写这个的，甭你们的党棍动手，我们就先把他掐死。这全是多面手，'四人帮'回来也难不住我们。"

"不要认真，不要认真。"香港人对台湾人说，"他们这是开玩笑呢——你们是在开玩笑吧？"

"你错了，你们全错了。我们从来不开玩笑，说的都是真话。"

"你不了解大陆。"香港人一个劲儿对台湾人说，"我经常回来，比你了解。大陆现在很开放，年轻人要不说点过头话就不时髦。"

"你们要老跟我们打岔，不办实事，"马青说，"那我们只好以武力相威胁。"

"我下一篇小说的名字叫《千万别把我当人》。"我郑重其事地对几个洋人说。

洋人嘻嘻地笑："为什么？为什么叫这个名字？"

"主要就是说，一个中国人对全体中国人的恳求：千万别把我当人！把我当人就坏了，我就有人的毛病了，咱民族的事就不好办了。"杨重替我解释后转向我，"是不是这意思方言？"

"是这意思。"我点头，"现在我们民族的首要问题还不是个人幸福，而是全体腾飞。"

"为什么？"洋人不明白，"全体是谁？"

"就是大家伙儿——敢情洋人也有傻×。"我对杨重说，"什么都不明白。"

"嗯，他们傻着呢。"

"我们中国人说的大家伙儿里不包括个人。"我对洋人说，"我们顶瞧不上的就是你们的个人主义。打山顶洞人那会儿我们就知道得摽着膀子干。"

"你写的，就是，人民一齐飞上天？"洋人做了个夸张的飞翔姿势，"怎么个飞法？"

"拿绳拴着——我写的不是这个，我写的是一个男的怎么就变成了一个女的，还变得特愉快，特高兴。"

"嗯，这个在西方有，两性人，同性恋。"

"傻×，噢，对不起对不起——我写的不是这么回事。既不是两性人又不是同性恋，就是一爷们儿，生给变了。"

"为什么？我不信。"

"你是不信，要不说你们这些汉学家浅薄呢，哪儿懂我们中国的事儿啊？骗了！为民族利益给骗了！"我比画着对洋人嚷，"国家需要女的。"

"为什么？女的哪儿去了？"

"真他妈累——女的哪儿也没去，都在，都没用！就瞧上他了，希望他代表妇女。"

"为什么？他长得漂亮？"

"算了算了，杨重你跟他说吧，我歇会儿去。"我走到一边。

"不是他长得漂亮，而是他有特殊本领，这特殊本领一般女的没有。"杨重比画着拳击动作，"拳击，懂了吧？派他和你们玩拳。"

"懂了。西方也有，拳击。"

"懂了就好。"我走回来，"跟你们说话真费劲。"

"为什么？让男运动员装女运动员？"

"又来了不是？为了赢你们呗。"

"他答应了？"

"答应了，组织上做了工作。"我指指脑袋，"这里面——通了。"

"噢，洗脑了。"

"什么洗脑啊？思想工作做通了！心情愉快了——干什么都可

以了!"

"噢,原来你们的女排都这么训练出来的。"

"哎哟,这可不是,你别瞎说。我们的女排女篮女乒都是正经八百的娘儿们,我那是小说,说笑话儿。告诉大家,只要你不把自个儿当人就没人拿你当人找你的麻烦你也就痛快了没有迈不过去的坎儿。"

"你这个小说一定通不过审查。"洋人斜着眼儿看我,"反动。"

"一点不反动。"我哈哈大笑,"岂止不反动,还为虎作伥呢。"

"我不跟你说了。"洋人拔腿往别处走,"没正经。"

"你回来你回来。"我拉住洋人胳膊,"我怎么没正经了?"

"嗯,不严肃。"洋人瞧着我遗憾地摇头。

"我怎么不严肃了?没写德先生赛先生?"

"你鼓吹像狗一样生活,我们西方人,反感。"

"这你就不懂喽。我们东方人从来都是把肉体和灵魂看成反比关系,肉体越堕落灵魂越有得救的可能。我们比你们看得透,历史感比你们强,从来都是让历史告诉未来——没现在什么事。"

"语无伦次——你!"洋人用手戳点着我胸脯说,"穷欢乐!"

我哈哈大笑,戳着洋人胸脯说:"这回让你说对了,就是穷欢乐。穷且志坚,自个儿给自个儿找台阶儿下,可钦可佩吧?"

"这帮傻×!"洋人们干笑着走开后,我对杨重说,"以为中国人都是没头脑和不高兴呢。中国人真跟他们抖起机灵一人能涮他们一筐。"

"方言你过来。"于观站在一边叫我。他正和一个小瘦子说话儿,小瘦子一边说话一边用手在牛仔裤上擦摸。他又脏又年轻,大概是个颓废的诗人兼手淫犯。

"他拿了份什么请愿书叫咱签名。"于观递给我一张皱巴巴的纸，那纸好像被尿过又阴干似的，发出一股臊味儿。

"是这样，"小瘦子十分紧张又装得挺坦然地说，"我们想趁政府正乱的时候跟他们多要点人权。好多人都签了，大尾巴狼一个没拉。"

"不签！"我把纸摔回小瘦子怀里，恶声恶气地说，"管你们那么多闲事呢！少拉着我们犯错误，我们这点人权够用了，多了还不会使呢！"

"你们就是鼓吹'全盘西化'那帮吧？"杨重说，"回去告诉你们头儿，小诸葛亮脱裤衩——装明'灯儿'！都想试巴着给中国指道儿，我们还哪儿都不去了！"

"什么东西？骂两句共产党就成英雄了。明告诉你们，今天的高家庄不是从前的高家庄，就是怎么着也轮不着你们坐庄。"

"他妈的！"我们骂走小瘦子，仍旧愤愤不已，"真是国难之时，妖孽四起，各种假龙天子都出世了。"

我们走到丁小鲁身边，看着她对面和她交谈的那个彬彬有礼的妇女问：

"你这个朋友是干吗的？"

"日本人。"丁小鲁忙给我们介绍，"日本记者。"

"日本人？"我们上下打量着这位妇女，"日本哪儿的？"

"北海道的。"日本妇女忙鞠躬递名片，"初次见面，请多关照。"

"初次见面？不对吧？"我说，"没侵略过中国吗？"

"噢，没有没有。一是那时我还小，二是前日本陆军中没有女子战斗队。"

"没有吗？噢，好像是没有——那也不能就因此认为自己没责任了！"我声色俱厉地说，"也应该好好反省。"

"你别这样。"丁小鲁说我，"你这是干吗？人家庆子是亲华人士。"

"是吗？你是亲华的？"

"是的。"日本妇女慌乱地点头。

"亲华的就算啦，本来我是准备打到日本，制造一次东京大屠杀，搞点国际性新闻。罢罢罢。"

"你是日本记者，我跟你反映一情况。"杨重说。

"请讲，请讲。"日本妇女连连哈腰。

"我买了一台先锋音响，没有几天坏了，你是不是跟日本报纸上登报批评一下厂家？太不负责了嘛，日本货还出质量问题，这不是叫我们中国消费者毫无指望了嘛。"

"太破坏我们的亲日感情了。"我插话，"照这样下去，二十一世纪我们就不准备跟你们友好了。"

"我们也就是现在还不够强大，真到强大那一天，咱们新账老账一起算。"

"行了。"丁小鲁说我们，"你们俩你一句我一句的都把人家吓坏了。你音响真坏了吗？"

"真坏了。"杨重说，"要不我干吗跟日本那么大仇——头仨月还亲着日呢。"

"真坏了就让庆子小姐帮忙跟厂家联系修理一下，别不着四六，胡骂一通。"丁小鲁带着庆子小姐离去，"别理他们，咱们走。"

我们一干人又走到吴胖子马青那里，指着那对男女问："这俩是干吗的？"

"一个台湾人一个香港人。"吴胖子得意地说，"都让我们灭了。"

"灭得好，继续灭吧。"我离开他们，去到酒吧台上找刘美萍又要一杯"四精"水，喝了一口，咽了下去，突然狂喊一声：

"混蛋！"

屋里的人立刻都静了下来，一起掉脸看我。我看着天花板，若无其事地继续喝酒。

屋里的人们又恢复了交谈，嗡嗡声一片。冷了，另外一角落又传来一声怒喝。

"混蛋！"

我随着众人一起扭过头去，见杨重站在屋角若无其事地喝酒，见大家看他，微微一笑，做了个祝酒的姿势。

吴胖子和马青乐了，跟着也大吼起来："混蛋！王八蛋！"

刘会元在另一端也喊起来："操你妈！"

我们这帮人乐着，在屋里各个角落彼此呼应着，此伏彼起，一声接一声声嘶力竭地骂着。

屋里的宾客全待不住了，纷纷站起来往外走。我们在后面骂着：

"都他妈滚！少跟我们套近乎！我们谁的同志都不是！"

宾客们云集门口，鼠窜而去，屋里就剩我们一伙儿了。大家放声大笑，互相厮打在一起，把酒杯酒瓶全摔在墙上地上抛向空中。

"你们都疯了！"丁小鲁冲进来，使劲冲我们嚷，"把人都骂走了，还想不想把沙龙办下去了？"

"有什么呀？"我醉醺醺地说，"最多不就是关门嘛。"

众人一起笑起来，都醉醺醺地说："就是，有什么呀？最多不就是干砸了。不怕砸，没招儿了吧？最多就是回去还搓哥几个的麻将去。"

"你们都醉了。"丁小鲁气愤地说。

"对，我们都醉了。"我们笑丁小鲁，"众人皆醉你独醒。"

七

"你们是不是特自卑？"

"是是，我们特自卑。"

"海马"编辑部里，宝康正和我们对着话，据称他是代表有关方面特来与我们"对话"。我们昨夜回去又打了一夜麻将，此刻一个个脸色发绿，没精打采。宝康则红光满面神采奕奕很有几分苦口婆心的架势。

"是不是特扭曲？"

"是特扭曲，扭曲得不像样子。"

"你们昨天在那种场合那么闹很不好。"

"是是，不好。"

"现在知道错了？"

"是是，知道错了。"

"晚了！影响已经造出去了，你们看怎么办吧？"

"公开道歉，赔偿损失。"

"怎么个赔偿法？要知道你们主要是把大家的心伤了。心伤了你们知道是什么滋味吗？"

"你说你说，教教我们。"

"饭吃不香觉睡不好，一动就是一身冷汗，什么都不信了什么都提不起兴趣了，只想流泪不住想往外冲见河就跳见电门就摸——你们说有治没有?"

"用博大的心慢慢温暖——许还能焐过来。"

"要是颗冷酷的心呢?"

"冷酷的心伤了? ——那倒霉的不是他了。"

"这儿有你一封信。"正在无聊地翻着信件杂志的丁小鲁抬头对我说,扔过一个牛皮纸信封。我拆开一看,没读几行,扔下信大叫:"哎哟,臊死我了。"

"怎么回事怎么回事?"众人立刻来了兴趣,纷纷抬头。

"我念给你们听啊。"我笑着说,展开信纸,"亲爱的方大哥方老师,您好……"

"又是她。"众人笑,"信回得还真快。"

"我觉得我真对不起你,您的一片心意我全领了全明白特感动,因而也就更感到对不起你。"

"怎么呢?"众人笑,"有主儿了? 有主儿也没关系,方大哥好的就是二过一。"

"不是你们往下听着。"我笑着说,继续念信,"我觉得您可能误会了。当然这不能怪您,全怪我妈,给我起的这名像女名……"

"噢——"众人翻了天似的起哄,"敢情是一爷们儿,这是哪跟哪儿啊?"

"听着,这下边还有呢——方老师,我真觉得对不住您,我怎么就偏是个男的呢?"

"真是不应该。"大家笑。

"我特理解您的心情。但也特忧虑,怕您一失望就不待见我了。犹豫半天,本想瞒着您,但又不落忍,加上我又是个特实诚的人,从小到大没骗过人……"

"怎么长的?"众人笑。

"……更不能骗您了,我心中的明灯。"

"好好,夸得狠,夸的是地方。"

"……方老师,我跟您说实话了,您可千万不能因为我说实话就惩罚我……"

"不罚你罚谁呀?"

"……我现在可全指着您了。"

"坏了不是?"

"我已经决心为文学献身了。昨天离开家四处找您,今儿已经山穷水尽,饭吃不上水喝不上兜里一分钱都没了。麻烦您一定预备点钱和粮票,不定哪天我就会骨瘦如柴衣衫褴褛地出现在您面前……您要不救我,我就撞死在您面前!"

"我的天!"众人笑叫,搡我,"看你怎么办吧。"

"谁惹娄子谁顶着,我才不管呢。他要觉得上当,我跟他一起撞死。"我笑着、闹着,一眼看见宝康还坐那儿,忙说,"别闹了别闹了,让宝康接着说。人这是正事。"

"现在你们伤的就是颗冷酷的心。"宝康说。

"真的? 那太不应该了。"

"我为你们难过。说实在的,我是真想帮你们——爱莫能助。"

"没事。真帮不上也不怨你,意思到了就行。"

"你们当作家真是历史误会。"

"是是,误会。我们应该种田做工去,让你们当作家。"

"不知道你们怎么想的,大千世界,无奇不有,清洁工淘粪工都招不满,那贡献多大干吗不去? 非来夺我们饭碗,本来我们好好的,你一口我一口。"

"怪我们怪我们。你们客气我们把客气当福气了。"

"好好反省反省吧，人生的路蹉跎岁月一失足可成千古恨。悬崖勒马亡羊补牢知难而退有错必纠——反正就是这意思吧再多的词儿我也想不起来了。"

"你给我们指条明道吧，这回我们听你的。"

"我心里也乱着呢，刚才那番话好像头些年谁也对我这么说过。"

"是挥着拳头说的还是写大字刷墙上？"

"记不清了，没准是我自个儿对自个儿说的。"

"甭管谁说的吧，甭管对谁说的吧，有这么回事就行。"

"对对，历史的经验要牢记丑话说在头里勿谓言之不预。甭往这里瞎掺和，先打听打听规矩。我们遭多大罪，使多大心劲儿才形成这种颠扑不破的受难基督印象——在世人眼里，你们一上来就洒狗血，没大没小，没尊没卑——能不跟你们急吗？"

"是是，什么吹出来也不容易。青洪帮还有个辈分儿呢。老的对小的生杀予夺……确实是我们太不注意了。"

"回去好好反省反省吧，下一步怎么做好。不是我卖乖，何必呢？哥几个不傻不粘的，非当作家干吗？我也就是不会别的，否则也早奔高枝儿了。这玩意儿有什么好？劳心伤神苦哈哈，写一辈子也没几个写出正经东西的，都当柴烧了——我有儿子就坚决不许他当作家。"

"你的话说得是真肺腑，真让我们深思，看来我们是得好好考虑今后走什么路的问题了。"

"好好想想仔细想想颠过来倒过去想想，甭着急给你们时间——想好了给我来电话。"

宝康走后，我们立刻匆匆地奔回家迫不及待心急如焚地上床睡觉。从中午一直睡到傍晚，这才陆续醒来，精神抖擞，心情愉快。我们找了家上好的餐馆，饱饱地美餐一顿，吴胖子几乎吃吐了血。然后，委派我给宝康打电话。我叼着牙签懒散地拨了宝康的电话号码，宝康一听是我，十分兴奋：

　　"怎么样？考虑好了没有？"

　　"考虑好了。"我说，"我们决定继续和你们坚定地站在一起，肩并肩手挽着手。"

　　"什么？"

　　"我们想来想去，你们越是惨我们越是不能抛下你们不管。我们这些人没别的就是仗义。"

　　"这么说，"宝康嘟哝着，"你们是铁了心非祸害我们不可拦都拦不住了？"

　　"对，荣辱与共，生死同心，打死都不喊冤。"

　　"既然这样，那我就正式通知你吧，明天上午八点在盒子车法院开庭，传你、刘会元、吴胖子、丁小鲁到庭接受'文学资格审查委员会'的质询。"宝康郑重地说，"现在后悔还来得及。"

　　"明儿见。"

　　盒子车法院庄严的审判大厅。阶梯式的旁听席上坐满三教九流，看热闹的闲人。我们四人挤站在被告席上的木笼子中，活像漫画里被人民的大手一把抓的年轻点的"四人帮"。高高的审判台上，依次坐着大胖子，瘦高挑儿，秃脑门，小眼镜和两个娘儿们。宝康坐在一边书记员的席位上，最义愤填膺地望着我们。用只有自己能听见的声音嘟哝着："老实点！看你们现在还老实不老实！

该该该，活该！让你们闹！"

"现在，法庭开庭了。"大胖子敞着怀，摇着纸扇，挺胸叠肚靠在椅子背上左右看看自己的同僚们，懒洋洋地望着我们拖着腔说："被告，根据文件规定，你们有权利为自己辩护，你们自己找人辩护呢还是请法庭给你们指定辩护人？"

"自个儿吧。"我说，"我们可以为自个儿辩护，那你们呢？你们不需要找人辩护吗？"

"我们不需要。"

"这不公平吧？我们能辩护你们却不能辩护。"

"没关系，反正老是我们永远有理。"大胖子胸有成竹地说，"被告，无业游民宝康控告你们一无设备二无资金三不经批准擅自进行文学写作，属无照经营一类，申请取缔。你们有什么要说的吗？"

"对对，是我控告的。"大胖子发问的同时，宝康激动地一个劲儿说，"怎么啦？我就控告了，你们能把我怎么样？"

我回答大胖子的提问："我们认为宝康的指控是站不住脚的。文学写作本是雕虫小技，任何人茶余饭后都可以此解闷，如同下棋遛鸟，嗜好而已，何用起照？"

"他说的不是实话。"宝康急煎煎地反驳，"他们早不是解闷儿了，完全是专业写作的架势，这不是戗行吗？"

"开心解闷儿偶一为之，这个本庭不予过问。但本有俸禄又私写作，谋人钱财，这个就要特批啦，被告，你等之辈可有正当职业？"

"无有。小的们也是无业游民，靠天吃饭，擅事写作也是死里求生之意。莫非宝康写得我们就写不得吗？"

"是啊，都是无业游民，你写得别人就写不得吗？"大胖子率其同党一齐转视宝康。

"大人糊涂。"宝康急得跌足，"我怎碰上这么一肉头。"

"哎，你怎么骂大人？"我立即向大胖子指出，"他刚才骂你来着！"

"骂我什么？"大胖子机灵一下，立刻正襟危坐，沉下脸来，瞪着宝康，喝道，"你再骂一遍。"

"我没、我哪敢、我说我糊涂、我肉头，这么两句半话跟大人都说不清楚，让小人钻空子。"

"骂就骂了嘛，不要不敢承认。"我们七嘴八舌说宝康。

大胖子一干人虎视眈眈，端坐如钟。

宝康有口难辩，"得，我该死？我抽自个儿俩嘴巴得了，我不该骂您。"宝康巴巴地仰视上方，"饶我这回吧。"

"姑且给你记上。"大胖子正色道，"秋后算账。现在陈述你的理由吧。"

宝康垂头丧气，恨恨地瞪我们一眼。

"怎么着？你还敢打击报复？"我们厉声叱问。

宝康不敢纠缠，换了副笑脸冲上说道："小的虽也是无业游民，但这无业游民和无业游民也有贵贱之分。小的祖上就游手好闲，提笼架鸟，吟诗赏月。到小的这一辈更不学好，吃喝嫖赌，无所不为，虽家徒四壁但心有慧根成为作家乃是顺理成章势在必行好歹有家学为底读书子弟功名无望但教个馆会什么的当为绰绰有余。可他们呢？他们什么东西？祖上要饭儿孙还要饭，斗大的字一家子认全了算来不到一筐。这样的屁似的东西也敢自称作家，真真羞煞天下读书郎。"

"是啊。"大胖子摇着扇子转向我们，"你们也是胡闹，不认字当什么作家。"

"谁说我们不认字？"我们一齐说，"学富五车一肚子墨水乃民间对我等的称誉。"

"大人一定知道一句歇后语，孔夫子搬家——净是书。"吴胖子对大胖子说，"这孔夫子便是我的外号，民间出于尊敬都这么叫。"

"别吹嘞！真不要脸嘿！"宝康在他座位上起哄。

"你这种说法我倒也是头一次听见。"大胖子扫了宝康一眼，宝康立刻不吱声了，"这孙子哄得也有点道理——你外号到底叫什么？"

"真是叫孔夫子。"吴胖子向旁听席一指，"不信问他们，是不是都这么叫？"

大胖子一干人视线转向旁听席："有这回事吗？"

"有，确实有。"马青从旁听席上恭恭敬敬站起来，"我们是没事管这胖子叫孔夫子。他排行老二，也是私生。"

"大人，甭听他的。"宝康连忙欠身对上嚷，"他们是一势的，互相都勾着。这帮无耻之徒廉耻丧尽不动重刑哪里掏得出实话。"

"能打吗？"大胖子问瘦高挑儿他们。一个个竟都不表态，"你看着办，要打你下令。"

"我才不傻呢，我下这令？"大胖子一副饱经风霜满脸城府大事不糊涂的模样，"被告听着，既然你们外号都叫孔夫子，那本帅就要考考你们了。"

"不许交头接耳。"瘦高挑儿冷丁插话，"问到谁谁回答，底下不许商量。"

"考就考呗，有什么呀？"我们笑道，"还能叫你们难倒了不成？"

"你们说什么呢？"宝康指着我们的嘴说，"不服是怎么着？"

"什么也没说！"我们冲他乱叫，"嚼嘎嘣豆呢。"

"你们四张嘴欺负我一张嘴是不是？"

"你老嚷什么？"大胖子不耐烦地训宝康，"就你烦人，没个眼力见儿，这会儿有你什么事？再嚷把你轰出去。"

宝康蔫了："好好，我不说了。"

"你当会儿哑巴吧。"大胖子狠狠瞪他一眼，打起官腔对我们说：

"听好我第一个问题啊，什么是文学ABC？"

"时间地点人物。"吴胖子抢答得快捷，十分得意，"DE还用说吗？说到Z也行。"

"不用了，就到C吧。什么是小说？"

"小人书说的。"我也抢答。底下哄堂大笑。我脸红耳赤地连连说，"错了错了。"

"我来回答这问题。"丁小鲁说，"小说就是名家可以天马行空，新人必须遵循规则的一种文字游戏。"

"给个'好儿'嘿。"我冲旁听席示意。

"嘿——好！"杨重捂着脸低头瓮声瓮气地喊了一声。大家都回头看，他也无辜地回头看，集体的视线都落到了坐在最后一排的古德白身上。急得古德白连连申辩：

"不是我喊的不是我喊的。"

大家只是默默地注视着他。

大胖子看到古德白，脸若冰霜地说："古老，请你离庭。"

"真不是我喊的。"古德白起身对大胖子做胁肩谄笑状，"我刚才一直在睡。"

"撵出去!"大胖子脸一沉,扭向一边,挤出一句,"不知自重。"

古德白被几个人连搀带架地弄了出去,一路上不停摇头叹气。

"第三个问题……"大胖子话音未落,瘦高挑儿就抢过话头儿,"写出好小说需要具备哪些素质?"

大胖子白瘦高挑儿一眼:"文学家的基本功是什么?"

"说学逗唱。"刘会元回答,"什么都得感兴趣,什么也干不好。屁股得沉——坐得住;眼睛得尖——好事落不下;脸皮得厚——祖宗八代的龌龊事都得打听;腿脚得利索——及时避枪口。"

"有点意思啊。"大胖子和小眼镜秃脑门相互交换着眼色唯独跳过瘦高挑儿,"看来还不是完全无知。"

"好小说和坏小说用什么标准来区分?"瘦高挑儿坦然自若,接着发问。

大胖子气鼓鼓地撇了撇嘴。

"以我画线。"丁小鲁说,"我喜欢的就是千古佳作,我不喜欢的那就是狗屁不通。"

"就这么直接说——对作者?"大胖子挑刺儿。

"好话可以直接说,说过头也没关系。"丁小鲁神态从容地答道,"坏话只能暗地里说,当面对作者充其量只能作为其惋惜遗憾状。"

"得着文学真谛了。"瘦高挑儿由衷地赞道。

"不好!"大胖子冷冷地反驳,"怎么就不能当面说坏话?什么做惋惜状遗憾状?这还嫩点,好话就不能夹枪带棒指鸡骂狗地抛出去了?本人从来就是大无畏,骂他还让他以为夸他,感激不尽。"

"第五个问题……"大胖子和瘦高挑儿不约而同一齐发问。

二人相视，眼中无限深意。大胖子一副气势汹汹，瘦高挑儿怯笑礼让，"你问你问。"

"第五个问题……我想问什么来着?"大胖子被打岔，一时间竟忘了到嘴边的话头，便隔过瘦高挑儿，反去问小眼镜。

"你想问如果给你一定权力，你将扶持什么打击什么?"瘦高挑儿果断地适时出击，噎住大胖子，将自己的问题当大胖子的私货抛了出来。

"如果给我一定权力。"我以男强人叱咤风云的姿态侃侃而谈，"那我当然也顺我者昌逆我者亡! 什么表现形式什么思想内容那一概不重要。只要哥们儿就扶持，实在不得不打，也是高高举起，轻轻落下，跟我不和的对我不敬的再好也狠狠打击绝不留情——顺便说一句，您这第五个问题和第四个问题有点重复，表达的是一种情绪一种精神。"

"这个我们早发觉了。"大胖子愤愤地对我说，"不用你多嘴。第六个问题……"

大胖子停下来看瘦高挑儿，瘦高挑儿佯作不见，吸吸溜溜地品茶。大胖子哼了一声，瘦高挑儿傲然一笑。

"第六个问题，"大胖子问，"你最喜欢的文学作品是什么? 哪些文学作品对你创作影响最大?"

"你的作品我们最喜欢!"我们异口同声地说，"你的作品对我们创作影响最大。"

"没看过也喜欢! 没看过影响也最大!"我们再次异口同声说。

"好好好，不难为你们了。"大胖子乐呵呵地说，"提问结束，下面开始造句。"

瘦高挑儿轻蔑地一笑，离席飘然而去。大胖子看都不看他一眼，做雍容大度状。

"下面开始造句了啊。"大胖子兴致勃勃地往前凑凑趴在台子上说。

"对不起对不起。"一个坐在一边始终没吭声的娘儿们举着葱尖儿似的五指，偏着脸向大胖子要求发言，"我能提几个问题吗？"

"可以可以。"大胖子对这张粉脸堆下一脸媚笑，说，"尽管提。"

粉脸转向我们，立时挂了层霜："我想专门向方言提几个问题。你最喜欢的颜色是什么？"

"红色。"丁小鲁替我回答。

"我刚才说过了，我是专门向方言提几个问题，别人不要插嘴。"那粉脸看也不看丁小鲁，嘴一字一瘪吐皮似的说。

"红色。"我说，"共和国的颜色。"

"你处世信奉的格言是什么？"

"孔雀开屏是好看的，转过去就是屁眼儿了。"

旁听席哄然大笑。粉脸闭闭眼抿着嘴无动于衷仿佛忍受着突然落到脸上的一片灰尘。

"你最爱什么？"

"看到那些从不倒霉的人倒霉。"

"我问的是你最爱什么不是你最希望什么。"

"最爱我自己，其次爱妻子女儿家人朋友。"

"你最恨什么？"

"最恨得冲我讨厌的人笑！"

我龇牙冲粉脸笑，粉脸翻了翻白眼，侧脸冲大胖子说："胖老，我的问题问完了，谢谢。"

"谢谢你。"我在下面殷勤地鞠了一躬，庄严站直。

"下面我们开始造句。"大胖子煞有介事地四处张望着严肃地说，"第一个造句词：乔装打扮。"

吴胖子挺身而出，不假思索脱口而出："五一节来到了，全国人民乔装打扮。"

"好！"旁听席上一声怪叫，随即爆发大笑。吴胖子非常绅士风度地向观众还礼、谢幕。

"第二个造句词：一网打尽。"

"要么不打，要么一网打尽。"

"五十步笑百步。"

"新娘上轿，前五十步笑百步以后哭。"

"奇货可居。"

"老板有奇货可居柜台中。"

"惨不忍睹。"

"他们瘦得惨不忍睹。"

"妙不可言。"

"咱们胖得妙不可言。"

"注意，咱们下面开始造比较复杂的句子了：因为……所以……"

"因为你不知所以。"

"谁不知所以？"

"都以为自己是聪明人不知道谁不知所以。"

"我问你谁不知所以？"

"我问你谁不知所以你不告诉我。"

"胡闹！"

"他胡闹。"

"我不跟你说了——别打断我！重造一遍因为……所以……"

"因为我忘乎所以。"

"这还差不多。"大胖子脸色稍有和缓，但仍余怒未消，指着吴胖子，"我看你胖得倒有几分才气，颇带我年轻时的神韵。老夫今天兴致高，倒要和你卷通帘子一比高下。"

"卷帘子？卷什么帘子？"吴胖子四处张望，"跟我比手劲儿？"

"就是先就说词儿，一句跟一句，层层加码。"

我们这捆里就丁小鲁懂："步步高的意思。"

"懂了，不就是拉线儿屎吗？来吧。"吴胖子摩拳擦掌，严阵以待。

"客气点客气点。"我在底下拽吴胖子袖子。

"比武嘛。"吴胖子理直气壮地说，"我要让了他那是对他的侮辱。"

"开始啦，小子。"大胖子发话了，"第一。"

吴胖子接茬："笨蛋。"

"天下第一。"

"头号笨蛋。"

"老子天下第一。"

"我是头号笨蛋。"

"不是老子天下第一。"

"不光我是头号笨蛋。"

"敢讲不是老子天下第一。"

"谁说不光我是头号笨蛋。"

"哪个敢讲不是老子天下第一。"

"你们谁说不光我是头号笨蛋。"

"看看哪个敢讲不是老子天下第一。"

"问问你们谁说不光我是头号笨蛋。"

"我倒要看看哪个敢讲不是老子天下第一。"

"他老想问问你们谁说不光我是头号笨蛋。"

吴胖子得意非凡，神气活现，朝上问："还来吗？我这起伏跌宕得如何？"

"你真是没眼力见儿。"我批评吴胖子，"为求一逞坏了大家的事，看不出你哥都快急了？"

我堆出甜甜的笑对大胖子说："大人果然是老姜，文采斐然，令小的如饮甘露。小的蠢蠢欲动，也想和大人卷回帘子，跟大人讨上几招儿。"

"人！"大胖子闷闷不乐地突然蹦出一个字。

"狼。"我低眉顺眼赔着笑。

"老好人。"

"大灰狼。"

"慈祥老好人。"

"凶恶大灰狼。"

"亲切慈祥老好人。"

"狡诈凶恶大灰狼。"

"我乃亲切慈祥老好人。"

"你是奸诈凶恶大灰狼。"

大胖子鼻子不是鼻子脸不是脸，摔摔打打，庭内空气陡然紧张起来："称颂我乃亲切慈祥老好人。"

"承认你是狡诈凶恶大灰狼。"我毫不动容，微笑如故。

"都称颂我乃亲切慈祥老好人。"

"不承认你是狡诈凶恶大灰狼。"

"我听到几乎全体群众都称颂我乃亲切慈祥老好人。"

"据反映绝大多数群众不承认你是狡诈凶恶大灰狼。"

我一气呵成，大胖子笑逐颜开，亲切慈祥地说：

"还是你聪明，才分在他们三人之上。这才叫对联呢，多么工整，相辅相成，你是不是再拟个横批，我找人写出来，裱一下，回头就挂我们家门上。"

"横批就叫：'多好的人'，如何？"

"白了点儿吧？"大胖子谦逊地说，"我们家门上这么一贴，谁见了还不得当成瓜摊儿？我老伴正好姓王。"

"那就叫：'质量保证'吧。"

"不好不好，还是白。"

"白虽白，可这是我们的心声啊，群众总是特质朴，好话歹话都是粗话。"

"再想想再想想，还有别的好的没有？"

"'百里挑一'？'上哪儿再找'？不对不对，字多了。"

"我自己拟了一个，你听听怎么样：'天天向上'。"

"妙极妙极。"我拍手笑道，"如此四字，再贴切没有。四字既出，竟觉其他数万汉字全都俗了。不必改了，就这么写了裱了贴门上。"

"门也俗了。"宝康不甘寂寞，做苦吟状，"依我之见，倒不如专为这四个字立个牌坊才好。"

此时，瘦高挑儿踱回席位。昂然坐下，一副清高不入浊流的架势。悠然开口：

"看来这帮小子已安然混过关了？"

"你有意见？"大胖子瞪眼。

"没意见，我能有什么意见？统统过去就是了，我这护法天尊不过是摆设，吓吓小鬼罢了。"

"是不是再征求一下其他诸位的高见？"我恭敬地转向秃脑门小眼镜，"我们也特想听听其他几位尊师的教诲。"

"不用问他们，他们也是摆设。"大胖子颇具豪气地一挥手，当着那几位的面就说，"问他们也是白问，反正我说了算。赶明儿有事尽管找我，到我家来玩，我瞧你们顺眼了，你们在他们眼里也就顺眼了。"

"一定一定。"我们齐说，"不顺则已，顺就顺您的眼。"

"你还在这里赖着干吗？"大胖子想起宝康，对他怒喝，"莫非诬告这几位文学新秀的贼心不死？告诉你，我在一日，你就休想得逞。"

"我，我想私下跟您谈谈。"宝康可怜巴巴地说。

"不谈！"大胖子一拍桌子，"敢骂我——我记你一辈子仇！"

大胖子率众起身，横眉立目地宣布：

"本法庭听证结束，现在开始判决……"

"哥们儿力挽狂澜吧？"出了法庭，我们几个十分得意，像英雄凯旋一样接受于观杨重他们的祝贺。

杨重握着我的手说："哥们儿你真可以，临危不惧灵机一动，还是你是流氓，我们差远了。"

"立这么大功，你得请客。"

"请客请客。"我笑着招呼大家，"走走一起去。"

宝康臊眉耷眼儿地远远站在一旁，几次想上来搭讪，被马青吴胖子轰走："躲远点，别找着我们抽你。"

　　"不是，哥们儿，我也是流氓。"宝康央告，"咱流氓对流氓就别太计较。"

　　"呔！谁是流氓？"我跳出人群叱宝康，"我们现在是文人了。"

　　路边一个馄饨挑，我们一大帮人蹲着喝馄饨。我喝得满头大汗，对众人说：

　　"都走都走。喝完我付钞票——掌柜的，再来一碗。"

　　我蹲着，慢条斯理地喝着馄饨。看着大家陆续走远，掌柜的正在往锅里添汤——撂下碗，撒腿就跑……

（原载《中国作家》1989年第4期）

你不是一个俗人

一

"是这门吧？"

杨重和马青爬到楼的顶层，转着脑袋看那层的三个门的门牌号码。

杨重伸手按了一下左手那个镶了铁门的人家的门铃，挤眉弄眼调整了一遍表情，两手握着放在裆前，矜持地等待主人应声而出。

"谁呀？"门内一个男人问。

"我。"杨重沉着地用浑厚的声音回答。

木门开了，一个瘦得像眼镜蛇似的男人出现在铁门后，隔着纱网眉眼绰约。

"是关汉雄关老师吗？"杨重伸出脖子探问。

"你们是什么人？"关汉雄关老师冷冷的目光像针一样从细密的纱网眼中透出。

"我们是您的两个崇拜者。"马青挤上前来，脸贴着纱网眉开眼笑地说，"一直都特仰慕您，又怕您忙，不好意思打扰，今儿是实在忍不住了，特来登门拜望。"

"就待一小会儿。"杨重伸出一个指头，"看您一眼，请教几句就走，决不招您烦。"

"怎么知道我在这儿？"关汉雄一边开铁门让二人进一边问。

"去派出所查过，挂号的没您。后来还是我们一个同学告诉我们您躲在这儿。"

杨重跨过门槛，等着马青也进来，关汉雄头前走了，才肩并肩亦步亦趋恭恭敬敬跟着往里走。

"本来他不愿意告诉我们的。"马青抢着说，"架不住我们一天到晚总缠着他。都知道您不爱见人……"

"他叫什么名字？"关汉雄进了会客室，径自先在一把皮转椅上坐下，手捏一支烟，昂着头问。

"嗬，您这儿书真多。"马青一进屋就扬着头看满墙满壁的书，啧着嘴问，"这些书您都能背下来吧关老师？"

"他叫什么名字？"关汉雄提高了嗓门。

"于观。"杨重侧屁股坐在一圈矮沙发上，小朋友一样双手托腮仰望关汉雄，"关老师您千万别责怪他，真不怨他，怪我们想见您的心情太迫切。"

"他说他和您特熟，经常一起喝酒。"马青挨着杨重坐下，眼巴巴地问，"您最近又写什么呢？"

"不认识这个人。"关汉雄兀自摇头思忖，"没印象。现在净有人冒充跟我熟，其实压根没见过——社会上有些人就爱乱传我。"

"没错！"马青热情地接道，"我们那儿一聊名人，就有人说您如何风流如何豪放如何行为古怪——好多传您的话我们都不好向您学呢。"

"徐达非吧?"丁小鲁敲开黑洞洞的筒子楼的一扇房门问。

"是他。"刺目的光线中站着一个一脸憔悴的迟暮美男。

"一眼就认出来了。"丁小鲁暧昧地笑,"我是《影迷报》的记者,我叫丁小鲁。这位是刘美萍,我的一个同事的女儿,也是您的影迷,听说我今天来采访您,非要跟来。"

"来吧来吧,都请进。"徐达非把两位女士让进屋,"屋里太乱,别见笑。"

"您和挂历画报上长得不一样。"刘美萍腼腆地说。

"怎么呢?"徐达非蓦地警惕起来。

"比画精神。"丁小鲁诚恳地讲,"看电影觉得您挺老成的,没想一见人这么年轻。美萍坐呀,干吗站着犯愣?"

"一个大明星就住在这么个小破屋子里?"刘美萍困惑地转过身。

"谁来谁这么说。"徐达非大大咧咧地坐在破藤椅上,一把一把往后捋他那头毛泽东式的长发,"都以为徐达非不定多享受呢,其实……其实我还是个普通人。".

"可是,可是,怎么也该让您住得宽敞点,先不说和好莱坞的明星比吧——我觉得在演技上您并不比他们差!"

刘美萍跟谁赌气似的嗷着嘴一屁股在丁小鲁身边坐下。

"是这样的,小徐——我可以叫您小徐吗?"丁小鲁一本正经地望着徐达非开口道,"我们报社接到许多影迷的来信,询问为什么这几年在银幕上看不见您了。打听您近来在干什么,是不是和女影星一起出国了?"

"还有这么多观众关心我,记着徐达非?"徐达非万分感慨。

"当然,您想象不出您在我们普通观众心目中的分量。"丁小鲁感觉屁股底下硌得慌，抽出一副墨镜，放到一边。

徐达非忽然发起牢骚："近来干什么？待着呗，打牌、睡觉、养花。为什么看不到徐达非？徐达非没戏了呗。"

"怎么会呢？"丁小鲁似感不解，"您也息影了？"

"哪是徐达非想息影，是那些王八蛋约齐了不用徐达非，徐达非还演什么？"徐达非怒气冲冲，双目喷火。

"嫌您岁数大了？不，我不这么看。我觉得您只要稍稍化点淡妆，依旧光彩照人，按您的实际年龄，您得算保养得好的。"

"说二十也有人信。"刘美萍热烈地说，"我们单位小姑娘一看电影有小生就议论，这小生怎么不让徐达非演？徐达非演准比这个强。阿兰·德龙怎么啦？徐达非不比他差！"

"你这是骂我。"

"我真是诚心夸您。"刘美萍委屈了，"这话又不是我说的，是观众，女观众的集体反映。"

"你拿阿兰·德龙和徐达非比就不对。"丁小鲁也不同意刘美萍，"不是徐达非不比他差，而是他比徐达非根本就不如。"

"那当然我们更爱看徐达非了。"刘美萍很痛快地修正了自己的观点，并解释，"我的意思是说阿兰·德龙那么差的形象都能一部接一部地拍戏，就别说徐达非了。"

"我怎么就只能演英俊小生？"徐达非幽怨地说，"像我现在这腰身、这横肉，演个土匪杀手不行吗？徐达非长得好看了。徐达非就是让这漂亮脸蛋给害了——王八蛋才长得好看呢！"

"关老师，我们都特爱看您的书，您在我们同学中影响特别大，是不是杨重？"马青一脸谀笑。

"在我们同学中，现而今这些学者，问谁谁不知道。唯独一提您，全都点头：噢，他呀。"

"那为什么我那论文集一征订才七本？"

"那是新华书店不识货。昨儿个我们一个同学还四处打听哪儿能买着您的书，他的一个澳洲朋友托他买，瞧，澳洲都嚷嚷动了。"杨重满脸深沉，煞有介事。

"我给您讲个笑话关老师，您姑且一听别太认真。昨天我去女宿舍串门，一进屋就见我们系最傲气的两个女生一人面前摊着本您的书。一边看一边互相赞叹：'你说他怎么想的？怎么就能写得这么好呢？'"

"确有其事？"

"这我可以作证。前天这俩女生还指着我鼻子骂我一顿：'你这学生会干部怎么当的？净请些没听说过的名人来作报告，为什么不请关老师？'"杨重挪了挪发麻的脚。

"其实你们即便请我，我也不见得会去。"

"我是这么回答的她们：'你以为关老师跟一般名人一样呢？人家是真正做学问的。'"杨重重又端庄。

"我听说人家外国很多特有名的大作家都不希望自己的书印得太多。有个日本女作家一听说她的书在中国印了四千册，当时跟咱们出版社急了：你们把我当通俗了？"

"关老师，"杨重仿佛忽然开窍，"像你们这种大学者，难得的就是寂寞吧？"

一间花里胡哨，从外边看像个发廊或彩扩冲印店的临街房内，于观正在和一个胖乎乎的、进化得有些不够年头的女同志谈心：

"为什么要跟人家一样呢？我觉得女同志要长就应该长出点自己的特点来，物以稀为贵嘛。你们都眉清目秀，我偏月朦胧鸟朦胧；你们都高低错落，曲线优美，我不妨浑然一体，让你们闹不准谁是谁。我认为你就属于个人特点比较突出的，让人一眼难忘的，很难用漂亮不漂亮这样的俗词来形容……"

冯小刚领着一个长得十分夸张、活脱卡通人物的男子走进来，很严肃地给于观介绍：

"哎，于观，这位是《交际与口才》报记者华远先生，想找你了解一下咱们'三好协会'的工作情况。"

"好，好，小刚你别走，这位女同志你接着来。"于观起身让座，"华先生这边请。"

"你们刚才说到哪儿了？"冯小刚坐下问。

"不能用漂亮不漂亮判断一个人。"

"噢，刚一进门看见你，我眼睛就一亮，心想：这个女人不简单。为什么不简单呢？因为……因为……不知道你自己发现没有，你的气质里有一种忧郁的东西。我喜欢忧郁，我这个人也常常忧郁，所以我一见你就……就心驰神往。"

冯小刚自己也豁然开朗地笑了。

于观把华远领进里屋，那几乎只算半间房，堆满过时的壁纸和装饰材料，都是用这间屋开买卖的上个户主倒闭时留下的。小屋勉强可以坐两个人。

"您想了解什么呢？"于观问。

"想请你谈谈你们是怎么想起要成立这个'三好协会'的？请你解释一下这'三好'是指哪'三好'？"

华先生坐正、坐直，拿出笔和笔记本，但仍像屁股底下垫了弹簧似的动弹不停。

"不用紧张，随便谈，"他安慰于观，"发表不发表我还没想好呢。今天只是路过，被刚才那个人死缠硬泡拽了进来。"

"这个，成立'三好协会'……"于观双眼茫然，接着稳住了神色，口齿也流利了，"'三好协会'，主要是我们对目前的社会风气十分反感。哎，人和人之间不是互相瞧不起就是互相攻击，一点真诚的感情都没有，哪像是一群人？"

"是，我也对这种现象很有看法。"华先生点头赞同。

"怎么就非得胡撕乱咬？互相说点好话怎么啦？"于观忽然愤怒了，脸红脖子粗地瞪着华先生，质问："难吗？费事吗？是压根没教过还是都忘了怎么说？一张嘴就阴阳怪气，一张嘴就毒汁四溅！有时我在街上听到穿得那么体面的两个人互相骂出那么难听的话，我就难过，就心疼——都是人民和人民呀！"

于观眼圈由衷地红了，华先生默默不语，肃然起敬。

"于是我就默默地想：咱是文明古国呀，再这么下去就不对了。死后怎么有脸去见咱们那些以道貌岸然著称于世的先人？也愧对子孙，人家将来要查的，到底这优良传统是从哪朝哪代失传的？"

于观看了眼华先生，见他还在听，才又接着往下说，语气由沉痛变得激昂，铿锵顿挫：

"所以我们大家一碰头，觉得不行，不能任其下去，要管，必须管，不顾一切地管！从现在做起，从我做起，让互相吹捧蔚然成风。"

于观脸上现出一片极灿烂夺目的光辉，随之他连忙解释：

"我说的是互相吹捧的褒义，指的是那种祥和的气氛。"

"我懂我懂，很理解。"华先生点头如啄米，"即便是贬义的互相吹捧也比互相谩骂强。"

他极为认真地对于观说："实话告诉你，我早盼着有个匹夫觉得自个儿有责任了。"

冯小刚的声音从外屋传进来："有信心了吧？这回不怕谁说长道短了吧？这就对了，走你的路——北在这边。"

"首先是一片好心，其次是各种好话，最好汇成一个刻骨铭心的好梦。瞧，这墙上挂着的就是我们的心声：好梦献给你！"

于观掉头抬手往后墙一指。华先生只顾埋头在本上速记，写了一遭才抬头乱找。

"你们是逮谁捧谁，还是也挑人，单捧有名的?"华先生又问。

"逮谁捧谁！"于观断然道，手同时往下一劈做了个斩钉截铁的手势。

"在这个问题上我们不搞三六九等。你想啊，往往最不值得捧的人最需要捧，这牵涉到一个为什么人的问题。也就是说，凡是群众需要的，就是我们乐意奉送的。"

"那么哪部分群众最需要?"

"这个我们做过市场调查，恐怕最大的潜在顾客还是文艺界人士。他们本人当然很谦虚，相信家属会对我们的工作很支持。"

"那是一定的。"华先生颇有同感，接着补充道，"只要做好宣传工作，很多人都会立即认识到你们这项工作的意义和不可替代性。"

"目前我们还是在试营业，业务尚未全部开展，人员也需要培训，仅仅刚开始了送好话，做好梦下一步开办，正在筹备。"

"请问，顾客要接受你们服务，是不是要预约？还是直接找上门来就接待不问来头？"

华先生的笔脱手掉在地上，他低头满地爬找。

"嗯，目前主要是我们送上门去，打听好住址主动上门服务，顾客往往不知情。这么做的目的一是锻炼队伍二是提高知名度。你晓得一项事业草创阶段总是很难的。"

"懂，懂，任何一家商店刚开张都要大酬宾。还有一个问题：你们从事这项工作……这得算脑力劳动吧？"

"我觉得要算，捧得好捧得巧妙不露痕迹是要倾注很多心血的。"

"那你们收费标准是不是很高？价格根据什么计算出来的？"

"我们不收费。"

"打开销路以后呢？"

"那也不收费，这是在我们成立'三好协会'之初就决定了的。"

"义务捧人？"

"您想啊，这工作本身是个很容易让人产生误会的工作，我们要是收钱，当下就会让人把我们的高尚行为庸俗化了。再说，要钱干吗？我们都是只爱真理不爱钱的人……"

于观语焉不详，这当口，冯小刚走进来把话接过去：

"我们是没有自己的私利的，这个到哪儿都叫得响。"

"我们过去很多好事办不成，吃亏就吃亏在让人家怀疑我们的目的了。"于观恢复流利，"冯小刚概括得好。"

"可你们完全不收费，维持这个摊子的经费从哪里来？总不能自个儿掏腰包搭钱捧人吧？"

"我们可以出卖别的，但在原则问题上，我寸步不让。"于观霍然色凛。

二

"喂，头儿，我是马青，下午我和杨重歇了，不回去了。"马青在电话里说，"一上午捧了三家，累坏了。"

"不成。"于观拿着话筒说，"业务学习谁都不能请假，必须回来。"

"我说头儿，你不心疼我总得爱惜一下杨重吧？他昨天起嗓子发炎，现在都说不出话了。"

"冯老师是大忙人，我好容易才把他请来，他的很多经验和知识那是花多少钱也学不到的。这么一个难得的机会你们不珍惜吗？"

"好嘛，我们这就回去。"

"噢，"于观把手上的烟捏灭，"你们回来时路过礼士路，那儿有个长年义务维持交通秩序的老同志，很显眼，你们顺路捧他一道。"

丁小鲁和刘美萍也风尘仆仆地回来了，进门咳嗽、清嗓子，端起水杯咕咚咚喝水。

于观笑呵呵地问她们："捧得如何？效果还好吗？"

刘美萍放下水杯，喘了口气说："对象笑了。"

"那就说明摸着脉了。"于观赞许地指出，"就证明没白捧。"

丁小鲁说："不过笑完是更大的忧郁和期待，离你要求的心花怒放好像还差一点，没出现自吹自擂的症状。"

"我们挑唆了他半天，他还那么谦虚，真烦人。"刘美萍道。

"不会是得意地谦虚吧？"

"不是。"刘美萍说，"得意地谦虚我们能看出来。"

"没关系。"于观勉励她们，"头一回能把对象捧笑了已经很不错了，也真难为你们。这回没捧好下次接着捧，直到捧好。咱们要对用户负责，保质保量，以实际行动迎接品种、效益、质量年。"

"我给你们介绍一下，这位就是冯小刚冯老师。"

大家陆续到齐后，于观拉着冯小刚的手笑吟吟地为大家介绍。

"冯老师是捧人的专家，在捧人方面有很高的造诣，可说是在这个领域做了开创性的工作，世界上也是领先的。"

众人鼓掌，个个脸上一副虔诚的敬意，乱纷纷伸出手："您好您好！久仰久仰！"

"你们好！"

"冯老师是专科毕业吗？"杨重握着冯小刚的手问。

"冯老师是自学成才。"于观替冯小刚回答，"捧人这个专业在我国还属边缘学科，世界多数国家还是空白，因而还没设立专门学校。除了一些有心人其他人简直还懵然无知，虽然它在我们的日常生活中已经得到了广泛的应用。"

"就是说，冯老师是第一个吃螃蟹的人。"杨重朝冯小刚竖起大拇指。

"哪里，我也是站在巨人的肩膀上。"冯小刚害羞地垂下眼睛。

"冯老师请坐。"杨重躬身退开，指给冯小刚一张空位。

"各位老师坐。"冯小刚坐下，立刻又站起来，待大家各自找椅子坐下后，款款开口，"今天我来，不是讲课更不敢侈谈教授，仅仅是和各位切磋，仅仅是，共同探讨一下捧人的发展趋势和应用前景。很难得啊是不是于观？看到这么多年轻人有志于此，冯某十分欣慰，这说明我们的事业是大有希望的。"

冯老师咧嘴笑，大家也跟着纷纷咧开大嘴，只见一屋粉红的口腔。

于观道："冯先生，我们不过是步您后尘罢了。"

"长江尚且后浪要推前浪，何况尔等？大千世界，各领风骚，今后真要看你们骚了。"

"前人栽树，后人乘凉。"于观也是有名的快嘴，当然不肯让人，"没有种子，哪来姹紫嫣红？"说完脸红红地笑。

"于观于观，你慢点。"丁小鲁道，"今儿咱们是严肃地探讨问题，冯老师还没开讲，你怎么就捧上了？"

"抱歉，"于观惭愧，"我也是一没留神，主要也是想让你们一睹冯老师风采。"

"那不用你说，我们一看冯老师的长相就知道是阿谀奉承之徒。"马青插话道。

"是是，我是贵相。这马青，你别看我跟他不熟，一见就知道这人刚烈，威武不屈，搁古代，不是烈士也是个刺客。"冯老师拿眼睛找马青。

"冯老师真有眼光，看人真准。你看我跟马青混了这么些年，总没看出他有什么优良品质，倒叫冯老师一语道破。要不怎么说人和人不一样呢？"杨重痴笑、感慨。

"你以为哪？我就相信世上有天才，今儿一见冯老师我更坚信我这观点了。"马青甩头跺脚以示坚定。

"我不同意你这把我当天才的观点。其实我就是一个鸡蛋，要没你们这帮人的热乎劲儿，我的小鸡也孵不出来。"冯小刚一本正经。

"可您得先有小鸡啊。您要是块石头,我们就是把您焐烫了,也最多浇上盆水洗桑拿。"马青反驳他。

"行了行了。各位,待会儿散了,我们专门留出时间让大家和冯老师切磋,现在先听理论报告。"

"于观,我都含糊了,你这帮人都是挺粗挺大的蛇,还用我这儿添足吗?"

"我们这都是鲜姜,也就是能拿话麻个人,真正能辣得人家张不开口还得数您。"丁小鲁含笑开口。

"冯老师,您可别刚看我们含苞欲放就由我们长去了,那我们可怨你一辈子。"马青眼珠都斜得看不见了。

"昨儿我们几个还谈呢,要想开得娇艳长得婀娜还真得追一道马老师您这样的著名臭大粪。"刘美萍趁势加上一句,不好意思地朝伙伴们笑。

"捧人在我们国家源远流长,最早见诸文献的就是《诗经》中的'窈窕淑女,君子好逑'。那个时候欧洲人还大字识不到一筐呢……"冯小刚刚说了几句,就闭了嘴。

"说呀说呀,冯老师,你害什么怕呀?"有人嚷。

"不是,你们这么一个个仰脸瞪着我,弄得我都不自信了。我跟你们说实话吧,我其实不是什么学者,好多话都是自个儿坐屋里瞎想的。你们这么认真虚心地盯着我听讲,还记笔记,我真怕谈了你们这些那什么……子弟。"

"你就放开胆子说,我也给你透个底,在座的都是不读书不看报的,没一个听得出毛病,而且都是青春已然耽误过的。"于观大

270

包大揽地鼓励他，还拍了拍他肩头。

于是冯小刚低了头，犯了多大错误似的嘟嘟哝哝往下讲：

"这个捧人吧，起源于劳动。当时咱们的先民脸朝黄土背朝天，汗珠子掉地摔八瓣儿，每日打食耕种。劳动间歇仰观天地万物，古时候都是原始森林大草原，野兽出没，比现在自然环境壮丽得多，不由发出赞美。由物及人，夸起去河里汲水的妇女。当时捧人还是比较由衷的。主要是捧统治者和妇女。因为这两种人在纺织物还没有发明的时代，是唯一有条件用兽皮和羽毛打扮的。现在你在那些原始部落还可以看到，打扮得最漂亮的是酋长。后来有一天，黄河清了，出了圣人。圣人是什么人呢？就是最早的捧人专家，这你从圣人们流传下来的语录中可以看到，里面全是讲的怎么捧人。在所有人都要干活、打仗的时代，只有圣人是靠捧人吃饭的。所以叫圣人，以区别俗人。"

"为什么允许他光捧人不干活？在那么需要劳动的原始社会？"杨重眨巴眼举手提问。

"这就是我下面要讲的，捧人的社会需要。时代呼唤捧人。随着生产力的发展，部分人先富了起来，不必天天劳动了。吃饱、喝足、玩够、睡醒了后，有点空虚了，有点失落了，开始思考：我是谁？我在这儿干吗呢？这个问题就需要圣人来回答了：你是天之骄子；你是命中注定要比别人优越要比别人有思想有道行要比别人伟大的人上人。第一个圣人就知道如果他要说你是个废物会有什么后果。"说到这儿，冯小刚嘿嘿笑了。

"敢情咱都是圣人之后！"大家面面相觑。

"你以为你们都是小人哪？自轻自贱！"冯小刚骂。

他仰着脸，眼睛望着天，继续嘟哝：

"时代发展到今天，越来越多的人吃饱饭没事干，要求得到精神满足已不是少数人的特权。单靠一两个圣人已无法满足广泛的社会需要。这就需要组织起来，把捧人职业化、专业化。就像警察在现代国家中应运而生，最后变得必不可少一样。我以为，一个国家是否现代，除了看它的工农业发展水平，另一个重要的标志，是它有没有一支职业化的、专业水平相当高的捧人队伍。从这点看，西方很多国家还是相当落后的，填补精神空虚主要方式还是淫乐、吸毒。这点很让我瞧不上。"

这时，冯小刚彻底还了阳，举止从容了，眼睛睁开：

"就像武术家要讲究武德一样，我们吹捧家也要有良好的捧德。就是说要从最善良、最真诚的愿望出发去吹捧别人。最坏、最不可取的就是明捧暗贬，表面上把人家夸得天花乱坠，心里对人家一百个瞧不上，夹枪带棒，把对象当傻瓜耍。要知道，容忍我们捧他的人，心里都是很苦的，这就像饮酒浇愁，吃药止痛，如果你不是以救死扶伤的革命人道主义去对待他，那无异于落井下石、谋财害命，把自己的欢乐建筑在他人的痛苦之上！"

"冯老师这点谈得太重要了。我早发现在我们的吹捧实践活动中，不同程度地在每个人身上都存在调侃对象的问题。看来这个'捧德'问题要下大决心抓。"于观对丁小鲁说。

"喜欢耍小聪明调侃别人，那也是一个吹捧家不成熟的表现。一个吹捧家应当心胸开阔，容得下任何令人不快乃至令人发指的现象。在吹捧家的眼中一切都是美好、熠熠生辉的，就像孩子的眼睛。说到底，吹捧家的心地要像孩子一样单纯，善于从丑、恶、司空见惯的一般现象中发现美、鼓吹美，这才是一个吹捧家的责任和使命。"

"冯老师，我有个问题想请教你，要是有人不吃捧怎么办？譬如说，那种光明磊落的汉子。"刘美萍举手。

"送你八个字：锲而不舍，金石可镂。以我多年捧人的经验，没有不吃捧的。首先一条，你捧他，他再不爱听也不会像你骂他那样引出深仇大恨。最多觉得你这人肉麻，灵魂渺小，形象猥琐，他从心里一轻视你，你的工作就完成一半了。捧人的目的是什么？就是使人获得超现实的自我感觉。一个处长是不可能在部长面前获得良好的自我感觉。作为一个优秀的吹捧家最重要的品质就是不惜把自己变成一个可怜虫，一个笨蛋，一个恨不得让人用大耳刮子抽的白痴。同志们哪，这是灵与肉的奉献啊！如果通过我们努力，能使全国人民人人充满尊严、充满骄傲，那么就是我们受到万人唾骂、千夫所指、成为不齿于人类的狗屎堆，也是值得的，也可以笑慰平生。"

"冯老师，你哭了。"刘美萍眼圈也红了。

"我是说着说着就有些激动了。总要有人作出牺牲，总要有人成为别人的垫脚石，总要有人成为历史的罪人，与其残酷斗争，不如让我们这些有觉悟没牵挂的人舍身成仁。为有牺牲多壮志，敢教日月换新天。忽报人间曾伏虎，泪飞顿作倾盆雨。"

"有人不愿意干的，现在还可以退出。"于观立起吼。

无一人作声，大家都望着哭得抬不起头的冯小刚犯愣。

"没有，一个没有。好，让我们几个先从历史中把自己勾掉吧。"于观欣慰地坐下。

下课后，大家都围上了冯小刚，有递茶缸子的，有递手绢的。

马青一百个诚恳地对兀自一想就红眼圈一想泪就扑扑往下掉的冯小刚说：

"冯老师，您真不是骗子，您真是掏心窝子想把这事办成一件好事，这回我信了。"

"不要叫我老师。"

"那叫什么呀？"

"叫先生，或省略一个'老'字，叫冯师也可以。"冯小刚擦干了泪，吸溜着鼻子对马青说。他拉着马青的手，同样一百个诚恳地说些肺腑之言：

"我怎么能是骗子？平生我最恨的就是骗子。还是那句话：咱们都别看轻了自己。"

刘美萍挤上前来，手里举着个小本，"冯先生，您给我签个名，要那种狂草。"

冯小刚给她一笔一画认真签名时，她又说："冯先生，今天你真是把我感动了，好久没听过这么好的大道理了。您是真有学问，您讲的那些话好些我都没听懂，好些字都不会写——您是真有学问。"

冯小刚此刻心情也好了，签完名笑着说："何止你感动我，我都被自个儿感动了。由衷地佩服我自己：我怎么就能说哭就哭，什么也没想张嘴就来，听着还挺像那么回事——多读书啊这是个秘诀。"

那边，于观正在批评杨重："大家都在争着向冯先生献媚，你为什么不去？"

杨重指指嗓子，声音嘶哑地说："说好听的把嗓子说哑了。"

"刚才为难冯先生的时候你怎么那么起劲？到底是真哑假哑？你不用装。"

"恶心，我觉得恶心。"杨重道，"他再怎么说得天花乱坠，难道就不是拍马屁了?"

"我就知道你这人思想上有问题。"于观呵斥他,"是又怎么样? 人民养育了你长这么大个,你就拍拍人民的马屁又吃亏多少——不应该吗?"

"我想不通,凭什么呀?"

"想不通也要通! 你是举过手赞成的你不要忘了。"

"我就没想到会搞得这么肉麻,这么庸俗。"

"那是你水平不高! 我从来就没讲过这是件容易事。要没困难,要我们这些人干吗?"

"我都成什么人了……"杨重嘟哝。

"对,这就是你思想问题的根子,终于自己暴露出来了。你总是想到你自己,你心里总有个小小的自我在作怪,这就使你看问题总是从自我出发,当然很多事你会觉得吃亏。"

这时,刘美萍在那边叫于观,于观应了一声对杨重道:"今天没时间,改天我们再接着谈,你不要因为思想问题影响工作——我一直很器重你,你不要让我失望。"

于观满面堆笑地高声对大家说:"从今往后冯老师冯先生将要和我们一起工作,大家鼓掌欢迎!"

三

"我吧,是个厨子,我热爱我的工作,可我从小就有个理想,一直没实现,而且现在越来越没指望实现了。这两年岁数大了,日子也好了,不愁吃不愁喝,偏我越来越想着我那早年的理想,想得我是茶饭无心,一夜夜失眠,都影响我全心全意为外国游客服务了，昨儿一锅鱼翅都让我熬成鼻涕汤了。听说您这儿办了好梦一日游，我就兴冲冲来了。"一个瘦小的男人坐在于观对面倾诉。

"那是什么呀你的理想？"

"难，不容易实现，要不我这么些年也就是光想想。"

"搁我们这儿，还没办不到的事，我还敢跟您放这大话。"于观隔桌凑上去，作洗耳恭听状。

"我从小吧，就特羡慕革命烈士，江姐啊，赵一曼啊，当然还有洪常青。打心眼儿里敬佩她们，你不知道我看《红岩》《红色娘子军》时哭成什么样儿。特别是她们就义时，那音乐、那火光，回回我都热血沸腾，至今刑场上的阵阵枪声还回荡在我心头。我恨我生在新社会，没机会跟反动派英勇斗争，没机会为中国人民的解放流血牺牲，喊着'为了新中国——冲啊！'粉身碎骨。我这想法特过时吧？让您见笑了吧？是，我这人是有点老派。现在有我这想法的人不多了，年轻人都想着怎么发财。"

"我特别理解你，我也是打那时候过来的，满脑子英雄壮举，至今看见坏人行凶想跑就是迈不开步，冲上去就后悔。"

"咱们那时候的人是单纯。"

"您想怎么死啊？是活活烧死还是让我们把您五花大绑拉到郊外毙喽？这没什么难办的。"

"我是这么想的啊，先从被捕开始。就不知道你们有没有、能不能接全活儿？"

"全活儿单项您随便，我们好说。"

"那我就要一全活儿。你们先把我抓起来，然后严刑拷打，上什么刑到时候咱们再商量。最后，我死也不招，把自首书撕得粉碎，你们恼羞成怒，把我绑赴刑场。我是烧死枪毙都要，先烧再

276

毙还要沿途高呼口号，冷笑着——视死如归。"

"没问题，全满足您，您最好再照我脸上吐口带血的唾沫也可以。"

一个五大三粗的黑铁塔似的家伙坐在冯小刚对面瓮声瓮气地说：

"我是一板爷①，十年大刑上来的，你们不歧视我吧？"

"不歧视，您刑满后能自食其力，让人敬重。"

"我既不是佛爷②也不是花贼，那两样我都不行，就好打架。十年前你们要常去东园一带可能听说过我，我是那儿街头一霸。"

"您忘了？我还让您打过呢。我跟您抖忿，您一脚把我踹西边去了。"

"有这事？不记得了，那会儿打的人太多。不说那个了，我现在是规规矩矩，哪儿人多躲着哪儿走。"

"还得说咱们政府会教育人。"

"是是，至今我感激不尽，那人民民主专政……嘿！知道我年轻的时候为什么好打个架吗？其实我本意不是想当一流氓头儿。"

"您想当佐罗？"

"也不是——我想当将军。统率大军，冲锋陷阵，驰骋疆场，直到把敌人全歼。"

"好啊，我也巴不得呢。"

"保卫祖国，打击侵略者，维护世界和平，凯旋！会师！总

---

① 人力三轮车工人。

② 小偷。

攻——哎哟，想死我了这事！盼了多少年的帝国主义侵略，好容易见着了，来的都是笑嘻嘻的夹着皮包的，打不得骂不得。"

"是啊，我也替您憋屈。不过虽然没有战争，您仍然可以当将军——起码当一天。交给我们吧。您想当几星级将军？"

"五星，当就当最大的。"

"好的，就是一金板上有五颗星对吧？可以。宴会、接见、礼炮，我们会把这一天的日程给您排得满满的。"冯小刚挥笔唰唰记下要点。

"慢！"大汉按住他的手，"我不是想当那种检阅将军。"

"可这不就是将军吗？"

"非也，非也。"大汉摇头微笑，"我不要穿礼服戴大盖帽坐拉窗帘轿车金光闪闪什么的。我单要穿野战服扣钢盔浑身上下屁兜里都塞着手雷，开一敞篷吉普，膝盖上搁一手提机枪，牙咬着雪茄，后边车斗里坐俩中士，招摇过市。"

"噢，名将！"冯小刚恍然大悟。

"对了。"大汉谦逊地低下眼，"没人能一眼看出我是将军，以为我是司务长呢。到一交通岗楼前——假设啊——就被拦住，让我出示证件，态度还很蛮横。我呢，不慌不忙站起来，嘴角挂着一丝微笑，从裤兜里掏出揉成一团的船形帽，轻轻掸去前挡风玻璃上的灰尘，露出五颗星……"

"天哪，那交通警必是大惊失色。"

"当然，你想啊，他能不被吓坏吗？啪地就是一个敬礼。还不能是那种一般的举手礼，得是个浑身使劲五指直扎太阳穴恨不得把大盖帽扎歪自个儿气得躺下的——礼！"

说着，大汉啪地给冯小刚敬了个礼。

"然后呢?"冯小刚迅速还了个一模一样的礼。

"然后我就一溜烟走了,扬长而去,开军事会议去了。屋里是四星以下的将军,我一进屋,啪地全站起来立正,脸仰到天上,手按着裤线,一动不动!"

"然后呢?"

"然后我就一个手指一个手指地摘白手套,冷冷地打量他们,特别不耐烦地小声对他们说:'稍息稍息。'"

"都是高级将领,您这么着合适吗?"

"我对军官一向严厉,他们都怕我,当然也是因为我指挥打仗确实厉害,可我对士兵很亲切,一点架子没有,经常拍拍他们肩,握握他们手,好多老兵我都能叫出他们名字来呢。"

"爱兵如子。"

"嗯哼,去安排吧,上尉。"

街道齐大妈拎着一篮子鸡蛋走进来,进门就挨个指着于观们撇着嗓门叫:

"你们几位都听着,我可告诉你们,后天是咱全国文明日,街道布置下了任务了,各单位都要上街载歌载舞,你们这文明专业户更不能落后。"

"没问题,咱这片几条街的热烈气氛都归我们了。"于观笑说。

"齐大妈您坐。"马青搬了个凳子搁在齐大妈臀下,"您站着说话我觉得我没礼貌。这么点小事您还亲自跑一趟,让二丫头招呼一声我亲自去不就完了?"

"我也是顺道买本儿上的鸡蛋拐一趟。"齐大妈没坐,把篮子搁凳子上了。

"您说这齐大妈啊，"冯小刚走过来，"每回见她每回我就纳闷，身子骨怎么就这么硬朗？精神头儿怎么就这么健旺？风吹雨打全不怕——我羡慕你！"

"嘻，还不是打小吃苦，摔打的。"齐大妈笑得皱纹模糊了眉眼。

"要说人有活一百八十岁的——我信。"冯小刚还说。

"可不，搁咱们国家这叫寿星，搁港台齐大妈就是人瑞了。"于观也帮腔。

"得了小哥儿几个，留点好话文明日街上说去，大妈这已经没少听蹭了。"

齐大妈美颠颠地拎了篮子颤巍巍往外走。

大家一起躬身送。

"还不是应该的？让我们说假话可不会。"

齐大妈前脚走，大家立刻散开归位，接着刚才被打断的继续和顾客娓娓而谈：

杨重对一个暴突眼的男子说：

"我这人不爱说假话，心里怎么想的，嘴上就怎么说。不怕得罪人！我一见你就觉得不应该——您不应是一中国人！"

"那我是什么人啊？"

"您就不该是人。"

"怎么讲？"

"委屈！听说过仙风道骨吗？那就是说您。"

"有那么严重吗？"

"太严重了。您还看不出来吗？我这人一向是实事求是的，您就是活脱一神仙啊！搁我文盲那会儿，见了您我得磕头——您可千万别让我奶奶瞧见，瞧见她可就得缠着你托你给观音女士带好儿，还非得带到。"

"不不，我还是人，一个普通人，爹妈生党培养，有欢乐有忧愁。"

"不不，那是您谦虚。实际上呢，您欢乐，那也是与民同乐；忧愁呢，更是先天下之忧而忧。"

"我真不是这样。欢乐，占点小便宜就乐；忧愁，吃点小亏就愁。"

"不可能。我懂您这话的意思，您是瞧出我是这种人了，拿这话给我一个警醒。达到目的了，我如遭棒喝，如雷贯耳，若有所思……"

"你这不是讽刺我吧？您瞧，我跟您说了实话，你就拿这话来臊我。"

"看不出来啊，是不是于观？这先生道深了，任咱们怎么捧，岿然不动。"

"这就叫大家风度，真正知道自己几斤几两。现在这样的人真是不多了，有点小成绩就自己抬轿子自己坐，哪像您？哎，我跟您头一回见面，不了解，但您给我一个突出的印象特别强烈，您这人不吃捧。"于观掉脸飞快地说：

"我都怕了他了我一点不瞎说，这样的人再多几个，咱们这碗饭吃不成。"杨重苦恼地望着对手，十分真诚。

"谁说我不吃捧？我就为了让你们捧特意跟单位请了事假从天津赶来的。问题是你们没说出我怎么就跟别人不一样了，我不服气。"

"好好，咱从头来，您是先进生产者？"

"不，我是落后分子。"

"那是您见荣誉就让，见困难就上。"

"可我也挺想先进的，不愿意这么平凡。"

"痴心不改，俯首甘为，平凡见伟大呀！"

"说不想那是虚伪，想而不为那是洒脱。为什么说高山走俊鸟呢？人前人后那都叫家畜。"于观又远远插了一句。

"我不是不想为，而是办不到，懒惰成性，一想干活就恶心。"

"这怎么叫懒惰成性？这叫本质高洁，与世无争，不为五斗米折腰。您天生就不是一个小事能满足的人。"

"可别人怎么说我是大事干不来，小事又不干呢？"

"那是他们不了解您，您高说不到三十，不到三十怎么就能把你看成了呢？齐先生四十学画，姜先生八十挂相，在这之前干吗了？还不都是瞎混？一个当木匠一个当渔夫。谁想到过小流氓刘邦还能做一番事业呢？"

"好喝酒吧？"马青走过来问。

"好，没事就喝，喝完就睡，外号醉猫。这还能算优点吗？这不叫醉生梦死吗？"

"错了吧？这叫梦里乾坤大，杯中日月新。古来圣贤在何方？唯有饮者留其名。"马青得意地走开。

"我觉得你特像古代那种落魄的知识分子。"杨重严肃道。

"您是文人吧？"马青问一个白化病般雪白的人儿。

"不不，我就是一骚客。串点晚会词儿啊，写点骂人的小品文啊，给报纸纠正点错字连带不署名地在广告末尾斩钉截铁来上一句。"

"我知道您是谁了，您是那'一句师'！"

"谁？我是谁？"小白人儿不解。

"是谁不重要，关键是你写得好。"马青又道。

"不好，比那俩仲马俩托尔斯泰差远啦。"

"我不同意你这观点，那四位加起来，您不留神就跟他们打一平手。"

"您这么说就太过了，我是个什么东西我自己还是了解一二的，差距还是比较大的。"

"那是您自暴自弃。您想啊，那四位写了多少字，才给群众留下个印象。您呢，一句话就流传甚广。怎么比呢？搞过创作的人都知道，写长容易写短难。"

"两回事，你说的那是两回事。'生产搞上去，人口降下来'。妇孺皆知吧？你不能管发明这句话的人叫文豪。我明白，我懂，我不能说让您胡乱一捧就真以为自己空前绝后，我还没那么浅薄。"

"可搁我们这些浅薄的人看来，您不是空前绝后也是难得一见，在您可能不算什么，习以为常，但您不能不让我们激动万分——因为我们有了您。"

"你这就得算肉麻了，你怎么能够，对我，一个平生最恨个人崇拜的公民，说出这等不知羞耻的话？你这等于是侮辱了我的人格！"

"您动了气，我还不高兴呢，什么时候实事求是也成了不知羞耻？我有权利表达我对您的崇拜！想不让我说，任何人，你也办不到！我做错什么了，嗯？我不过是行使了宪法赋予一个公民的基本权利。我还告诉你，这不是在美国，我也不是黑人，你还甭想歧视我！"马青火了。

“可我确实没有什么了不起的，你干吗非说我有多么了不起?”小白人儿哭咧咧地皱着小脸。

“少废话！你就是高就是天才！就是文豪！就是大师！就是他妈的圣人！哭、央求，全没用，我就是不改口！您，风华正茂，英姿飒爽，一表人才，加上才华横溢才气逼人才大志疏合成一个才貌双全怎么能不说你超群绝伦超凡脱俗超然屹立一万年才出一个!”

“不要吵不要吵，马青，消消气，好好地捧着人怎么急了?”于观闻声转过头说。

“不是我没见过他这样的，我这苦口婆心，嘴皮子都快磨破了，他还无动于衷。”

“我不是无动于衷哥们儿，我真是觉得自己不行。您说我风华正茂，我觉得我徐娘半老；您夸我英姿飒爽，我觉得我萎靡不振；您赞我一表人才，我照镜子看到的是獐头鼠目。哪儿来的什么‘才’呀？不过是一连串的雕虫小技淫奇新巧文字游戏顶到天算一个欺世盗名沽名钓誉气势汹汹其貌不扬臭名昭著狼狈不堪。”

“你们听听，他这说的还是人话吗？你们见过这种谦虚得一塌糊涂的人吗？我是没词儿了，冯老师你来伺候他。”

马青气走了，冯小刚拖把椅子过来坐在小白人面前：

“怎么回事啊？你怎么对自己的看法这么不正确啊？有些优点自己没意识到，别人给你指出来，就该虚心接受，怎么能这么自以为是呢？我平时是不爱随便表扬人的，全凭自觉嘛。可对你这种不自觉的人，我今天就要狠狠表扬你。”

“先让他自己说，他是什么人。说清楚，不说清楚甭想走。”马青喝着水又走回来，兀自愤懑难消。

"他这种恶劣态度一定要狠狠治治他。"刘美萍白小白人一眼，"不像话！"

"不怕犯错误，就怕犯了错误不认识，还坚持错误。"丁小鲁也慢条斯理地开口，问于观，"这人够得上一典型吧？"

于观沉痛地点点头。

"说吧，"冯小刚和颜悦色地对小白人说，"你看这么多同志关心你，你应该拿出勇气正视自己的优点。"

"可我确实没优点。"小白人苦苦哀求。

"不可能！"冯小刚一扬脸，"一个人怎么可能没优点呢？你这就不是辩证唯物主义看问题的态度了。"

他又安抚小白人："好好想想，回忆一下，想起多少，说多少。爱国吗？"

"当然。"小白人吓了一跳，忙回答。

"瞧，找点优点还是很容易找的嘛。"

"爱国爱党爱人民爱学习……不爱劳动。"小白人苦苦思索，边想边说，"模范遵守政府的法令法规和政策……"

"不要避重就轻，说那些鸡毛蒜皮的小事。"杨重在一边恫吓小白人，"你的情况我们都掌握，现在主要是看你的态度，要是等我们替你说出来，你就被动了。"

"还有胆小。"小白人兴奋地说，"干了坏事一诈就承认。"

"这算一条。"冯小刚掰着手指给他数着，"还有。"

"忠诚。对家庭和社会有责任感，从不在外面乱搞和进行煽动。"

"不是这个，这些我们都掌握了，还有。"

"还善良，对老区和灾区人民富有同情心，包括我们家里，一件旧衣裳都没有了。看见那要饭的，明知道是骗钱，家里小洋楼都盖起来了，还忍不住给个块儿八毛的。"

"还有还有，"冯小刚不耐烦地用手指敲着桌子，"要说痛痛快快的，竹筒倒豆子，不要存侥幸心理，以为可以蒙混过关。"

"还有什么？没有的我都说了怎么还有？再说可就是胡编了。我说前儿个掉粪坑里的那个少先队员是我捞起来的你们信吗？"

"老实点！你以为你是在什么地方？"杨重冲过来，厉声拍案喝道。

"什么地方？我不知道你们这是什么地方。"小白人此刻倒面无惧色，"本来看见招贴以为是旅行社呢，想去白洋淀玩两天，谁料就折这儿了。"

他如此一说，杨重自个儿愣了，呆了片刻，没趣儿地走开。

冯小刚满面堆笑，怯怯地拉了拉小白人衣袖：

"既然你说你都说了，那我问你，你是不是很喜欢听音乐呀，古典的、现代的唯独没有流行的？"

"正好相反，就喜欢流行的唯独没有从古典到现代的其他一切。"

"这你就是不说实话，你这就是赌气了。"

"我怎么没说实话？我说的全是实话。我就是一个写广告词的，干吗要装作是人类文化遗产的正宗继承人？我就喜欢我出生以后问世的东西！就喜欢一切都用新的！就喜欢加入人数最多的那一群混迹其中你管我叫随大流赶时髦都可以！"

"可你知道什么是高级的、艺术的，只不过你不愿意脱离群众。"

"对，我知道，能被最广大的群众所接受的就是高级的、艺术的。譬如相声、武侠小说、伤感电影、流行歌曲、时装表演诸如此类。这就是我，和知识分子迥然不同的，一个俗人的标准——我为此骄傲。"

"不!"冯小刚断喝一声,终于等到了破绽,跳到地上使劲摇头,弯腰跺脚地喊:

"你不是个俗人!"

一屋人都笑了。小白人也不由笑了,仍嘴硬:

"我就是俗人,板上钉钉的俗人。"

"你不是!"冯小刚不苟言笑,冲到小白人面前,激烈地说:"你这样的人我见多了,钱锺书、弥勒佛、济公,还少吗?这就叫大智若愚呀同志们这就叫装疯卖傻呀同志们!大家千万不要被他假象所迷惑,应该剥去伪装,还其真相。"

他转身面对小白人,一字一顿地说:"你是个雅人,天下第一雅人……"

他想了想,终于找到认为精确的词,大声说:"你是个羞于承认自己雅的因而是真雅的雅人!"

同志们掌声四起。

小白人也满面放光:"我真是这样吗?"

"真是。"于观含笑上来道,"你想呢,除了王婆谁还会自卖自夸?喊得最响的往往是心里最虚的。不叫狗咬人。敢于承认自己俗那得需要多大的雅量啊——你还不是雅人吗?"

"瞧瞧,笑得合不上嘴了。"众人指着小白人笑。

"还是冯先生有高的,一下就解决了问题。"美萍对马青说,"你真该跟人好好学学。"

"是,"马青道,"不承认有差距不行。"

"舒坦了吗哥们儿?"冯小刚问小白人。

小白人掩嘴笑个不停,一边热烈地和冯小刚握手:"舒坦了舒坦了,从未有过的舒坦。哥们儿你真行,有您这碗酒垫底,这些年我受到的委屈我都不计较了。"

"跟那些俗人计较什么!"

四

"累，真累，这么一天拿下来比治理一个小国还累。"马青大声喊，"谁说捧人不是体力劳动?"

一天的工作结束，大家都像被扎了的轮胎瘪了下去，个个精神颓萎，瘫坐在各自的座位上，或闭眼养神或长吁短叹，丁小鲁轻轻揉着自己的太阳穴。

"你看我这嘴皮子是不是磨起一泡?"杨重张大嘴让美萍看。

"哟，真起了一泡。"美萍说，"给你涂点紫药水。"

她拿棉签蘸了紫药水小心翼翼地涂在杨重的嘴角上。

"娘希匹!"杨重用浙江官话骂了一句，试试自己的嘴是否依然开合自如。

"挂花了?"马青走过来看看杨重的嘴，好心好意地说，"捧你一道，慰问慰问。"

"别，别，咱们之间就别来这套了。"

"特别是咱们之间，更该以身作则，不能让人家说咱们搞特殊化。我对你有意见——你工作起来怎么就不知道休息?"

"你是不是嘴痒痒闲得难受?"杨重乜斜着眼睛道，"别拿我打岔，留神我跟你急。"

"我觉得我们这些人里也就是杨重头脑最清醒了……"

"我说你怎么回事?越不叫你干什么你还非干什么，非找着我跟你急!"杨重急了，"烦不烦呀? 一天下来下了班也不让人清静。"

"杨重，你要干吗？"于观在一边冷冷地开口，"同志们捧你也是因为爱护你，你什么态度？"

"我不需要！"杨重阴沉着脸冲于观道，"我谢你们了。"

"这不是你需要不需要的问题，而是一个工作态度问题。"于观厉声道，"如何摆正捧人和挨捧的关系问题！"

"现在是下班时间。"

"作为一个好的吹捧家就没有上下班之分，随时随地都是在工作。"

"我就是听不得肉麻吹捧，听见就起鸡皮疙瘩。"

"那就不行！就要改！一个救死扶伤的医生怎么能怕自己传染上疾病？"

看到他们二人吵起来，丁小鲁忙劝："吵什么呀？累了一天，你们怎么一点不注意保护嗓子？"

"你少搞无原则的一团和气！"于观一挥手。

"怎么冲我来了？"丁小鲁不满地瞪了于观一眼，"于观我觉得你最近火气太大，虽然工作累点也不该对同志动不动发脾气，不要忘了你现在的身份是一个吹捧家，你的行为很不像一个吹捧家。"

"可是……"

"算了算了，何必为捧人伤和气。"刘美萍也过来相劝。她看到马青膘眉搭眼站在一边，拉着他笑道："我不怕捧，你捧我一道吧。"

丁小鲁也跟着笑："是啊，你一开始目标就选错，捧人应该先捧小姐呀。"

马青本来被杨重倔得挺没趣儿，一见两位女士热情相邀，只得强打精神堆出一脸笑：

"那好，我就捧你，准备好了没有，我可要开始了。"

"你等我靠墙站好了，我这人一捧就晕。"

马青对丁小鲁说："我没见美萍前，就不知道这'美好'二字指的是什么，查遍所有辞典仍然心中茫然，而今一见美萍恍然大悟。"

"一般，不够刺激。"丁小鲁笑说。

"我从小就特爱幻想，一见美萍，一点想法都没有了，从此变得特别实际。"

"你说的还不如我呢。"丁小鲁笑道，"应该这么说：我一见美萍连生活的信心都没有了——你使我自卑美萍。"

一直没出声的冯小刚远远地开口，语调浑厚，充满深情，犹如赵忠祥播讲《动物世界》：

"我每回都以极大的毅力才克制住自己不动声地喊出美萍的名字，否则就要脱口喊出：美！美！口齿多伶俐的人偏在这个词上结巴。"

一屋人开怀大笑，连于观、杨重也忍不住笑了。

"还得属冯先生，一语中的。"丁小鲁笑问美萍，"还走得动道吗?"

"劳驾你搀我一把。"美萍做痴醉、沉迷状。

"我觉得我们捧来捧去就忘了一个最该捧的人。"丁小鲁看着冯小刚笑，"此人劳苦功高，没有他也没有我们的今天。"

"对，咱们怎么把冯师忘了?"于观笑叫，"这样的人不捧还有什么人可以捧呢?"

"冯先生，您脸色怎么这么不好?"美萍大惊小怪地问，"是不是哪儿不舒服？"

"没事，我先天心脏有点缺损。"冯小刚挺直腰坐正，"来吧，几句捧还是挺得住的。"

"是不是可以这么说冯先生，"丁小鲁道，"我们几个就算您带的研究生？"

"可以。"

"冯师刚一张嘴，我心中便涌出一句文言感叹：'真奇男子也！'"于观笑道。

"冯师死后，哪儿都可以烧，唯独这张嘴一定要割下来，永久保存，供人瞻仰。"丁小鲁道。

"或者修个墓，"马青也道，"立座碑，请启功先生写个字，碑后用阴文历数此嘴生平。伟人不都有三两个衣冠冢吗？修个嘴冢我觉得不过分。"

"那就拜托了。"冯小刚拱拱手，"我这把骨头你们扬哪儿去都可以，独这嘴我也觉得好，舍不得。记住，一定找一福尔马林瓶子给我泡上，别回头二百年后烂了。"

"不用，您那是铁嘴，烂不了。"于观道，"我倒建议像泡野山参似的泡在酒里，有那嘴笨不会说巧话的喝上一盅保管变八哥。"

"诸位诸位。"丁小鲁说道，"我建议我们现在就给冯师拟篇铭文，一旦冯师仙逝，立刻就能找石匠刻上碑。"

"好啊，"大家纷纷来了情绪，"拟吧，省得措手不及。"

"先师冯小刚之嘴萌生于二十世纪中叶。"丁小鲁笑瞅着冯小刚，一句一顿地说，"受日月之精华，纳天地之灵蕴；栉风沐雨，含苦茹辛……"

"历尽甜酸苦辣，品遍软硬冷热。"于观接上来摇头晃脑地吟道，"吐故纳新，咬韧嚼脆；凡鲜血淋漓，皮开肉绽种种遭遇，不堪回首。终于蜕皮……"

"结痂。"丁小鲁捶胸高叫。

"长茧。"美萍笑弯了腰。

"覆鳞，角化！"马青抢着补充，"几经淬火，千锤百炼……"

"得一铁嘴钢牙！"于观不容分说，厉声高叫盖住他人喧嚣，"唇红齿白，口舌生香；能吐芝兰之芬馥，堪效百鸟之宛转；嘤嘤动听，如抹蜜糖；耕云播雨，扬是传非……"

"上至公卿，下至黔首。"丁小鲁几乎喊破了嗓子，笑倒了自己，"上至公卿，下至黔首，人见人爱，视为奇珍；心疼不已，把玩不休……"

"冯师，你就差再拿一个巴拿马万国博览会金奖了，那样这篇铭文就算做足了文章。"杨重道。

"已经很好了。"冯小刚微微一笑，"已经足可流芳百世了，我替我这嘴谢谢你们。如果将来香火盛了，我看也可设配殿供奉诸位，我等数人共享祭祀岂不大快人心足慰生平？"

五

"发学习材料了啊。"

次日刚上班，刘美萍便捧着一摞《祝词贺语辞典》和老三篇小册子逐份发给大家。

"都认真学习呵，回头我要一一检查你们的学习体会的。"她边分发边说。

马青正在和丁小鲁谈工作：

"五星上将的军服有了，M-1步枪也有了，美式吉普也搞到了。现在就差几身中将、少将的军服。我到北影道具库看了，美式军装都被上戏的剧组借出去了，只有国民党的军服。"

"国民党的也可以。"丁小鲁说，"但一定得是解放战争时期的。"

"行刑室也联系了。"马青又说，"老虎凳、竹签子、麻绳皮鞭都搞到了，再买把烙铁就齐了，先说好不可能完全尊重历史，烙铁只能是电烙铁。"

"可以，"丁小鲁说，"大概其嘛，是那意思就行了。"

"目前成问题的是这几条：沿途高呼口号有关方面没有批准。"

"你应该跟他们讲，口号我们都审查过了，没有问题，都是‘打倒国民党’‘共产党万岁’之类的，也就是‘二十年之后又是条好汉’粗俗点。"

"我跟他们讲了，不行。还有，节前不许放鞭炮，枪毙是不是考虑改绞刑？其实这也挺过瘾的。"

"最好还是枪毙，这是客户再三强调的，再争取争取，做做有关方面的工作。法场呢？和菜市口交通队联系了吗？"

"于观说了，不必去菜市口，拉到郊外随便找一个山清水秀唱起歌剧也奇怪的地方就行了。"

"采景的工作还要抓紧。"

"我会的。"

"大家静一静啊，我说几句。"正在和冯小刚嘀咕的于观站起来，手扶着桌子对大家说，"今天上午我们就不营业了，集中起来开个会。刚才我和冯先生研究了，我们开始营业以来，取得了一些成绩，但同时也暴露出了一些问题。我们认为有必要在大规模开展业务以前总结一下前一段的工作，澄清一些是非混乱的问题。

大家都不要说话了，坐得靠拢一些，下面我们开会。"

"我今天已经和一个客户约好了，上午去她家谈为什么总有人嫉妒她的问题。"杨重说。

"这个，改个时间吧。"于观挥手让杨重坐下，"你尤其不能走，今天这个会主要是谈你的问题。"

"我有什么问题?"杨重小声嘟哝，不服气地扬脸坐在一边。

于观严肃地扫了大家一眼，看到会场静了下来，开始说：

"从前一段的工作情况看，总的来说是不错的。是有成绩的。同志们大多数都表现得努力，很投入，很忘我。特别是一些过去表现不好的同志，在这次工作中表现出了很大的干劲和创新精神。在这里我特别要表扬马青，不但工作很卖力很主动，下了班后仍然坚持捧人，拿同事练兵。这就很好嘛，我们就是需要在我们内部首先创造出一个互相吹捧的气氛。正人必须正己，要求别人做到的自己应该首先做到。我认为马青带了好头，应该表扬。"

大家的眼睛一起转向马青，马青害羞地低下头。

"但是——"于观的语气严厉了，"也有那么一些人，表现得不好，很不好。在这里我就不点他的名字了，大家可能也猜得出我说的是谁。"

"我嘛，"杨重说，"你还没'但是'呢我就已经猜出来了，总共就这么五六个人。"

"既然你自己跳出来了。我们不妨就公开指名道姓地说，这也符合我们中间有问题摆到桌面上谈的传统。杨重，我对你开展吹捧工作以来的表现很不满意!数你怪话多，牢骚满腹，干起工作来瞧你那个不情愿的样子。同志找你切磋业务你什么态度?"

杨重和马青热烈握手。

"马青你不要和他握手。你不要笑杨重，装出无所谓的样子。"

"我是无所谓嘛，不是装的。"杨重说。

众人一阵小声窃笑。

"严肃点！"于观喊，"这是在开会。我们有些同志就是是非观念模糊，谁受了批评他就忙不迭跑过去表示同情。我看我们这个小小的单位里歪风邪气也很厉害。"

大家不笑了，低下头都不吭声。

于观又说："我还要说你，杨重。我看你是没有放下包袱，背着个老沉老大的箱子过河。像个满族女人，头发梳得很高，脚上穿着花金底鞋，一步三扭，弱不禁风，这个样子怎么能适应新形势？你有什么丢不下的？你那个箱子装的都是什么宝贝？抖搂出来让大家看看，究竟是宝贝呢还是破烂？我看不是什么值钱的东西。"

于观目光炯炯地扫视了众人一眼。

"我再三对同志们讲，要舍得自己，彻底的唯物主义者是无所畏惧的。人死灯灭嘛，生不带来死不带走嘛，男同志也就是个精虫嘛。有些同志就是像个地主老财，终身只恨聚无多，不但聚，他还要藏，挖很深的洞子埋。把自己那点宝贝藏得严严的，秘不示人，打算子子孙孙传下去吗？今天我们就是要发动群众打土豪分田地。你不是宝贝吗？你不是舍不得吗？对不起，我就是要搞光你。"

于观捋胳膊挽袖子虎着个脸瞪着杨重："你不动手老子可要动手了，搞你个倾家荡产！"

冯小刚说："当然我们这样做的目的，还是为了治病救人，大家不要以为这是在有意整谁。"

于观说："不如此我们的事业就不能发展！这就如同身在战场，同志们都舍生忘死地往前冲，你一个人脑子里总是盘算老婆孩子发财保命，这就是对正在牺牲流血的战友的背叛！知道战场上对临阵畏缩的逃兵怎么处置吗？"

冯小刚把脸转向大家："都谈谈，大家都谈谈，这也是考验每个人的立场和态度，是站在人民一边呢还是跑到人民的反面去。"

"我说说吧，"刘美萍先开了口，"刚才听了于观同志的一席话，我觉得很受教育，也很受震动。于观同志虽然是批评杨重，但我觉得同样的问题也在自己身上不同程度地存在。自己过去吧，总觉得自己根红苗正，又是个苦孩子。不会有什么私心……"

"慢，慢，美萍。"于观打断她，"你先不要急于检讨，我们不是要搞人人过关。你的问题这次不谈，先集中集中火力打杨重的土豪，不要混淆两种不同性质矛盾。"

"我觉得吧，杨重从骨子里瞧不起捧人工作，认为低人一等。"美萍扭捏地说。

"没有，我没有。"杨重抗议。

"你不要打断别人，待会儿专门有时间给你讲。"于观喝住。

"是这样的杨重同志。"美萍道，"你不承认，我也看得出来。我觉得你虚荣心特别强，平时就有点知识分子的自命清高，不爱理人。"

"你才是知识分子呢！我初中文化程度怎么成知识分子了？"杨重火了，"诬陷嘛。"

"不是知识分子，一身知识分子毛病更要不得的。"马青说，"我觉得美萍说得没错，但还没说到点子上，你那个虚荣心不是知识分子的，而是彻头彻尾小布尔乔亚虚荣心；你到农贸市场买菜连价钱都不好意思问嘛，不管给多少丢了钱就走。"

"这也是资产阶级阔少作风。"于观在笔记本上记上一条。

"我同情劳动人民，乐意多给他们几个。"

"你那叫同情？你那叫伪善，劳动人民不用你怜悯！"马青冲杨重连珠炮似的开火，"你这是不尊重劳动人民的劳动成果。"

"恰恰相反，正因为我觉得一粒米一个菜叶都来之不易，才觉得应该多付一些钱，不好意思讨价还价。"

"伪君子！你这是资产阶级的自我道德完善！你完善了置别人于何地？那些和你一起买菜的家境并不宽裕的广大群众怎么办？"马青一拍大腿，指着杨重喝道，"你站起来！"

"站起来！"刘美萍也情绪激昂地喊，"杨重不老实就叫他站起来！"

"群众叫你站，你就站起来吧。"于观对杨重说。

杨重可怜巴巴地站起来，低下头。

"你说！你交代……"马青、刘美萍围攻杨重，指指戳戳。

"我交代什么呀？"杨重十分困惑、无奈。

"咱们原先打算让他交代什么来着？"于观也小声问冯小刚。

"买菜多给钱？"

"不，不，不是这个，是什么我也忘了，但肯定不是这个。"于观想了又想，叹口气，"实在想不起来了。"

"我被这一搅也搅忘了。"冯小刚灵机一动，"让他自己说。"

"你自己说，我们想让你说什么来着？"于观义正词严地指着杨重。

丁小鲁抬腿站起来往外走。

"你去哪儿？"于观问。

"恶心。"丁小鲁说,"你们抽烟抽得太凶,熏得我脑仁疼。"

说完她径自出了门。

"你们让我说什么呀?"杨重愁眉苦脸地嚷,"哪位好心人给提个醒。"

"管说什么呢,"马青小声对他说,"捧于观一道不就完了?"

"对对,我怎么把这忘了。"杨重转向于观,一脸沉痛,喃喃地说,"我确实是,哎,像于观老师所说的那样,嗯,总而言之,一切尽如于观老师所指出的没有丝毫走样儿。心情很沉痛,另一方面又很感激,为有于观这么一个严格要求我的老师庆幸,否则我不知要滑多么远呢。我了解你于观,我知道你今天能当面向我指出我的缺点是经过多么激烈的思想斗争,心情会多痛苦多矛盾。我们是好朋友,可是你能不徇私情,这才说明你是真正爱护我,我们是真的朋友——这需要多么大的勇气啊!"

"我想起来了,"冯小刚小声对于观说,"捧人……"

于观伸手制止了冯小刚,眼含热泪望着杨重。

他们动情地拥抱在一走,紧紧握手。

"这叫什么呀!"杨重一甩手,对马青说。

"你怎么还不明白呀?"马青对他说,"从今后,咱对于观也得捧着说话了。"

"冯老师,"丁小鲁对冯小刚说,"我有一个工作问题想向你请教。咱们现在这工作开展得的确很顺利、很有成绩,顾客也在不断增多,可我对这个工作的某些工作方式及其效果不大舒服,不瞒你说甚至有些反感。"

"你说你说,知无不言。"

"捧人这个意义我是懂的，也很赞同。可为什么捧一个人的同时我们总要脸低一些人乃至自我脸低？这和我们要捧出个全社会的祥和气氛的宗旨岂不是互相矛盾、冲突了吗？这么捧下去，不还是造成了人和人之间的互相轻视互相瞧不起，最多只是一部分人心情舒畅？"

"有这个问题。"冯小刚深深点头。

"其实我们并没有解决矛盾，只不过是片面助长了单方的气焰。可想而知，从我们这里获得了满足感的人一旦走出我们这个门会是副什么嘴脸，别人对他又是个什么印象。"

"是啊，没准我们好心好意倒是把人家耍了。"马青咂着舌道。

"就是，"刘美萍也说，"每次看见顾客带着微笑从我们这儿离去，我都替他悬着个心，捏着把汗。"

"总是讲我们没目的，可长此以往，别人会对我们怎么看？能相信我们吗？"杨重摊开手问冯小刚。

"你们说的这些问题，其实是个捧人的理论问题。这问题我思考了很久，一直没有答案。的确，在捧人实践中这种现象是大量存在的，一直没有得到很好的解决。而这个现象是和我们捧人的初衷背道而驰的。问题出在实践中，可实际上主要根源是我们捧人理论还不够完善，很多重大问题还很混乱，没有得到澄清。"

"请您说得具体点，你刚才那席话等于什么都没说。"

"说来话长。"

"没关系，你就长话短说。"丁小鲁摆出认真听讲的相儿。

"就像任何新的东西都是脱胎于旧的东西一样，我们捧人也是脱胎于骂人，因此不可避免带有旧社会的影响和烙印。我们很多吹捧家譬如诸位都是骂人出身，虽然抱有最良好的愿望，但一旦捧不动了急于追求效果就情不自禁使用习惯语式。要知道骂人是比捧人更悠久的一门艺术。当然更重要的还有我们的对象的审美需要。"

"没错，如果你不贬低他人，没有一个对象会获得真正的快感和满足。"于观插话。

"是啊，任何吹捧家也不可能脱离对象单独存在，就像衣服离不开身体鞋离不开脚毛发离不开皮肤一样。"

"可我觉得，作为一个优秀的吹捧家，应该有自己的追求和个性，不能迁就对象的庸俗趣味，就像优秀的纯文学作家和纯电影导演从来不迁就我们一样。"丁小鲁道。

"你说得很对，我又何尝不想这样？可我们吹捧艺术还不完全相同于其他艺术，它有些类似于工艺美术——我这么看。你还不能把它完全摆到一种只供欣赏的位置。它还是要服务于大众的。任何艺术如果变成了纯形式纯技巧的炫耀，也就失去了生命力，特别是吹捧这门刚刚起步的艺术。我不排除，将来有一天，社会进步到一定程度，吹捧会像芭蕾、交响乐、绘画那样变成一种只能到剧场、博物馆才能欣赏到的艺术，一种只适合在舞台上表演的艺术。哪怕变得像哲学那么抽象，仅仅是智慧的独白和语言的发挥。要是到了那一天，我们这些人断子绝孙又有什么遗憾的呢？"

"冯老师，我发觉你这人还是挺爱幻想的。"美萍微笑。

"那当然，老实说我这人其实就是个生活在幻想中的人，虽然我的行为那么脚踏实地。我告诉你美萍，我推心置腹地告诉你：我们谁也不可能超越历史发展的阶段。既然生当斯时，就要尊重现实，不要让认识的飞跃把你变成脱离时代的狂人。对你们刚才提的那个问题，我也只能如此回答你：要奋斗就会有牺牲。"

"可这对其他人是不公平的。"丁小鲁说。

"吹捧像资本主义一样也要有残酷的原始积累阶段,任何温情主义只能妨碍乃至破坏公平的最终确定。你生来美丽,就是对丑姑娘最大不公平。所以,忘掉人生本是平等的这一资产阶级观点吧。"

冯小刚语重心长地说:

"任何一味药都不能说是包治百病。就像一个人患了绝症病得要死一样,明明知道吗啡只能暂时减缓他的痛苦甚至还会有嗜瘾的不良副作用,你给不给他注射呢?是看着他痛苦挣扎还是药物使他麻痹获得一些短暂的安宁?不要谈什么诚实的良知和救死扶伤的使命感,仅从作为一个医生的起码医德讲,减轻病人的痛苦就是责无旁贷的。所以,道德不是空泛的、脱离对象孤立存在的。你给一个健康人注射吗啡那是犯罪,而给一个垂死的人注射吗啡那就是最大的道德!"

六

一辆美式吉普自西向东疾驶而来。路边骑车上班的行人看到开车的是个硝烟满身的美军上将无不大惊失色:

"这是解哪儿刚空投下来的?怎么没人管他?我们的军队呢?"

于观和冯小刚穿着中士军装,头上扣着沉重的钢盔,各抱了支步枪坐在吉普车后座上,不时被颠得屁股腾空,枪支装具叮当乱响。

"将军,我们是在德国,请您注意安全。"于观扶正钢盔大声说。

"我知道是在德国，瞧公路被我们炮弹炸得到处是弹坑。"

中国"巴顿"有意把车开得倏忽乱飘。

"下面该什么词了?"于观小声问冯小刚。

冯小刚掩嘴道:"冰激凌。"

"噢，将军，我们有一礼拜没吃到冰激凌了，连'可口可乐'都不是原装的。"于观大声说。

"让美国空军给我们运!""将军"回答。

"噢，将军，听说供应给我们的'骆驼'香烟都在安特卫普让后方那些坏蛋批发给比利时倒爷了。"

"连我们的口香糖都嚼在那些意大利妓女嘴里，我嘴臭得都没法吻那些欢迎我们的巴黎娘儿们了。"冯小刚噘着嘴抱怨。

"给艾克打电报，""将军"满不在乎地说，"我要把这些坏蛋统统枪毙!"

杨重戴了顶美国宪兵的白钢盔，忙着给路口的交通警递烟:

"帮帮忙师傅，我就替您一小会儿。"

"你们拍的什么片子?"交通警一边下岗台一边问。

"打仗的。"

杨重迅速站上岗台，伸出一只五指张开的手掌迎头拦住直冲过来的吉普。

吉普车一个急刹车，于观、冯小刚像两袋土豆砸在"将军"身上。于观连滚带爬地站起来，狐假虎威地嚷:

"嘿，看不见我们是美军吗?"

"任何人都要检查证件。"马青夹着枪严肃地走上前，"有情报说，德国人正装扮成美军搞破坏。"

"将军"目光尖锐地瞟了马青一眼，"啪"地吐掉嘴里雪茄，骄横地站起来，掏出皱巴巴的船形帽，唰唰地掸去挡风玻璃上马青泼上的那桶灰土，露出杨重一笔一画描上的五颗白五角星。

与此同时，马青杨重咔地一个立正，胸脯挺得像个孕妇，一齐敬了自己一个有力标准的礼。

杨重当场就翻白眼跪倒了，枪托重重地杵在地上。

围观的群众热烈鼓掌。

"快快，把将军服给我！"

吉普车还没停稳，于观和冯小刚就一边扒着自己的衣裳一边跳下车，接过镶金边的呢子裤就往腿上套。

杨重马青扛着枪满头大汗跌跌撞撞从外边跑进来。

"快换装。"于观朝他们喊，"来不及就光换肩章。"

"将军"此刻正站在院门口和穿了身皱巴巴的下士军装的啤酒厂传达室大爷亲密攀谈：

"近来好吗，汤姆？"

"报告将军，我老伴从新泽西来信，说我家奶牛又挤不出奶了。"

"买头新的嘛，汤姆，战役结束我就提升你为上士。"

"好了，将军。"烫了头穿得像个女特务似的丁小鲁喊，"可以开会了。"

会议室里，令人生畏的"将军"们垂手肃立。门外传来一阵皮靴响，戎装笔挺的"上将"满面春风地走进来，双方打了个不尴不尬的照面，彼此心中暗惊，"上将"蹦出一句生硬的英语："鼓捣满拧——先生们。"

"满拧满拧。""将军"们七嘴八舌回答。

"将军，德国地图实在搞不着，只好弄一上海地图您凑合部署吧。"

冯少将说完唰的一声拉开墙上的布帘，将一支台球棍递给
"上将"。

"上将"举棍在墙上的地图戳戳点点比画了一会儿，转过身来
面对众"将军"：

"张军长。"

"有！"杨中将挺着胸脯站起来。

"你的部队现在哪里？"

"我的部队已经到达闸北。"

"李军长。"

"有！"马少将英姿勃勃地站起来。

"你的部队现在哪里？"

"我的部队都在西郊公园。"

"太慢了，下午五点一定要到徐家汇。蒙蒂的部队现在哪
里？""上将"转向冯少将。

"他们昨天就已经占领了吴淞镇，现在五角场一带布防。"冯
少将回答。

"给我八百吨汽油。"杨重道，"我的坦克明天就能到外滩。"

"于司令。"

"在。"于观从桌旁站起来，扔掉手中正吸的烟。

"你的装甲师为什么没有消息？"

"我的装甲师还在宝山。我遭到了党卫军的反攻，我的部队损
失惨重，只剩五辆坦克了，我的参谋长也战死了。"

"马军长，你接替于司令的指挥。于司令，我批准你回国休
假，你和南希三年没见面了，你该回去看看她和你的三个孩子，

替我问候南希。"

"我为党国立过战功，我在北非流过血，我在犹他海滩负过伤。"

于观抗议地嚷嚷，走出会议室。刚出门就在外面台阶上拢着手点着一支烟。

正靠着墙根儿懒洋洋晒太阳的丁小鲁问："完了吗？"

"还没呢。"于观在台阶上坐下，一口口吸烟。

他一阵剧烈咳嗽，吐出一口浓痰，眼泪汪汪地喘息。

"烟抽太多了。"丁小鲁关切地看他一眼，"少抽点。"

"困，困得厉害。"于观揉眼睛。

"你真觉得这活报剧有意义？"

"怎么是活报剧？这是正事。"于观看她一眼。

丁小鲁叹口气："有时想想也怪可怕的，连我们之间也没一句实话了。"

"你这个情绪不对嘛……"

"你别跟我说这个！"丁小鲁打断他，锐利地看于观一眼，"我不要听你这套。你让我觉得费解于观，现在我还看不清你，不知道你到底心里在想什么。不过有一句话我要告诉你，你说服不了我。"

冯小刚从里面出来，对于观说："给支烟，憋坏了。"

于观掏出烟盒让他抽走一支："说到哪儿了？"

"还要谈军需品的分配份额，杨重和艾克吵得很厉害。"冯小刚点着烟又进去了。

"该死！只要给我八百吨汽油，我就能让孩子们回美国过圣诞节。"杨重的声音从屋里传出来。

"国会不希望在一九四四年结束战争，我们还没有准备好为整个欧洲提供面包。"

"今儿是什么日子？"于观冷不丁问丁小鲁。

"不知道。"丁小鲁说，"好久没看日历了。"

一个男人兴冲冲走进来，瞧见于观就扬手打招呼：

"嘿，我来了。"

于观定睛瞧了这男人一会儿，认出是那个素怀大志的厨子。

"你先等会儿，这屋里完了就拷打你。"

"刚下班？"丁小鲁客气地和他打招呼。

"请假，这事重要啊。"厨子乐呵呵地说。

"什么时候到你们那饭店吃一顿？"于观说。

"没问题，去就提我，绝对优惠。"

"这里边怎么还不完？"丁小鲁等得有点不耐烦，"哪那么多说的？说好了中午要给人家还服装的。"

"这是给我预备的老虎凳吗？"

"对，那摞砖头也是你的，五块够吗？"

"差不多，也不一定，别忘了我从小练过体操。"

"困，老觉睁不开眼，闭眼就想睡。"于观又咳嗽。

"你这么熬下去，会把身体拼垮的。"

这时，会议室门开了，"将军"们疲惫不堪地走出来，唯独"上将"依旧神采奕奕，劲头十足：

"中士，把我的车开过来！"

"抱歉，您车中午以前得还，劳驾您还是骑自行车回家吧。"丁小鲁上前道，"慢走，您这身衣裳也得扒下来。"

刘美萍端着个照相机过来，给"上将"拍了一通照，对他说："明天你还是这个时候来取照片。你想放大，拿回底片您另放，这个不包括在内。"

于观站起来，拍拍屁股上的土，招呼大家：

"都过来都过来，大家搭把手，把这位先生吊起来。"

厨子还在笑，杨重一个绊儿把他撂倒在当院；厨子四马攒蹄被吊到房梁上，马青抖着手里的皮鞭像地狱里的小鬼似的问："说，你的上级是谁？下级又是谁？"

"上级的姓名住址我知道，下级的姓名住址我也知道，可这是我们的组织秘密，不能告诉你。"

"你说不说？"马青也实在累了，喊不出声。

"打死我也不说。"

"好，那我就打死你！"

七

"你怎么有点咳嗽呀于观？是不是感冒了？"

"不知道，早晨起来就觉得嗓子疼。"

"头疼吗？"美萍把手放到于观额头试温度。

"头倒不疼，也不发烧，就是嗓子难受，咳咳。"

"可能是累的，说话太多。不成你回家歇两天，别闹出病来。"马青也说。

"不行啊，今儿是文明日，还有那么多工作呢。"

"我们几个去不一样吗？你还是歇一天吧。"杨重道。

"我歇不踏实，那么多人要捧，本来人手就不够，再把你们几个累病了。多一个人能分担点是点。"

"那你就悠着点，少捧几个，我们每人多捧一个也就把你的那份儿带出来了。"杨重过来递给于观一支烟。

"我说两句啊，最近咱们活儿多，天又热大家一定要注意休息，多喝水，千万别生病。丁小鲁你那儿还有钱吗?"

"有点。"

"买点胖大海、菊花给大家冲水喝。"于观吩咐。

"行，我说你们男的烟也少抽点，一点不注意保养嗓子。干咱们这行的嗓子坏了就全完了。"

"您找谁呀大妈?"刘美萍问一个刚进门的老太太。

"您这儿是那'三好'协会?"

"是，怎么着，您老受了什么憋屈了? 想散荡散荡? 保您哭着来笑着走。"马青笑着迎上去。

"不是我，是我闺女。我那点糟沮事儿哪敢麻烦你们? 我这辈子早吹了，什么全不想了。"

"您那闺女怎么啦?"杨重问。

"考大学没考上，如今失业在家。一个本该涂脂抹粉的年龄成日哭天抹泪，眼瞅着就邪了性。大妈求你们了，一定要好好劝劝她，给她几句好话，造成个印象还有人惦记她，让她觉得自己还不错哪怕是个误会呢。"

"交给我们吧大妈，把您的地址留下，天一擦黑我们就去。"杨重拿笔和纸。

"不用留地址，亮灯时候你们奔故宫筒子河一逮一准儿。都一对一对虾米似的，就她单绷儿，苦瓜一根，瞅着刚遭了歹人的强奸泪未干似的。"

"放心吧，保证还您一个目空一切的女强人，还是那种爱说爱笑到了嫁得出去的。"马青拍胸保证。

"走嘞走嘞，再晚今儿这几条街就转不完了。"于观喊。

一伙人上了街，出门便一路捧过去不问青红皂白。

"哎，你们快来瞧，这小丫头长得多好看，跟小洋人似的。有三岁了吧？长大准聪明准是个大高个，破了百米世界纪录我也不奇怪，瞧这两根小腿多长仙鹤似的。我这人从来不喜欢小孩儿，怎么一见这小孩儿就满心高兴？还得说人家爹妈会生，都是艺术家吧？"

"哇，真威风！你瞧人家那站姿，多标准，配上那身衣裳，怎么能不让人肃然起敬？看！不慌不忙，沉着冷静，这么多车都服服帖帖，没点眼光没点头脑成吗？喂同志，感谢你为首都人民没白没黑做的这一切。"

"多俊的冰棍车啊，看着我就咽唾沫。大妈，您一看就是个利索人。瞅您这白衣白帽，洗得多干净，天使似的。吃着您那冰棍也放心。"

"你们这商场真大真气派，进来不买东西心情都舒畅。"

"东西好那还在其次，售货员好那才是千载难逢。你们都是退下来的空中小姐吧？"

"瞧那卖糖果的小姐手指多灵巧，一抓就是一斤一粒不多一粒不少。嗬，跟玩杂技似的，瞅得我眼花缭乱，这一手一般人还真不行。您是三八红旗手吧？"

"瞅这买鞋的先生，一看就是大款。有钱，而且还是正道来的。称得上仪表堂堂财大气粗了吧？这西服穿在他身上就跟长在他身上似的，起码一千多块。瞧人先生那手，一看就是没干活的，多长多细钢琴家一样起码也是个弹琵琶的。看人家怎么掏钱包的，单用二指轻轻一夹，神不知鬼不觉……嗒，小偷！抓小偷！"

"这公共汽车开得是真稳，跟坐奔驰似的。"于观说。

"比奔驰舒服，奔驰能直腰站着不碰头吗?"冯小刚说。

"买票买票，别等下车补啊。"售票员喊。

"要说售票员大姐也是真辛苦，一样坐车她还得老嚷嚷。换个不负责的也就一边眯着不言语了，谁受损失? 国家受损失。钱也一分不进大姐腰包。要是大姐自己的车肯定就白拉咱们了是吗大姐?"冯小刚歪头朝售票员笑。

"别跟我臭贫，你们这样的我见多了。"

下了公共汽车，二人昂首阔步向紫禁城走去。

"哟哟，这故宫真雄伟壮丽，天黑得什么都看不清瞅着还那么激动人心。你说咱古代劳动人民怎么就那么勤劳智慧? 想起来我就骄傲我就自豪，怎么我就成了中国人了?"于观仍絮叨不休，触景生情。

"行了，你夸故宫它哪儿听得见?"冯小刚都听腻了。

"不是，我就是有点刹不住车，瞧这护城河的水跟金子似的。这树这草这花这人怎么都那么绰约、楚楚可怜，惹我一脸柔情……好了，你发现老太太那闺女了吗?"

"那趴着一黑影，是不是?"冯小刚朝暗处一个方向努嘴。

"有点像，小脸煞白，晃来晃去，快! 直眉瞪眼冲城墙去了。"于观撒腿便跑。

"姑娘，姑娘!"于观边跑边喊。

"喊我吗?"一个正在和恋人接吻的姑娘拔下嘴问。

"不，不是喊你。您继续。我喊那不幸福的呢。"

"姑娘，我送您几句话，不收钱。"于观气喘吁吁站定说。

"你说。"那个正在城墙边磨蹭的姑娘好奇地看着他。

"一年前，我也是在这儿撞的墙，被人救下了，一年后的今天，我觉得我当时特傻。"

"你怎么说变就变呢？我觉得一个人最重要的就是自个儿有主意善始善终。"姑娘又看刚跑到的冯小刚。

"这里有一个原因我告诉你：因为我看见了你。可能你没有印象，可我的记忆是不会错。当时从昏迷中醒过来，走到病房窗前，准备再次寻死往楼下跳时，我看见了你。你正从大街上走过，穿着花裙子，像个花蝴蝶。我的泪当时就下来了，世界上还有这么多美好的事物，我怎么舍得去死？当时天是那么蓝，阳光是那么充足，你又是那么青春无忧，显得我是别提多阴暗多渺小了。"

"这我可以作证，三天后我去看他，他泪还没干呢。正在大口吃饭，严肃地对我说：为了你他也要活下去哪怕根本不认识呢。"冯小刚累得弯腰喘气。

"那你当时怎么没喊我呢？"

"我不配呀，我自惭形秽呀。当时我把你想得特高，怎么也得是个博士才刚够让你蹬的。我发誓我不混出个人样儿来就不去见你。"于观煞有介事。

"那你混出个人样儿了吗？"

"惭愧。"他茫然地看冯小刚，"我算混出人样儿了吗？"

"我解释一下啊，他一直暗暗关注着你，留意着你，同时在人生的路上发愤图强，逐步实现给自己订的第七个三年计划。今儿要不是看见你苗头不对，他还不露面呢。"

"就是说，我要死得好好的，一辈子也未准见得着你。"

"我不能成为你生活中的负担呀。我要成，就得成为你生活的光明，让你应有尽有，一生快乐。你值得，可我就不容易了。"

"他这个想法其实是很高尚的，要么带给人家幸福，否则不如谁跟谁都没关系。何苦让你再为他担忧呢？"

"真高尚。"姑娘笑望着二人。

"不不，愚忠而已。"于观谦逊地低下头。

"你们说的这都是真的吗？我怎么听着那么过分？也就赶上我今天心情不好特别需要安慰，平时谁要跟我这么说我都觉得他是流氓。"姑娘又板起脸。

"那是因为我们不善于表达。不光你这么说，别人也说过：怎么好话从你们嘴里说出来也不像好话了？我们特清楚自己这缺点。"于观忙解释。

"我是说得有点言不由衷，可这意思您还是理解的吧？"

"嗯，大概其能猜出一半。"姑娘点点头。

"那就行了，那我们的目的就达到了。总而言之一句话：您的生命不属于您自个儿。您要时刻想到，多少不相干的人把理想寄托在您身上呢。"

"您手里攥着多少条人命啊！"冯小刚深情地加了一句。

"我真得好好想想了，我这么活着还有什么意思？无缘无故该着谁欠着谁一大堆似的。"姑娘沉思。

"怎么话又说回来了？"于观大惊。

"是啊，我本来自私自利活得挺好，吃饱了饭练练气功，看能不能穿墙越脊。谁想撞上你们，云山雾罩说了这么些个不着边儿的话，活生生地让我觉得自个儿有多大罪过似的。算我倒霉，今儿出门没挑日子。"

姑娘一拧脸甩手走了，撇下两个人呆呆地站在原地。

"捧砸了吧？捧出不是来了吧？怎么跟人家长交代？"

"我是坚决想不通，怎么就能捧出条人命来？"于观抱着脑袋一下蹲在地上。

"我真感到自己能力有限，不行，干不了这活。"于观说着泪就下来了，"还是换个能力比我强的同志干吧。"

"他怎么了？"丁小鲁问和于观一起回来的冯小刚。

"晚上那人没捧好，他心里难受。"冯小刚说。

"不行，不干了，说什么也不干了！"于观暴躁地在屋里走来走去，想想眼泪又下来了，"我这人怎么这么笨？这么点小事都干不好。"

"谁都有偶失前蹄的时候。"丁小鲁安慰他，"都没干过，都是摸索着来，犯不上太跟自己过不去。"

"可是群众对我们寄予这么大的希望，我这个样子怎么对得起人家？"

"这不像你啊于观。"杨重走上前，"这不是你的性格，怎么能一遇困难就退缩？你是个弹簧啊你不要忘了。"

"可我的确是干不好这个工作，我的压力太大了，我的神经……"

"够了！不要看你这副软骨头的样子！"冯小刚大喝一声打断他，"你干不好别人就干得好吗？我们不都是在不断栽跟头的过程中逐步成熟、老练起来的？我真没想到你是这样一个人，小小的一点挫折都经受不起。好啦，要不干我们都不干了！回家休养吧！明哲保身吧！由着自个儿性子来吧……"

冯小刚说着也流下泪："我就没有自己脾性吗？我就没有个人的爱好吗？可咱们要都不干那让谁干？群众可都在眼巴巴等着我们呢。"

众人皆默然，于观垂下头。

冯小刚走到于观面前，慈祥地看着他说：

"我理解你，也够难为你的了。可你想过没有你在这个时刻动摇、退缩，会对同志们的士气有多么大的影响？你又会成一个什么人？"

于观悚然一惊。

"好好想想吧，晚上睡觉前好好想想吧。"冯小刚擦擦泪，走了。

"快睡吧。"丁小鲁对一直愣愣地坐在灯下的于观说。

"睡不着哇。"于观叹了口气，转过身，"冯先生这几句话压在心里沉甸甸的。"

"别去想它了，抓紧时间睡吧。"

"我真错了吗？"于观问丁小鲁。

"问你自己呀。"丁小鲁说。

"就是这个问题想不通。我觉得自己没错。我确实感到自己很难胜任捧人的工作，不瞒你说，我越来越对自己产生怀疑，我这么做到底有利于谁？工作越顺利，心里越是堵得慌。"

"你没错。"

"可我要没错，那就是冯先生错了。冯先生会错吗？真不敢往下想啊……"

八

"不不，我们不能接受您的请求。我认为您这个动机有问题。这不是一件好玩的事，而是一桩充满艰辛、饱含血泪、需要极大献身的事业。"于观没精打采地对个小孩说。

"我就是把这当事业对待的。您想我学习也不好，每门功课都不及格。连我爷我奶都发愁：这孩子长大能干什么呀？除了嘴甜任嘛不懂。"小孩振振有词。

"你错了，我们这个工作不是嘴甜就能干的。我们也不要没有文化的人。我建议你还是先回学校上学，如果将来有志于做一名吹捧家，大学毕业再来找我们，起码也得是个大专学历。小同学呀小同学，任何工作都需要有科学文化知识，否则你将一事无成。回去吧，好好学习，先学一身为人民服务的本领再说其他。你聪明，一看就聪明，除了核物理别的你都一学就会。没准将来艾滋病被你治了也说不定——造福人类吧你就！"

"哟，宝康来了，老久没见，怎么一进门就笑嘻嘻的？这后边跟着的是你什么人？嗬，赵老师，更年轻了，大街上遇见我得把您当成您儿子。"马青笑着起身相迎。

"听说你们几个改当吹捧家了？我正到处找人吹我呢，感觉特别需要这个。来吧，好好吹吹我，我还跟过去一样，出高价。你们几个全包了，别的客就不要接了——多少钱一天呀？"宝康笑着挨个握手，大模大样坐下。

"我们不卖。"于观回答。

"先别把话说绝，先问问我能出到多少价。"

"一万两银子一天我们也不卖，一个大子儿不花我们照样笑脸相迎，我们这是为人民服务。"

"哟哟，跟真的似的。"

"没想到我们觉悟提高得这么快吧？你以为我们这二年白混哪？赵老师，坐，近来好吗？有需要我们效劳的尽管吱声。"于观冷笑，转向赵尧舜。

"没事，就是跟宝康一起来看看你们，都挺好。"

"都挺好就好。前两天我们还念叨呢，老没见赵老师抛头露面，怕是叫外国请去演讲了。"

"怎么着，死活不接待我，对我有意见？"宝康敲桌子。

"不，您需要我们会像对其他客人一样接待您。只要别提钱，提钱伤感情。"于观态度委婉地说。

"我需要！"宝康一扬脸。

"马青、杨重，你们捧一道宝康。"于观起身让开。

"说吧宝康，你想怎么捧？"杨重盯着宝康问。

"千万别不好意思赵老师，您的品行高超已经有口皆碑翻不了案了。"

"我吧，从小挺羡慕一种职业，阴差阳错成了现在这样儿。也不是现在这样就不好，但你是明白人你知道，童年的梦对人的一生会有多大影响。"

"知道知道，您往下说。"

"嘿嘿，真不好意思。"

"你瞧，赵老师，我就烦您这知识分子气质：羞涩。痛痛快快的，跟我您还藏头遮尾的干吗？您就是说您想当飞贼我对您的印象也一样富丽堂皇。"

"你把耳朵凑过来，我告诉你，我就是想当一回专门夜里逮人的盖世太保！"

"嘿，赵老师，你怎么跟我想的一样啊？"

"你也这么想？"

"没错。穿着黑皮大衣戴着礼帽，夜里十二点以后到人家彬彬有礼地敲门。"

"没错！敲开门进去后照旧彬彬有礼，先道歉再逮人，不忘欣赏一下墙上的油画，恭维几句主人家的艺术气氛和夫人的美丽端庄。干的是肮脏勾当可透着相当高的文化素养。"

"还应该在钢琴上弹一段巴赫的曲子。"

"没错！再跟夫人干上一杯香槟，聊几句毕加索、莫奈。即便是威胁也是相当优雅，说着上流社会的法语和那些狗汉奸狗特务区别开来！"

"太对了！什么纺绸褂、水银镜，比皮大衣呢礼帽档次差多了。"

"你觉得这事难办吗？"

"一点不难办，几件皮大衣好凑，礼帽我也有路子能借来。"

"可我不想抓一般的中国老百姓，我就想闯入一对外国夫妇家里当不速之客。"

"少数民族行不行？我认识一个乌孜别克人，经常冒充外国人进出友谊商店从来没人敢拦过。"

"像就行，主要是找那感觉。"

"信在哪儿呢？你倒给我拿来瞅瞅呀信是写给我的你干吗扣着不给——拿来拿来！"宝康急了，扑过来搜杨重。

"信是瑞典文，你看不懂，回头我给你翻译出来再给你。"

"我就要看原文，我不懂瑞典文可是懂英语呀。"

"那也得等我上荣宝斋给你裱了，镶了框子再送来。这信你一定得藏好，否则博物馆肯定得来找你。"

"我不捐，我肯定不捐。我死后这信我孙子就能揣着上索思比拍卖去了。"

"哎，宝康，我那天看报，报上有两人为你吵架。一个说你是李白，一个说你是杜甫，你自己觉得你是谁呀？"马青问。

"还有比他们俩更好的没有？我就是那更好的。"

"两人还争哪，一个说你的作品寿命有一千年，一个说只有九百九十九年，你觉得他们谁说得更准一点？"

"老小瞧我了，我觉得起码不比李后主的寿命短。他也就是一句'一江春水向东流'，我除了跟他一样愁还有好多哲理呢。不行，我不能跟你们聊了，光聊天把正事都耽误了，哎，你们谁知道瑞典大使馆的电话号码？"

"查114。"杨重说。

"我用汉语问，他们能告诉我吗？"

"带点口音啊。"

"我觉得他们真不负责任，信寄出那么长时间没有回信也不知道再打个电传查查，怎么就那么相信中国邮政的效率？"

"怎么敢这么对待宝康同志？这不是捉弄人吗？"于观大怒。

"开玩笑。"杨重分辩。

"什么开玩笑？工作就是工作怎么能开玩笑？你们开玩笑他当了真，兴冲冲跑到瑞典人那儿去肯定挨一顿臊自尊心怎么受得了？你们这是严重违反捧德的行为！"

"宝康那人就欠这个，我们不给他垫砖他也得揪着自个儿鸡巴往半空中跳。"

"他是他，你们是你们。我不管顾客是什么操行，但我要求我的工作人员遵守职业道德。你们违反了这点，我就要批评你们！作为一个吹捧家我就要对你们提出更高的要求，怎么能混同于一般老百姓呢?"

"于观,你别生气。"丁小鲁劝解。

"我不是气,而是难过。捧德问题我再三讲过,现在居然还是发生这样的事情,令人痛心!我的话你们是当耳旁风了。你们觉得自己了不起是不是?比别人聪明伶俐更会绕着弯子骂人是不是?你们知道你们小小得逞的同时你们丧失了什么?你们丧失了做人的善良!"

"别说了于观,你没看他们俩泪都快垂下来了吗?"

"现在哭了,当初不是挺得意的吗?你们能耐,你们走吧,我这儿不需要爱耍小聪明的人!这是一个严肃的工作我不允许用不严肃的态度对待它!"

"我们错了。"杨重说。

"下回不敢了。"马青也说。

"给他们一个改正错误的机会吧于观。年轻人犯错误上帝都会原谅。"美萍也替他们俩求情。

"让他们写检查,深刻认识自己错在哪儿,为什么错,挖一挖思想根子。光承认错了,不认识自己错在哪儿就不可能彻底改正错误,将来一遇机会就有可能再犯。我不是和你们两个过不去,我是痛恨这种行为。这个世界爱和理解太多了吗?我们是把爱和关怀传播到人间的天使啊!"

"我对不起组织,对不起生我养我的人民。"马青先哭。

"哭吧,让悔恨的泪水冲刷去你们心灵上的污垢,哭完去向宝康道歉,诚恳地道歉,以博得人家的原谅。"冯小刚在一边轻声道。

"哎哎,哭完我们就去。"马青连连点头。

于观心情沉重地站起来,对大家说:

"同志们，通过杨重马青这次所犯的错误，我们大家也要吸取教训。在今后的工作中一定不能掺杂个人感情，不能凭个人的喜好对待顾客。我们做这项工作，就是要受委屈，遭蹂躏。可能有一些不理解我们工作的人会讽刺、挖苦乃至侮辱我们，大家一定要正确对待。要知道我们工作的全部意义就在于一点：把别人的欢乐建筑在自己的痛苦之上——我说得对吗冯先生？"

"你精辟地概括了我想却一直没能表达清楚的思想。"冯先生庄严地点头称是。

九

早晨，大雨瓢泼，屋里昏暗得如同黄昏，一声炸雷，闪电贯穿长空。正在昏睡的于观蓦地惊醒，惊恐地张望了一下四周，又沉沉睡去，他脸上布满倦容。

屋外，丁小鲁站在房檐下看雨。刘美萍打着伞踩水而来。

"于观睡了吗？"她问丁小鲁。

"刚睡下。"丁小鲁轻声说，"咳了一夜，早晨我给他吃了两片安眠药。"

"谢天谢地，终于睡了。"刘美萍虔诚地在胸前画十字，"老天保佑他多睡会儿吧。"

丁小鲁瞅着她笑："你什么时候也信起这一套了？"

刘美萍不好意思地笑："病急乱投医。"

马青、杨重合撑着一把伞，嘻嘻哈哈一路跑着蹚水过来。马青大声问：

"于观起来没有？"

"嘘，小声点，刚睡下。"丁小鲁手按唇道。

"可我们有急事找他。"杨重说。

"天塌得下来吗？天塌不下来再过两小时你们再进去。"丁小鲁低头看看腕上的手表，"他太累了。"

于观在床上沉沉昏睡，睡得十分痛苦，唉声叹气，不断磨牙，脸容狰狞颓丧，被子掉到了地上。

刘美萍轻轻把被子捡起来，盖在他身上，他一下醒了，睁开布满血丝的眼睛喝问：

"哪一个？"

"我，美萍，你被子掉了。"

于观一脸怒气，起身质问："我睡一个觉可以吗？我这个要求过高吗？哪个用你来献殷勤——你给我外边站着去！"

美萍哭着跑出去。

丁小鲁闻声跑进来："怎么啦？又跟谁生气呢？再睡呀。"

她上前要扶于观躺下。

于观拿起一支烟："不睡了，刚合眼又给搞醒。"

他看到马青杨重在门口探头："那是谁在门口探头探脑？"

"噢，是杨重他们来找你汇报个事，我给他们拦下了，让他们过两个小时再来。"

"叫他们进来吧，来吧来吧。"于观向他们招手。

二人笑着进了屋。

冯小刚匆匆忙忙从街上披雨衣穿马路过来，看到美萍站在房檐下抹眼泪，停下关心地问：

"怎么啦小鬼？怎么自己在这儿哭开鼻子了？"

待知道原委后又和蔼地批评美萍："应该让于观同志睡觉嘛，

于观同志睡觉时我都不去打搅他。好啦好啦，他发火是可以理解的，我们都要体谅他嘛，不要伤心了。"

冯小刚跨进屋里，笑迎向于观："哦，人来得很齐嘛。"

"有什么事吗冯先生？"于观笑问他。

"不忙谈，你先休息。"

"哪里还有时间休息呀？来了就谈嘛。"于观笑说。

"于观同志最近身体怎么样啊？"冯小刚问丁小鲁。

"不好。"丁小鲁说，"总是咳嗽，夜里睡不好觉。"

"这我可要批评你于观，不能再这么玩命干了，你想当第二个李文华呀！"

"垮不了。"于观乐呵呵地说。

"不要逞强，我们都不年轻了。"冯小刚半真半假地警告他。接着他又像刚想起来似的笑着说："刚才我过来，看到美萍一个人在门外抹眼泪，不知出了什么事。"

于观叹了口气，对丁小鲁说："让她进来吧。"

美萍抽抽噎噎地挪进屋，不肯到于观床前来。

"过来。"于观拉着她后长叹一声，"我不过是说了你一句，你就这么委屈。我也是急呀，好容易睡着了又被你搞醒了。不要哭了，你是好心。我向你检讨，不该发火。"

"我不是委屈自己，我是恨我那么没眼力见儿，偏偏您刚睡下我就多事——我是心疼你啊！"

于观刚要下床，便感到一阵晕眩，腿一软，身子栽到丁小鲁身上。

"哎呀，"丁小鲁一摸他手惊叫，"你烧得烫人，今天不要再出去了。"

"是啊，今天就不要出去了，歇一天吧。"大家也纷纷劝。

"我怎么能躺得住？"于观诚挚地对大家说，"我一闭眼就有那么多双充满企盼和渴求的眼睛在我眼前晃动。李先生不远万里回国就是想听听乡音体会体会乡情；王同志受了一辈子欺负仅仅想在有生之年当一回侠客；刘小姐不图钱不爱权只不过希望有一天出门让人围观；老秦是多老实忠厚的一个人，根本没想过自己捞什么好处，就是看到科长工作辛苦，业余时间一点乐趣没有，想让他开心一天——我忍心让他们失望吗？"

"去吧去吧，"大家含着泪说，"咱们就成全他吧。"

关科长一看就是个硬骨头，一身正气，两袖清风，一进餐馆看到满满一桌鸡鸭鱼肉便皱起眉头。

"你们请我来干吗呀？"

"没事想跟您结识一下。"于观咳嗽着，用手帕捂着嘴，起身相迎道，"早听说您为政清廉，朴素大方，既坚持原则又富有人情味，在您那一级干部中是个优秀的代表。"

"你们这都是听谁说的？"

"凡是在您手下工作过的同志，调走后都满世界宣传您的事迹。我们和您生在同时代能不有所耳闻略晓一二吗？"

"说您是位卑不敢忘忧国，人正不怕影子斜。参加工作以来，光人民币就上交了几十万，烟酒糖茶不计其数，没一个春节是在家过的，哭了七次不是看到同志们三代同堂就是部下房顶漏了雨群众都给您数着呢。"杨重接上茬儿。

"说您从小就有远大志向，上小学的时候就救过落水儿童逮过破坏分子。长大更是不闲着，当兵是个好兵，当工人是个好工人，当干部怎么能不是好干部？没事就去救火在街上见义勇为写了几十万字的日记还翻译了一本英文辞典中国作家协会差点吸收了您呢。"马青锦上添花。

"所以我们特佩服您，私底下发誓要向您学习，拿您当我们的榜样。被您比得我们除了惭愧还是惭愧。"

关科长冷笑："少来这套！你们都是哪儿来的一批马屁精？无缘无故地跑来吹捧我我能信你们没目的吗？"

"真是没目的，真是单纯地觉得您特好。"丁小鲁也说。

"这不用你们说，我自己很清楚我自己干的事。你们光知道我不收贿，怎么没打听清楚我更不吃捧？"

"由衷地，发自内心地捧也不行吗？"美萍天真地设问。

"一概不行！"关科长右手有力地往下一劈。

"我不同意您这观点，这就是您自私了，光想着给自己保持个好名声。您想啊，现在像您这样值得捧的人有几个？该捧的不捧，群众怎么知道什么好什么不好？社会上的正气怎么树得起来？这不单单是捧你，捧的是一个方向。我觉得我们这些人吧，除了洁身自好还应该多有点社会责任感。"冯小刚站起来，大义凛然，掷地有声。

"我认出你了，我听说过你们，你们是一帮职业吹捧家吧？"关科长冷笑，背着手走到冯小刚面前端详他。

"我们是干什么的并不重要，重要的是我们说的对不对？您要是个坏人，贪官污吏，那我们这么干是要打屁股的。"

"收起你那套花言巧语吧！哪个要听你这些屁话？别以为你干得很巧妙，我早就认清你是什么人了。我提醒你，你这么下去很危险，搞的什么名堂吗？"

"……"

"年轻轻的不学好，就爱在歪门斜道上动心眼儿。你们看看你们周围，那么多优秀的青年在各自的岗位上勤勤恳恳地工作，为民族为社会的进步努力贡献。唯独你们，游手好闲，不务正业，成天就是混，混不下去了，居然想靠当帮闲、吹捧别人过日子。你们知不知道人间还有羞耻二字？你们父母的脸都让你们丢尽了！不要讲做革命事业的可靠接班人了，你们还有点新中国青年的味道吗？你们还算人吗？"

关科长义愤填膺，怒不可遏，说得众人一个个都低下头，默不作声。美萍脸红了。

于观忍不住剧烈咳嗽起来。

片刻，于观喘着，眼泪汪汪地看了眼大家，大家也都偷偷拿眼觑他，只有冯小刚信任、勉励地朝他颔首。

于观："好久没听到这么尖锐的批评了。"

"是啊。"杨重抬头望着关科长道，"早该有人这么对我们大喝一声了。"

"对不对吗我说的？"关科长忧心忡忡地说，"我的话可能是重了些，可我看到你们现在这个样子，我没法不让自己激动。"

"虽然您的话说得重，可其实是为我们好，是不是大家？"于观连连咳嗽，咳得弯下腰。

"没错，"马青说，"有些人总夸奖我们，但其实他那是嘴不对着心，心里不定怎么想。您这才是真正关心我们，爱护我们。"

"爱之深恨之切嘛。"丁小鲁补充，"恨铁不成钢。"

"你们能这么认识问题就好，我是不怕得罪你们。结怨也好，回家背地骂我也好，我有什么就要说什么。"

"怎么会骂您呢？我们就希望别人坦率地对待我们。好就是好，不好就是不好，愈直爽愈不客气我们就愈敬重他。"于观挣扎着，强打精神说。

"真诚的意见现在难得听见啊，你就是花大价钱也没人对你说。"冯小刚适时补充了一句。

"别看关科长骂了咱们一顿，可我真觉得今天请关科长吃饭是请对了——值！"马青一拍桌子。

"我这人就是这么个臭脾气，也不怪有些人说我不近人情。我公开对这些人讲，我就是不近人情！这个人情我看是近不得。"

"其实您这恰恰是最近人情！都像他们，到头来恐怕连做人的基本信念都丢了。"大家一致表示赞同。

"关科长关科长。"于观握住他手，"您能给我留个地址吗？哪天我到您家跟您好好聊聊。您的话对我特别有启发，令我深思，我特想找个机会跟您说说我的苦恼。其实我这人特空虚、特茫然。社会上好多现象我都特瞧不惯，又找不着办法解决，所以就有点自暴自弃，破罐破摔，得过且过，当一天和尚撞一天钟既辜负了人民又放荡了自己……"

"这就错了吗。对待不良现象有两种态度：一种是消极的，一种是积极的。咱们约个时间哪天你来吧，我也很愿意和你们聊聊。你们都很聪明，我真是不愿意看到你们糟蹋了自己的聪明。我们的事业需要年轻人，年轻人是早晨八九点钟的太阳，希望寄托在你们身上……你怎么啦？"

于观两眼一翻，昏了过去，一头栽进关科长宽厚温暖的怀中。

"他怎么啦？"关科长惊叫，身子往后一撤，若不是杨重眼疾手快，一把托住于观，他非摔个头破血流。

大家围上来，七手八脚把于观抬到沙发上躺着，又掐人中又捏脸蛋。

刘美萍对关科长说:"他发烧好几天了,一直带病坚持工作,你没瞧他嗓子都哑了吗?"

"醒醒,你醒醒。"大家焦急地呼唤于观。

于观在大家的呼唤中慢慢睁开眼,醒来就一把抓住关科长,声音嘶哑地说:

"您的话句句说到我心坎上了……"

"行了!"杨重急了,冲他大吼,"这儿还有我们呢,你就别惦记工作了。"说完眼泪扑簌簌掉下来。

于观又昏了过去。

"叫救护车叫救护车。"冯小刚粗声粗气地喊。

"他就是这样,"美萍跺着脚哭,"心里永远装着别人唯独没有他自己。"

于观醒来已是躺在雪白的病房里,胳膊上吊着输液瓶子,四周静悄悄的。他看到杨重的一张脸正聚精会神地鸟瞰着他。

"还记得发生过的事吗?"

于观无力地摇摇头。

"你昏倒在捧人的岗位上了。"

一阵欢声笑语,丁、冯、马、刘诸人捧着鲜花、水果拥进病房,一齐围上来嘘寒问暖。

"给你看件东西,你看了准喜欢。"

美萍亮出一面大红锦缎金色流苏的锦旗,上书八个金光闪闪的大字:巧舌如簧,天花乱坠。

"还有送匾的呢。"马青美滋滋地说。

于观吃力地张开嘴,喃喃道:"我们就做了这么一点该做的,群众给了我们多大的荣誉啊。"

"是，我们不能自满。"杨重点点头，"匾和锦旗全当鞭策了。"

"于观呀，"冯小刚坐在床头说，"我们大伙商量了，你为工作累病了，我们也要为你做点什么。你有什么愿望尽管说，我们一定让你尽兴。"

"说吧说吧，你该享受享受了。"大家七嘴八舌说，"对了，我们还不知道你的人生梦想是什么呢？当大使？当表演艺术家？"

大家争相提问。

于观嘴皮子动了动。

"你说什么？"丁小鲁把耳朵凑上去。

少顷，她抬起头，严肃地望着大家："他想睡觉。"

大家脸上的笑容一下消逝了，一个个蹑手蹑脚悄悄退出病房。

图书在版编目 (CIP) 数据

动物凶猛 / 王朔著. — 北京：北京十月文艺出版
社，2024. 3（2025.7重印）
ISBN 978-7-5302-2303-1

Ⅰ. ①动… Ⅱ. ①王… Ⅲ. ①中篇小说—小说集—中
国—当代 Ⅳ. ① I247.5

中国国家版本馆 CIP 数据核字 (2023) 第 067343 号

动物凶猛
DONGWU XIONGMENG
王朔　著

出　　版	北 京 出 版 集 团	
	北京十月文艺出版社	
地　　址	北京北三环中路 6 号	
邮　　编	100120	
网　　址	www.bph.com.cn	
发　　行	新经典发行有限公司	
	电话 010-68423599	
经　　销	新华书店	
印　　刷	河北鹏润印刷有限公司	
版　　次	2024 年 3 月第 1 版	
印　　次	2025 年 7 月第 2 次印刷	
开　　本	880 毫米 × 1230 毫米 1/32	
印　　张	10.5	
字　　数	230 千字	
书　　号	ISBN 978-7-5302-2303-1	
定　　价	58.00 元	

如有印装质量问题，由本社负责调换
质量监督电话 010-58572393